Don PSYCHOTTE

Ysidro FERNANDEZ
Jean-Pierre ERNST

ISBN : 978-2-9540771-4-7

*Quelle est la différence
entre la Vérité et l'Illusion ?*

*L'Illusion, c'est une illusion
qui se prend pour la Vérité.*

*La Vérité, c'est une illusion
qui sait qu'elle est une illusion.*

Nietzsche

J'ai longtemps été jeune. J'avais eu cinquante ans trois mois plus tôt et ma vie commençait enfin à devenir aussi monotone que celle de la plupart des gens de mon âge, lorsque cette histoire débuta. De manière très ordinaire. Nicolas est un ami de longue date. Il me proposa d'aller manger en tête-à-tête et je ne vis là qu'une occasion de soirée agréable.

Il fut convenu qu'il passerait me prendre chez mes belles-sœurs. Venues des îles, elles habitent un appartement en plein cœur de Lyon où elles forment une espèce de tribu. L'une d'elles entreprenait nonchalamment de fermer le canapé qui avait fait usage de lit pour la nuit, tandis que les autres, accompagnées de ma femme et de ma carte de crédit, achevaient de dévaliser les magasins du centre. Mon ami sonna ; il était autour de dix-huit heures. Nous nous enquîmes mutuellement du cours de nos existences personnelles et professionnelles. D'évidence, puisque nous exerçons tous deux le métier de psychologue, avec des approches théoriques et techniques analogues. Puis, naturellement, écrivant l'un et l'autre avec plus ou moins de conviction, plus ou moins de bonheur, la conversation s'orienta sur nos différents projets littéraires. Depuis notre première rencontre, les ébauches de livre à quatre mains se sont multipliées. Ensemble, nous avons commis des centaines de pages sur des sujets aussi variés que possible, sans aboutir, mais qu'importe. Cela ne nous empêche pas, à chaque occasion ou presque, d'élaborer un nouveau plan qui devient, jusqu'au suivant, notre Grand

Œuvre. Cette fois encore, nous échauffâmes nos esprits avec quelques échanges psycho-philosophiques.

Mes belles-sœurs revenues, les paquets déballés et les échanges de civilité accomplis, nous partîmes ensuite nous sustenter en tête-à-tête. Pour rester dans la note, je proposai un restaurant antillais qui présentait l'avantage d'être bon, proche et, à l'ordinaire, tranquille. Lorsque nous pénétrâmes dans l'établissement, je retrouvai avec plaisir le patron que je connaissais, souvenir d'un temps où j'exerçai moi-même à proximité, comme restaurateur. Mais ceci est une autre histoire, une autre vie… Il prit aimablement le temps de nous tenir compagnie, nous offrant le punch de l'amitié, après quoi nous passâmes à table.

Les agapes commandées, nous reprîmes notre conversation.

Les interruptions familières et multiples de la serveuse m'agacèrent très vite, révélant ainsi un intérêt croissant pour la discussion avec mon ami. Tout en devisant, mon esprit vagabondait et je pensais que nous étions, l'un et l'autre, des espèces de chercheurs. À la recherche de quoi au juste ? Question difficile. D'un idéal professionnel ? Du dépassement de nous-mêmes ? D'un monde meilleur ?… N'y avait-il pas, derrière tout cela, une sorte de quête mystique ou de vague croyance en une vérité supérieure ?…

Toute mon éducation, au sein de milieux autoproclamés Chrétiens Évangéliques, s'était appuyée sur l'affirmation princeps et axiomatique d'une Vérité Révélée. Je m'en étais dégagé, mais cette enfance a pu laisser en moi sa marque, comme imprimée en creux. Il me fallait croire en quelque chose. Après Dieu, l'Homme m'était apparu comme une alternative acceptable ; conséquemment, la psychologie était devenue une évidence. Elle m'avait apporté davantage de questions que de réponses. Mes études à peine achevées, et à l'issue d'une introspection poussée et pleine d'une lucidité qui m'émerveille encore, je m'étais prescrit la pratique des arts martiaux. Pendant les quinze années suivantes, docile et ne ménageant pas mes efforts, je suivis cette voie d'autant plus difficile que mon indolence naturelle ainsi que mon passé ne m'avaient en rien préparé à cette rude école de sueur et de persévérance. M'entraînant assidûment au détriment d'une digne vie de famille et de vacances telles qu'en passe tout honnête homme, sans omettre de participer à de nombreux stages, je décrochai rapidement une ceinture noire puis, avec beaucoup d'efforts supplémentaires, un deuxième dan. J'enseignai ensuite durant quatre ou cinq ans. Les bénéfices en furent indéniables sur le plan personnel : le goût de l'attitude juste, une désaffection marquée voire de la défiance pour le verbiage, la certitude qu'il est préférable d'affronter ses peurs les yeux ouverts plutôt que de les subir les yeux fermés, etc. J'avais fini cependant par être rejoint par le doute, une fois encore. Cette voie escarpée et élitiste ne pouvait être la voie pour le plus grand nombre. Ni donc, LA voie. Et puis le découragement, mes occupations et un certain laisser-aller, il faut l'avouer, me détournèrent en totalité de cette noble pratique.

Mon évolution professionnelle, par ailleurs, m'orientait vers la psychothérapie. Je m'y investis corps et âme, comme chaque fois que j'entame une activité nouvelle, ce qui absorba mon temps, mon esprit et mon identité. Je parvins à la conviction que, pour l'essentiel, on souffre de mots. Je l'avais expérimenté dans ma propre vie et je pensais être à l'origine d'un mieux-vivre pour un pourcentage honorable de patients. Pourtant, j'étais toujours en quête du principe actif, de l'ultime concentré… Bref, je n'avais pas complètement renoncé à la quête d'un Graal.

Nicolas avait vécu d'autres aventures et avait pris d'autres voies. Chercheur infatigable, touche-à-tout de génie, il s'était adonné, pour ce que j'en savais, à la philosophie, au bouddhisme zen et, ces dernières années, il misait beaucoup sur la création en général, le théâtre et la magie en particulier. Après toutes ces explorations, l'illusion devait lui sembler préférable à la vérité. Nos divergences tenaient-elles à cette différence de vocable : la vérité pour lui, le bonheur pour moi ? En tout cas, nos routes s'étaient croisées au bon moment. La profession de psychologue, la façon de la penser et de l'exercer étaient notre principal dénominateur commun. L'écriture venait en second. Sans négliger une certaine proximité dans notre conception de la vie, avec un scepticisme de bon aloi qui nous rapprochait d'une sagesse toute relative. Celle-ci nous amenait d'ailleurs, présentement, à douter de l'existence d'une quelconque Sagesse majuscule !

Les accras et autres entrées endiablées nous virent opposer les cultures occidentales et orientales. Au plat de résistance, nous évoquâmes les mérites comparés de la philosophie grecque et de la sagesse asiatique. Force fut de constater le divorce entre les spéculations verbeuses du Philosophe et l'absence de savoir du Sage. Il n'y avait pas de fromage et, de toute façon, la bouteille de Côtes-du-Rhône étant vide, la conversation commença à mollir... Puis, d'un coup, un silence épais tomba dans la salle du modeste restaurant de quartier. Intrigué, je levai le nez de mon assiette et me figeai : Robert H. venait d'effectuer son entrée. J'avais beaucoup pensé à lui ces derniers temps et le hasard de cette rencontre me troubla.

À l'époque où je le suivais, ce patient souffrait d'un curieux trouble obsessionnel compulsif, médiatiquement abrégé en TOC : en société, des mouvements de tête, vifs, des tics autour de la bouche et des bruits proches du gloussement lui donnaient l'air d'une poule ; en outre, sa phobie de la poussière et de la saleté était absolue, ce qui faisait de lui, non pas le parfait homme au foyer, mais un type très malheureux. Tous ces symptômes lui rendaient toute vie sociale extrêmement pénible, voire impossible ; conséquemment il s'isolait et se marginalisait, surfant toutes les nuits sur Internet, s'y nourrissant de relations virtuelles sous de fausses identités. Un syndrome de Gilles de la Tourette avait été diagnostiqué, sans que les traitements proposés changent quoi que ce soit à ses difficultés. Tous mes efforts ne l'avaient pas empêché de s'installer progressivement dans une solide dépression. J'avais travaillé un temps sur sa timidité pathologique, sa peur des autres et du jugement d'autrui ; sans grand succès, je l'avoue, malgré son fort investissement de la thérapie. Son grave manque de confiance en lui ne me paraissait pas s'enraciner dans un quelconque passé traumatique, domaine dans lequel j'ai certaines connaissances et où j'aurais pu l'aider. J'avais de plus, par conscience professionnelle, poussé l'exploration à la sphère familiale, sans plus de réussite. Mes principes, qui m'interdisent tout acharnement thérapeutique, ainsi que les pensées suicidaires de mon patient, m'avaient amené à prendre la solution la plus prudente : l'adresser à Nicolas, qui s'était taillé une excellente réputation dans le traitement psychologique des dépressifs.

Bien sûr, nous avions débattu de ce cas. Mon ami et néanmoins collègue avait pris le parti de suggérer que ses tics et ses tocs, en plus de sa boulimie, avaient une fonction positive : le protéger du danger qu'aurait présenté pour lui une relation aux autres. Très étonné, l'homme avait observé que, jusqu'à ce jour, malgré le nombre de thérapeutes consultés, aucun ne lui avait présenté ses problèmes sous cet angle. Or, nous en étions d'accord, tant que Robert refuserait de perdre les bénéfices secondaires de ses symptômes, tout changement était impossible voire indésirable. C'est à ce stade qu'il avait disparu de la circulation. Dès lors, nous en avions conclu qu'il était plus ou moins incurable et que le sentiment d'impuissance est bien l'une des composantes de notre profession. Une fois de plus, nous étions confrontés à nos limites et nous admettions, sans être dupes, qu'il convenait de vivre avec. Nos références théoriques et techniques communes étant basées sur le refus de la fatalité et sur la recherche d'efficacité, nous enragions et, dans le fond, je crois que nous n'avions pas accepté cet échec. Nous n'étions pourtant pas prêts à le reconnaître.

Un an s'était écoulé et je n'étais pas loin d'avoir oublié ce malheureux, lorsque, un beau matin, je reçus une étrange carte postale : « Des psys, j'en ai vu ! Vous êtes le plus sympa et ça m'a fait du bien de bavarder avec vous. Mais, ne soyez pas vexé, ce n'était pas ce que je cherchais. Je voulais juste aller mieux. J'ai enfin réussi. Continuez à donner de la sympathie, c'est toujours ça ! » Signé : Robert H. Le verso représentait un moulin à vent et la légende indiquait sobrement : « La Mancha ». L'homme avait suivi son chemin et paraissait se porter plutôt mieux depuis que nous étions sortis de sa vie. Évidemment, je m'étais précipité sur le téléphone pour informer mon ami de ce courrier, dissertant de plus belle sur l'infléchissement brutal de la situation qui montrait en tout cas, avec netteté, qu'une amélioration était possible. Des nombreuses hypothèses que nous avions élaborées, certaines étaient, j'en conviens, plutôt farfelues. Notre seule certitude était que nous ne savions absolument rien du processus qui avait abouti à cette improbable et mystérieuse guérison, sur laquelle j'émettais, par pure mauvaise foi, de sérieuses réserves. Le lendemain, j'eus pourtant la surprise de recevoir un appel téléphonique de mon camarade. Il était survolté, ce qui est peu dans ses manières. Une missive identique à la mienne venait de lui parvenir : « Vous avez été le premier à me permettre d'envisager la vie autrement, mais une rencontre a fait mieux que tout ce que je pouvais imaginer. Le croirez-vous ? Quelqu'un m'a guéri magiquement et définitivement de mes problèmes ! » Le même moulin.

Et voilà que cet homme se tenait à présent à trois mètres de ses malencontreux thérapeutes… nous ! Mais le principal élément de stupéfaction était ailleurs. Accrochées à ses bras, deux créatures étonnantes. Une blonde en longue robe lamée, ouverte jusqu'au nombril, étole de vison négligemment posée sur des épaules fort appétissantes, ondulait, le regard absent et la moue boudeuse. Le prototype parfait de la poupée sophistiquée dont rêvent tant d'hommes. Son vis-à-vis, une métisse très élancée, arborait une épaisse crinière noir corbeau. Partiellement vêtue d'une combinaison de cuir rouge très près d'un corps somptueux et pulpeux, tout en elle respirait une sensualité violente et fauve. Un rien de vulgarité, mais un magnétisme incroyable. L'homme passa devant notre table sans nous apercevoir, tout occupé à flirter outrageusement avec les deux jeunes femmes. Nicolas, voyant ma tête, se retourna ; après quoi, il me consulta, ébahi, pour s'assurer qu'il s'agissait bien de notre ex-patient. C'était lui ; indubitablement. Le trio s'installa à deux tables de nous, parlant haut et fort ; la salle du restaurant s'était progressivement emplie, et personne n'en perdait une miette. La blonde minauda :

— Ce que t'es drôle Robert !

— Je n'ai pas toujours été comme ça, vous pouvez me croire les filles !

La brune vérifia son maquillage puis cala une cigarette entre ses lèvres gourmandes :

— Il va nous faire pleurer, le pauvre chéri !

Elles gloussèrent.

— Si je vous racontais ce qui m'est arrivé, vous ne me croiriez pas…

— Dis toujours.

Robert, avant de narrer, prit le temps de commander à la cantonade en claquant des doigts, tel un mauvais acteur de série B :

— Champagne !

La restauration étant un métier difficile, le patron s'empressa. La conversation reprit et nos quatre oreilles, comme autant de radars, se braquèrent sur le récit, d'une manière, il est vrai, assez peu professionnelle :

— Pendant de longues années, de graves problèmes m'empêchaient de vivre normalement. Je ne sortais pas. Je ne travaillais pas. J'étais seul. Les filles me fuyaient...

— Ben dis donc ! assura la blonde, sans éprouver le besoin de préciser sa pensée.

— J'ai beaucoup consulté, jusqu'à des voyantes et des magnétiseurs, sans résultats. Puis, sur un coup de tête, après avoir lu une publicité, je suis descendu en Espagne pour participer à une marche sur le feu, organisée par un Américain qui venait de sortir un best-seller.

— Et tu as payé pour ça, je parie ?! T'as découvert des façons plus agréables de claquer ton fric, depuis, hein ?

— Oui. C'était intéressant, mais... j'allais toujours aussi mal. Je me suis retrouvé un soir à traîner dans les bars de Barcelone. Ivre mort, j'ai fini par m'écrouler devant une boutique du quartier chinois. Je me suis réveillé dépouillé de mes affaires et soulagé de mon portefeuille ! Heureusement, la propriétaire du magasin, une vieille femme, m'a offert l'hospitalité. Quand elle a appris mes malheurs, elle m'a raconté que le fils de son frère avait été guéri de son bégaiement par une personne étrange que l'on disait douée de pouvoirs extraordinaires. Il m'a fallu des jours et des jours pour mettre la main dessus. Sa méthode a été très étrange, mais radicale...

Son élocution était fluide et il ne présentait plus le moindre trouble, tic ou toc de quelque nature que ce soit. Nous brûlions d'envie de connaître la suite, mais les têtes se tournèrent à nouveau. Un comique, célébrité locale, venait d'entrer à son tour. Après avoir scruté la salle, il fonça sans hésiter :

— Alors, ma poule, t'as attaqué sans moi ?

— Tu parles du repas ou des filles ?

Éclats de rire. (Un ami de notre patient, lui !?...) Le comédien reprenait déjà :

— Allez, viens, on bouge, il y a une soirée au Sexto ; on va arroser ton départ !

La troupe se mit bruyamment en marche, laissant derrière elle une ambiance aussi plate qu'un soufflé gâché. Au terme d'un long silence, Nicolas se remémora, songeur, que notre client s'était promis de partir s'installer en Polynésie en cas de guérison. C'était probablement ce qu'ils se proposaient de fêter. Une certaine tristesse m'envahit. D'abord, je n'aimais pas trop ce que cet homme était devenu. Ensuite, il était maintenant clair que le problème, hélas, dans son cas, n'avait pas été le patient, mais bien les psys. N'y avait-il que cela ?...

Robert avait manifestement changé. Mais un doute nous vint à l'esprit : et si cet homme n'avait jamais eu de tocs ni de dépression ? Après tout, ce ne serait ni le premier ni le dernier à s'inventer une vie. À cette hypothèse ma foi rassurante, puisqu'elle nous permettait de jeter un voile sur notre incompétence, il nous fallut, malheureusement, opposer trois arguments de poids. Pratiquant le théâtre depuis de nombreuses années, Nicolas déclara pouvoir reconnaître aisément la différence entre le jeu, même d'un très bon acteur, et une véritable émotion. D'autre part, nous avions l'un et l'autre l'expérience des simulateurs et notre patient n'en avait pas le profil. Enfin, les symptômes qu'il présentait à l'époque, de par leur cohérence, auraient exigé qu'il soit expert en psychologie. Nous en vînmes donc à admettre la réalité de cette guérison, qu'à défaut et avec quelque ironie nous qualifiâmes de « miraculeuse » ; évidemment fort intéressés par l'auteur dudit miracle.

Nous restâmes un moment perdus dans nos pensées, puis, après avoir commandé une nouvelle bouteille, Nicolas s'évertua à relancer notre débat de début de soirée. Il objecta que la philosophie n'avait pas toujours été verbeuse et spéculative, comme je l'avais prétendu. Attestant qu'il s'était trouvé, dans les temps anciens surtout, des philosophes peu bavards et soucieux de vie quotidienne. Les présocratiques, par exemple, dont certains furent contemporains du Bouddha, pratiquaient régulièrement des exercices corporels proches de ceux des yogis indiens ; ils étaient aussi attentifs à leur nourriture et leur respiration. Il soutint par ailleurs que le sage devait posséder, lui aussi, un savoir, inaccessible ou incompréhensible. Ou un non-savoir, ce qui revenait au même. Sans quoi, dit-il en guise de conclusion, il n'y aurait aucune différence entre le sage et l'imbécile heureux ! Même si les sages sont souvent pris pour des fous… Durant son long monologue dépourvu d'enthousiasme, j'avais arrêté une ligne de conduite. J'étais décidé. À la fin de sa démonstration, je lui proposai simplement de partir en Espagne à la rencontre de celui qui avait réussi là où nous avions tous deux échoué. Je m'attendais naïvement à son adhésion et je fus très étonné de l'entendre rétorquer que mieux valait accepter nos limites. Le message était implicite, mais très clair : « Arrête de rêver, mon pauvre Victor !… »

J'étais embarrassé, car je sentais que je ne ferais pas le voyage sans lui. Parce que je me méfie de moi-même. Seul, je crois qu'il est facile de perdre tout recul et de se laisser aveugler par ses propres désirs et attentes. L'amour est, dit-on, aveugle ; l'amour de l'idéal, professionnel dans mon cas, encore plus. En ce sens, je comprenais la position de Nicolas. Nous rentrâmes donc chacun chez soi et, cette nuit-là, je rêvai de moulins, de sorciers… et de superbes mannequins.

L'idée de cette expédition m'était totalement sortie de la tête, lorsqu'un beau jour, ou plutôt une nuit, le téléphone sonna. Nicolas. Il n'avait pas arrêté de cogiter depuis cette mémorable soirée ; il avait radicalement changé d'avis. « Des raisons personnelles… » Il fallait qu'il rencontre le mystérieux thérapeute pour des raisons personnelles. Intrigué, j'essayai d'en savoir plus, mais il éluda mes questions. Il lui fallut une bonne heure d'arguments pour venir à bout de ma réticence et me convaincre de revenir sur ma décision. De toute façon, mes congés annuels approchaient et je n'avais rien de prévu. Nous raccrochâmes donc en nous donnant rendez-vous quinze jours plus tard, tout en nous demandant si c'était folie ou sagesse que de partir comme cela à l'aventure. À nos âges et, qui plus est, dans le sud de l'Espagne en plein été !...

L'aéroport de Lyon Saint-Exupéry est désert ; c'est le petit matin. Seule une employée, le regard vide, traîne la jambe en poussant avec difficulté un chariot rempli de l'attirail nécessaire pour astiquer les kilomètres carrés de l'immense hall. De longues minutes blêmes du manque de sommeil s'étirent, nous envoûtant jusqu'au bord de l'assoupissement. Un jeune cadre trop dynamique coupe la salle en diagonale, tirant derrière lui un bagage dont une roulette grince atrocement. Je baille. Nous voici en partance pour l'Espagne, à la recherche de celui que Nicolas appelle « l'homme de la Mancha » ; c'est bien vers le terrain des exploits du héros de Cervantès que nous nous dirigeons. Cette coïncidence géographique me gêne ; je n'éprouve pas de fascination particulière pour ce récit picaresque. Don Quichotte et Sancho Pança... J'ai toujours trouvé ce couple grotesque. Le psychotique perdu dans ses délires, amoureux platonique d'une image féminine caricaturale, et le gros lourdaud confit dans son bon sens, à moins que ce ne soit dans sa débilité légère... Qu'à l'époque cette œuvre ait pu être un événement littéraire, je le conçois, mais je me refuse catégoriquement à voir un quelconque parallèle entre l'histoire de ces guignols et la nôtre.

La voix éthérée de l'hôtesse nous ramène à une réalité plus terre à terre et contemporaine, nous informant, par haut-parleurs interposés, que notre vol aura une heure de retard, en raison de la grève d'une certaine catégorie de personnel. Je raconte alors à Nicolas une anecdote. Faisant mes préparatifs pour notre périple, j'avais nettoyé ma vieille tente qui, après une longue période de chômage technique, sentait un peu le moisi. Après un lavage impeccable dans la grosse machine d'une laverie automatique du quartier, j'avais eu l'excellente idée de la mettre à sécher. Puis la déplorable idée de pousser la température du sèche-linge au maximum. Au final l'objet, dont une bonne partie était en nylon, avait rétréci jusqu'à prendre la taille d'une maison de poupée et il m'avait fallu en acquérir une neuve. L'aventure me paraît, avec le recul de quelques jours et un peu d'autodérision, plutôt plaisante, en tout cas distrayante, mais mon camarade l'entend d'une tout autre oreille. Il rapproche cet incident du retard de l'avion, et annonce, doctoral, que ces faits pourraient être décodés d'une manière beaucoup moins anodine. Sa posture indique nettement qu'il est entré dans une de ses transes mystico-philosophiques, mais je ne résiste pas et consens à lui demander le sujet de son anxieuse méditation. Sa réponse, gravée du sceau de l'ambiguïté, consiste, pour ce que j'en comprends, à déduire que ces deux événements négatifs sont un bon signe, indiquant que nous sommes frappés de la malédiction qui hante tous ceux qui osent se risquer sur les terres de Don Quichotte. Certains manuscrits auraient été perdus, plusieurs cinéastes n'auraient jamais pu terminer leurs films sur l'œuvre de Cervantès et il y aurait même eu des maladies inexpliquées dans cette région de La Mancha. À ce point de son exposé, le lien avec le tombeau de Toutankhamon est inévitable. Et il ne l'évite pas. Mes références littéraires étant ce qu'elles sont, je remémore alors les aventures de Tintin et celles de Blake et Mortimer. C'est ainsi que, revenu à une enfance raisonnablement heureuse, je m'enfonce doucement dans une rêverie dont je ne sors que devant la porte d'embarquement. Le trajet doit être court et, à Madrid, dépaysement garanti, je devrais retrouver, à défaut d'un « superpsy » ou de je ne sais quelle malédiction, un peu de mes racines espagnoles.

Confortablement installés dans la grosse carlingue, nous abordons le stade toujours délicat du décollage et de la prise d'altitude. Pendant l'accomplissement de cette prouesse technologique, mon collègue extrait une photo jaunie de l'une de ses poches de poitrine et la caresse discrètement de son pouce ; elle doit lui servir de porte-bonheur. Je n'imaginais pas cela de lui, mais, ma foi, on se rassure comme on peut ; moi, mon doudou, en cas d'anxiété, c'est ma pipe. Nicolas, rasséréné à présent, entame la conversation :

— Qu'est-ce que tu lui demanderais, toi ? Tu y as déjà pensé ?

Point n'est besoin de préciser de qui il parle, et cette idéalisation d'un inconnu m'agace quelque peu. Quant à savoir quelles questions je poserais, ah, ça… Je suis parti pour observer un technicien et, à supposer que nous le trouvions, je n'ai rien de spécial à lui demander. Hormis des précisions sur ses façons de travailler, bien sûr. Mais je doute de l'intérêt des réponses. Les bons praticiens sont rarement des théoriciens, et réciproquement. On dit que sur le savoir-faire de cinq personnes, cinquante glosent, et que sur ces commentaires, cinq cents délibèrent. Je veux juste être l'un des cinq premiers. J'esquive donc en lui retournant la question. Sourcils froncés, il entre dans un profond dialogue intérieur. Sa réponse arrive après que le steward nous ait offert des rafraîchissements ; j'ai oublié ma question. M'arrachant à la contemplation du morne tapis cotonneux des cumulonimbus moutonnant en dessous de nous, j'essaie de suivre son propos :

— Je serais bien sûr curieux de découvrir les moyens qu'il a utilisés pour guérir notre patient… Mais j'aimerais avant tout savoir si, selon lui, la vérité existe, je veux dire une Vérité absolue qui serait valable pour tous, en tout temps et en tous lieux, et qu'il faudrait posséder pour mieux vivre.

Si elle existait, depuis le temps, cela se saurait, non ?

pensé-je à part. Conciliant, je trouve pourtant une réponse diplomatique, assurant, sincèrement, qu'une telle interrogation serait un bon test. J'ajoute que je préfère être à ma place qu'à la sienne, le jour où ils se rencontreront. Nous rigolons. Connaissant Nicolas, je parie qu'il ne sera pas en peine de questionnements tordus. Quant à moi, je souhaiterais qu'il m'explique pourquoi les maîtres, quels qu'ils soient, répondent toujours de manière détournée aux questions qu'on leur pose, et je crois deviner comment il pourrait me répondre... J'ai pensé à haute voix et mon collègue me prie de poursuivre. Je me lisse les moustaches, signe d'une concentration profonde :

— Je te répondrais par une histoire. Tu la connais peut-être ; c'est celle du mec qui se réveille un beau matin en se demandant : « C'est quoi la vie, dans le fond ? » Je te signale d'ailleurs que Freud et Schopenhauer la citent. En plus, racontée à cette altitude, tu ne pourras pas dire que ma conversation vole bas !

Il sourit.

— Alors voilà... Le gars commence par demander à ses proches : « C'est quoi, la vie ?... C'est quoi, la vie ?... » Évidemment, personne ne sait quoi lui répondre. Et puis, un beau jour, peut-être pour se débarrasser de ce casse-pieds, quelqu'un lui suggère de se rendre à la campagne, dont les habitants, restés plus simples et plus proches de la nature, pourront sûrement l'aider. Notre homme va donc trouver les paysans avec sa question (je te la fais courte). Bon, même topo : personne ne connaît la solution. L'un d'eux finit par lui conseiller de s'adresser aux montagnards, au rythme de vie plus tranquille et dont les longues soirées d'hiver doivent être meublées de pensées profondes. Ce qu'il fait. Là aussi, chou blanc, mais on lui parle d'un ermite, tout en haut de cette même montagne, qui, précisément, réfléchit depuis vingt ans à cette énigme. Bien sûr, il s'empresse et, parvenu au sommet, il l'interroge : « Maître, quel est le sens de la vie ? » Ce dernier prend une profonde inspiration et dit : « D'abord, il y a l'épreuve. Tu dois méditer toute la nuit, nu dans la neige et, à l'aube, je te donnerais La Réponse. » Le type s'exécute et tient bon. Le lendemain, dès que le jour se lève, il se précipite, en piteux état et réitère sa demande. Alors, le maître dit : « La vie, c'est de l'eau qui coule sous un pont ! » Le mec est furieux. Il s'énerve et apostrophe le soi-disant sage : « Je n'ai pas parcouru tous ces kilomètres, questionné des centaines de gens et surmonté cette épreuve débile pour apprendre que, la vie, c'est de l'eau qui coule sous un pont ! » Alors l'ermite sursaute et, main devant la bouche, s'étonne : « Quoi ? Ce n'est pas ça ??? »

Rire, puis silence.

— Imagine qu'il nous arrive la même mésaventure !

— Ouais, assuré-je impassible, ce serait tordant.

Lorsque nous sortons de l'appareil, à Madrid, bien que prévenus de la température extérieure par le commandant de bord, l'air brûlant nous asphyxie. Le tarmac semble se liquéfier et moi aussi, dans ma tenue peu adaptée. La navette nous dépose dans le centre de la capitale. Mon collègue, Gentil Organisateur de l'expédition, a prévu une correspondance avec un train pour Tolède qui nous laisse juste le temps de manger un en-cas. À cette occasion, nous vérifions que, dans les gares, les *bocadillos* nationaux sont aussi savoureux que notre célèbre sandwich SNCF.

Nous voici à présent installés dans un express régional, bondé de travailleurs pressés dont la masse compacte dégage une chaleur humaine contre laquelle la climatisation mène un combat perdu d'avance. La foule des voyageurs est bruyante et s'agglutine autour de vous telle une pieuvre géante. À chacun de mes séjours en Espagne, j'ai été surpris par le niveau sonore des conversations et le fait qu'on vous « colle » ; je sais qu'il ne s'agit que de codes sociaux et de distances culturelles, mais, quand même, je n'aime pas qu'on me colle ! Aussi, à l'égal des maîtres zens subissant sans anesthésie l'ablation de la prostate tout en échangeant avec leurs disciples comme si de rien n'était, nous reprenons notre discussion. Pour être plus exact, Nicolas poursuit son soliloque :

— Je lui demanderais aussi ce qu'il a de plus que moi, et si son art ou sa sagesse peuvent être enseignés. Et puis les étapes qu'il a suivies pour en arriver là.

J'acquiesce ; le curriculum vitae et même tout le cursus d'un tel personnage peuvent présenter de l'intérêt. Comment se décrète-t-on gourou ? Dogmatique comme je sais l'être, je crois pourtant utile d'ajouter que ce sont les autres et leurs projections qui font le maître. Ça doit marcher comme pour l'artiste ou le fou. Ou le psy. Un psy sans patient reste-t-il un psy ? Ce n'est pas une question et il n'y a pas de réponse. Nous replongeons tous deux dans une méditation paresseuse et chaotique, rythmée seulement par le tressautement des boggies sur les rails.

La stridence métallique des freins me tire brusquement de ma léthargie. (Cette tendance fréquente à la somnolence est-elle le signe inquiétant d'un syndrome de Pickwick, d'une apnée du sommeil ou que sais-je encore ? Penser à consulter au retour.) Il ne s'agit que d'un énième arrêt. Bien que sur une ligne fréquentée, nous avons déjà fait halte dans un nombre phénoménal de stations minuscules ; et il semble que ce ne soit pas terminé. Nicolas est plongé dans la lecture d'une carte routière. Crayon en main, il se livre à de savants calculs et déclare, sans tourner la tête :

— Ça y est, nous voilà dans La Mancha. Don Quijote (il prononce à l'espagnole) est passé par là, en laissant pas mal de traces. Nos cartes postales venaient de la région. Maintenant, rien ne nous dit que la Rencontre soit dans le secteur. Mais, bon, puisque nous étions d'accord pour tenter le coup, je ne vois qu'un plan, c'est de se poser et d'explorer le coin avec méthode. Je te suggère de ratisser la zone comprise entre Toledo, Ciudad Real, Cuenca et Albacete.

Ce que je vois moins, c'est comment nous allons trouver quelqu'un sur un territoire aussi vaste que... je ne sais pas... l'Irlande ou le Portugal, en n'ayant pas la moindre information sur l'intéressé. C'est un point délicat que, par quelque artifice psychologique (le refoulement peut-être), nous avons réussi à laisser dans l'ombre jusqu'ici. Nous ne sommes même pas sûrs que ce personnage extraordinaire existe en chair et en os. Une phrase dans un bistrot ! Il faut reconnaître – j'ai honte de l'avouer – que j'ai proposé cette aventure à défaut d'un meilleur projet de vacances. Ça ou bronzer idiot !... Inéluctablement, l'heure de vérité arrivera, mais quelle importance ? Au pire, moi, je garderais le souvenir d'une belle promenade dans un pays qui me fait chaud au cœur, ce qui n'est déjà pas si mal. Au mieux ? Qui vivra verra !

Derrière les vitres closes se déroule un paysage semi désertique et monotone, curieusement émaillé de temps à autre d'un champ de céréales ou d'une maigre touffe d'arbustes. Les fils électriques et téléphoniques forment, eux, une toile serrée et anarchique.

Une sorte d'effervescence dans le wagon interrompt mes cogitations. Ce n'est tout de même pas le minuscule contrôleur, aux yeux aussi globuleux que ceux d'un poisson des grands fonds, qui produit une telle excitation ? Il est suivi par deux hommes. Le premier est vêtu d'un complet fatigué. Son visage aussi est fatigué. Le second porte un uniforme composé d'une grosse moustache, d'une casquette et d'un pantalon bleu marine. Sa bedaine est réglementairement drapée dans une chemisette d'une blancheur douteuse. Les riches galons dorés indiquent que le propriétaire, contrairement aux apparences, n'est pas portier d'un hôtel quatre étoiles, mais agent de la Police Nationale. Ces messieurs interrogent chacun des voyageurs, d'une voix qui se voudrait probablement confidentielle. J'ignore de quoi il retourne, mais l'intermède cassera le train-train. Je pousse du coude Nicolas. Tout à son labeur cartographique, mes mots ne doivent pas parvenir jusqu'à son cerveau. Il faut attendre notre tour pour en savoir plus. Lorsqu'ils arrivent à la travée derrière nous, je tends l'oreille ; simple contrôle de routine, à l'évidence. Identité, profession et tout le toutim. La rame entière chuchote, supputant les raisons de la visite des poulets. Je me demande comment présenter les motifs de notre présence dans ce train ainsi que notre destination, parce que, à mon avis, raconter que nous cherchons un guérisseur dont nous ne connaissons ni le nom ni le lieu de résidence… au mieux, c'est l'hôpital psychiatrique ! Mieux vaudra éluder.

— Police.

Salut réglementaire. Ils sont polis. Nicolas, qui a enfin repris pied dans le monde des vivants, leur fournit, dans le dialecte local, des réponses dont ils se satisfont ; d'après lui, nous sommes des touristes sur les traces de Don Quichotte et nous allons débuter notre périple par Puerto Lápice. Mon camarade est tellement naturel que je le soupçonne d'être sincère. Bon sang ! Moi, je n'en ai rien à faire du *Caballero* et du gros Pança ! Les deux flics notent tout avec neutralité. J'en profite pour les détailler. Le civil est grand et sec, fine moustache à la Zorro. Il aurait de la prestance après une bonne cure de sommeil. Son crâne allongé le classe indubitablement parmi les dolichocéphales. Il reste en retrait, nous observant sans trop en avoir l'air. C'est le chef à tous les coups et il laisse causer l'uniforme qui transpire abondamment, en parfait subalterne. Son eau de Cologne ne masque pas les effluves émanant de ses aisselles qui, à vue de nez, vont gagner par forfait. Ce beau bébé doit peser ses trois cents livres, et sa pilosité évoque la jungle amazonienne et nos simiesques ancêtres. Une bonne bouffe copieusement arrosée ne doit pas l'impressionner. Malgré ses efforts pour paraître affable, le vernis cache mal la brute. Ce qui est marrant, c'est qu'ils pourraient vraiment passer pour les sosies du chevalier à la Triste Figure et de son acolyte ! Ou pour Zorro et le sergent Garcia. Je tente gentiment d'en savoir plus, mais ils me dévisagent de leurs quatre yeux éteints et passent dans le wagon suivant.

À peine ont-ils quitté le compartiment, le brouhaha explose. Une ruche en folie. On suppute d'une banquette à l'autre. On suppose, on affirme, on déclare, on se questionne, on s'inquiète, on se fait du cinéma. On téléphone, aussi. On doit vite expliquer à une mère, un mari, une cousine, un copain, que l'on vient de vivre une aventure extrêmement palpitante, puisqu'on a été interrogés par *la policía* !

Un quinqua, très élégant dans son costume crème, crée l'événement en déclarant d'un air docte, sans lever le nez de l'écran de son ordinateur portable, qu'ils cherchent un *matador* !

— Un quoi ? demandé-je à mon collègue, éberlué de supposer le monde de la tauromachie impliqué dans une affaire policière.

— Un meurtrier !

Il a répondu mécaniquement, absorbé comme les autres par la rumeur. Je me laisse entraîner dans ce bel émoi collectif. Le mec ménage ses effets :

— Réfléchissez ! Il y a eu un assassinat horrible dans la région. Une jeune fille toute mignonne… Sûrement un obsédé, un impuissant ! Il faut bien que la police montre qu'elle ne chôme pas.

Fermant enfin sa machine, il ajoute, très chef d'entreprise :

— Après tout, c'est nous qui les payons !

Phrase anodine qui a la particularité de mettre le feu aux poudres. En quelques répliques, le PDG devient le bouc émissaire du compartiment en délire qui l'accuse, lui et ses sbires, de tous les maux : le chômage, les récentes grèves à répétition, la hausse des prix depuis le passage à l'euro, la sécheresse, la jeunesse qui ne respecte plus rien, l'insécurité qui grimpe… et, pour finir, ce dernier meurtre. Pas très concerné par les cancans, j'interpelle mon compagnon de route :

— Alors, tu me disais qu'on allait ratisser une zone comprise entre Tolède et… quelles villes déjà ?…

— Ciudad Real, Cuenca et Albacete.

Je me penche pour suivre son index sur la carte.

— Tu vois, là, là, là et là !… Comme je le disais aux policiers, nous pourrions démarrer par Puerto Lápice.

— Pourquoi Puerto Lápice ?

— Parce ce que c'est de là qu'ont été postées les cartes postales ; nos seuls indices.

Élémentaire, mon cher Watson !

— J'ai cru comprendre que vous étiez français. Moi, je suis catalan.

L'industrieux quinqua s'est approché et a engagé la conversation dans notre langue, échappant ainsi à une lapidation certaine par le reste du wagon. Il est visiblement heureux de nous apprendre, quoique nous ne l'ayons pas sollicité, qu'il est directeur d'un puissant groupe immobilier et qu'il se rend à Tolède pour signer un contrat juteux. Il a été obligé de se rabattre sur le train à cause de la grève des contrôleurs du ciel, déclare-t-il d'une moue dédaigneuse. Détaillant nos mises peu reluisantes, il nous demande si nous nous rendons à cette espèce de conférence… Nicolas le coupe en pleines supputations pour lui apprendre que nous sommes des psychologues à la recherche de guérisseurs traditionnels.

— Des guérisseurs ?

— D'après nos informations, La Mancha en serait remplie.

Il est le premier auprès de qui nous investiguons. Pas de chance…

— Désolé, ce n'est pas du tout mon rayon. Vous savez,

quand on a l'argent, le pouvoir et la reconnaissance, comme c'est mon cas, on n'a pas besoin de guérisseur... ni de psy. Plutôt d'un bon banquier et d'un avocat efficace. Et d'un peu de flair en bourse !

Il pouffe, étalant grassement son autosatisfaction.

— Et vous pensez que cela suffit pour remplir une vie ?

Moi, je ne consacrerai pas une goutte de salive avec ce... Pourquoi mon collègue s'embarque-t-il dans un tel échange avec cette caricature d'homme d'affaires ?

— Si cela suffit ? Vous rigolez ! Que voulez-vous de plus ?

— Je ne sais pas moi...

— La sérénité ! dis-je d'une voix grave. (Maintenant qu'on y est, autant se marrer... au deuxième degré !)

— Et pourquoi pas Dieu, pendant que vous y êtes !? Tenez, vous connaissez la dernière mode espagnole en matière de recrutement ? Effectuer le chemin de Saint Jacques de Compostelle pour le mettre sur son CV ! Bientôt, on aura droit au signe astral ou au nombre de Pater récités tous les dimanches !... Vous voulez savoir le fond de ma pensée ? Je suis persuadé que ceux qui partent en quête de ces chimères – je ne dis pas cela pour vous – sont des frustrés, des impuissants, des faibles qui n'arrivent pas à trouver leur place sur cette Terre où règnent le pouvoir, le sexe et l'argent. Relisez Marx, Messieurs !

Sa voix est pleine de miel, pensez : un golden boy citant l'auteur du Capital ! Content de son effet, il reprend :

— La spiritualité, la sagesse et tout le saint-frusquin ne sont que l'opium des laissés-pour-compte de la mondialisation... (Il a dit cette phrase avec un regard cynique en direction des autres voyageurs qui l'attaquaient il y a peu.) Remarquez, je n'ai rien contre, ah, ah, au contraire même : cela les occupe et nous évite les grèves, la révolution ou des meurtres... De toute façon, il n'y a pas de gâteau pour tout le monde...

La sonnerie de son téléphone cellulaire l'arrête (avant que je m'en charge) dans son cours d'économie à deux balles destiné aux analphabètes que nous sommes, puis il disparaît dans les couloirs du train en s'égosillant : « Bande d'imbéciles, je vous avais dit de vendre ! »

Malgré lui, ce capitaliste de base alimente nos réflexions. Nicolas doit être sur la même longueur d'onde que moi : et s'il y avait un fond de vérité dans les déclarations de cet abruti ? Abruti qui, soit dit en passant, me rappelle étrangement des proches ayant réussi, selon l'expression consacrée. N'est-il pas le plus heureux ? Comment se fait-il, d'ailleurs, qu'aucun de nous deux ne soit plein aux as ? Toutes ces années d'étude pour gagner à peine plus qu'un coiffeur ! Et pourquoi avoir choisi des carrières humanistes plutôt qu'économiques ? Par choix ? Par défaut ?... Bon sang, il m'arrive de me le demander, surtout en fin de mois (le deux, en général). Je me serais bien passé de ces remises en question au démarrage de notre périple... Heureusement, nous finissons par arriver à Tolède. Terminus. Ma chemise est à tordre. Nicolas, qui vaque hiver comme été en sandales, ne paraît pas concerné par la météo ; il replie son document avec précaution, comme s'il s'agissait d'une carte au trésor. Il y a un peu de cela.

Nous ne sommes pas là pour jouer les touristes, mais il nous reste plusieurs heures à tuer. Les trottoirs offrent un peu d'ombre et nous traînons nos guêtres le long de belles allées, assez vertes. Nous repérons la gare routière, en contrebas. Un café, vaste comme un terrain de football, nous fait hésiter un instant. Les clients, debout pour la plupart, ont tapissé le sol de serviettes en papier, mégots et autres déchets. C'est la coutume nationale, paraît-il. Nicolas souhaite pousser plus loin et pénétrer au cœur de la ville, qui serait réputée pour je ne sais plus quelle raison. Ma seule envie est de me jeter sur le premier siège venu, avec un verre embué, plein d'une boisson désaltérante. C'est lui qui gagne. Nous voici repartis et le centre de la cité nous apparaît soudain. Il est situé sur un tertre rocheux, derrière une enceinte fortifiée dont la porte monumentale est le passage obligé. Ça grimpe dur. Partis à l'assaut de la citadelle, nous franchissons les remparts et gravissons un raidillon avant de parvenir sur une jolie placette bordée de cafés s'abritant sous des colonnades. Je ne vois qu'eux, tandis que mon collègue file devant, à une bonne encablure et hors de portée de voix. Délaissant le bel espace public, il s'engouffre, comme s'il était un habitué des lieux, dans de minuscules venelles, boyaux étroits et en forte pente. Je le retrouve en arrêt devant une armurerie exiguë dont la vitrine s'orne d'innombrables épées, coutelas, haches et autres armes blanches moyenâgeuses.

— Qu'est-ce que… ?

Il m'interrompt d'un geste solennel, pointant la devanture de son bras gauche et dressant le droit devant la modeste joaillerie voisine. Ainsi campé, il incarne involontairement la lettre grecque psi. Avec des intonations d'acteur shakespearien se demandant s'il convient d'exister ou non, il s'enflamme :

— Tolède ! L'or et l'épée !

Dès qu'il retrouve la raison, nous reprenons la route et investissons un bar à la saisissante fraîcheur. La climatisation, c'est ça le secret ! Le boui-boui est étroit. Par surcroît, il est coupé en deux dans toute sa longueur par un monumental comptoir couvert d'une sorte de tunnel en plexiglas à l'évidente utilité : les célèbres tapas, rangées par spécialités dans de petites cuves en inox, y sont tenues bien au frais, attendant le client. Les quelques indigènes présents en ces lieux bavardent, debout ou une fesse posée sur les hauts tabourets, émettant un nombre respectable de décibels. Ils sont fortement concurrencés par une télévision qui, pour l'heure, n'intéresse personne, surmontant elle-même une machine à sous dont les néons clignotants et les sons synthétiques magnétisent deux jeunes femmes légèrement éméchées. Je prends une *horchata*. Cette boisson ressemble à du lait d'amande, mais je ne sais toujours pas de quoi il s'agit exactement. On a tenté de me l'expliquer plusieurs fois, pourtant. Tout le monde en boit dans le pays et ce n'est pas mauvais, alors… Nicolas commande un soda.

La seule activité envisageable est l'observation des autochtones. L'une des rares tables est occupée par des hommes d'un certain âge ; les uns fument, les autres toussent. Je pense brusquement à mon grand-père maternel. Il était le prototype du patriarche espagnol taciturne et autoritaire, une sorte de Gabin andalou. Arrivé en France depuis longtemps, il mettait, je crois, un point d'honneur à ne pas parler notre langue ou si mal. Nous allions le voir, à Annonay, en Ardèche. Il fallait passer sur le pont, par-dessus le torrent qui grondait et sentait la lessive, puis enfiler une ruelle sombre où vous scrutaient les regards narquois des ouvrières d'une usine textile éternellement en pause. Ce n'était pas encore la fin de l'épreuve. Restait le plus dur : grimper un vieil escalier vermoulu, dans le noir total. Les ampoules n'étaient pas cassées ; il n'y en avait tout simplement jamais eu. Plusieurs marches manquaient ; d'autres étaient brisées et l'on risquait de se rompre le cou à chaque étage. Bien entendu, les aïeuls vivaient au dernier. Heureusement la grand-mère, petit bout de femme fripée comme une pomme au four et éternellement vêtue de noir, nous attendait, discrète et pleine de vraie gentillesse. Le pépé, lui, bourru et solitaire, ne s'intéressait à personne. Sauf… tiens, le souvenir m'en revient distinctement. Je dois avoir dans les cinq, six ans. Il m'installe sur ses genoux et me plante dans la bouche son gros cigare. Je souffle dessus. Il s'esclaffe, d'un gros rire que je ne lui connais pas, et j'en ignore la raison ; ma mère surgit et ne rit pas du tout. Les odeurs mêlées du tabac et de l'encaustique. Le tic-tac de la grosse horloge dont le carillon…

Claquement sec de dominos sur la table de bois noir.

Une partie s'engage, ponctuée de sobres commentaires. Les secondes passent et la conversation s'enflamme d'un coup ; on dirait une drôle de chanson. Dans le brouhaha général, la fatigue aidant, le sens exact des propos m'échappe. Je détaille donc l'expression des visages, les postures, les gestes, la mimogestualité comme on dit dans notre jargon, les comparant avec les attitudes françaises. Différences significatives. Lorsque j'effectue des supervisions d'entretiens familiaux, j'utilise une caméra. Les conditions techniques d'enregistrement étant rarement excellentes, les échanges sont très souvent inintelligibles. J'ai donc pris pour habitude de couper le son et de réfléchir à partir des comportements non verbaux. C'est fou comme les rapports humains sont limpides, sans les paroles…

— Et si c'était une femme ?

Je fais répéter sa phrase à Nicolas, pas certain d'avoir compris. Docilement, il réitère sa question, d'une voix plus forte, pour couvrir la cacophonie ambiante. En réponse, je me lance alors dans un argumentaire plein de statistiques démontrant l'écrasante majorité d'hommes parmi les meurtriers, mais il me coupe. Il ne parle pas de l'enquête policière, mais de celui …ou celle, précisément, que nous cherchons. Il développe son scénario-catastrophe : nous partons en laissant tout en plan, parce que nous supposons que notre ex-dépressif a vécu une expérience magique, spirituelle, ou initiatique et, au bout du compte, il s'est juste amouraché d'une fille ; une fille quelconque pour tout autre que lui ; sa Dulcinée en quelque sorte… (Évidemment, il ne pouvait pas la louper, celle-là !) Cette version de l'affaire est possible. Mieux… ou pire, à bien y réfléchir, elle est probable. Pourquoi n'y avons-nous pas pensé avant ?

La plus importante rencontre pour un être humain, n'est-ce pas l'amour ? Mes valeurs et mes comportements ont été profondément modifiés depuis que ma femme est entrée dans ma vie. J'avais pourtant de l'expérience en ce domaine et je croyais même être tombé amoureux plusieurs fois. Mais l'amour est le meilleur thérapeute. C'est même à cela qu'on le reconnaît. Toutefois, au restaurant, avec ses deux bimbos, notre patient n'avait pas l'air du mec en train de vivre une romance ; mais un déclic, à partir d'une histoire sentimentale ou sexuelle, reste plausible. Songeur, je plaide que ce ne serait pas le premier dont les problèmes existentiels sont indexés sur le taux d'hormone. Interrogé, mon camarade concède que la présence des filles ne colle pas avec ce supposé grand amour. Pourquoi pas une guérisseuse, après tout ? s'entête-t-il, probablement en veine de féminisme. Il aime assez cette idée. D'ailleurs, notre ex-client a dit « une rencontre ». Le doute est permis, voire induit. Évidemment, cette possibilité ne simplifie pas nos recherches, puisqu'elle multiplie les candidats potentiels par deux…

— Tu es sûr qu'il n'a pas dit « il » ?

Nous nous livrons à une analyse de texte rétrospective, d'après les rares phrases que notre énigmatique patient aurait prononcées. Rien de concluant. L'heure tourne et chacun de nous, perdu dans ses réflexions, fait confiance à l'autre pour assurer la bonne marche de l'équipage. Évidemment, il est trop tard quand nous prenons conscience que nous ne pourrons pas rapatrier la gare routière à temps. Rassemblant nos maigres bagages en toute hâte, nous bondissons hors du bar, manquant d'être écrasés par un petit train blanc qui dévale la pente. Sur la place centrale, une file de taxis, blancs également, nous attend avec nonchalance. La tête de station est tenue par un monospace fièrement décoré à la gloire d'un célèbre fabricant de hamburger US. Nous nous y engouffrons et le chauffeur, véritable devin, a compris notre problème sans nous questionner. Nos portes à peine refermées, son engin décolle. La conversation est sûrement comprise dans le prix de la course, car il se lance dans un long monologue. Il mâche un peu les mots, parlant pour lui-même, sans souci de nos avis. La thèse de ce monsieur est, grosso modo, qu'il sait pertinemment qui est derrière le meurtre de la gamine, et qu'il n'est pas le seul. Il est prêt à parier que l'on ne trouvera jamais le coupable, ou alors, comme par hasard, ce sera un pauvre bougre qui passait par là et qui portera le chapeau. Son avis général est que, pff, ces gens-là sont bien trop puissants pour se laisser attraper et que, c'est bien connu, on ne s'attaque jamais aux riches ; et puis, conclut-il provisoirement, de toute façon, ceux-là sont tous de mèche, parce que…

La conduite du bonhomme est plus adroite que son analyse politique. Comme nous désignons notre car, dont les tôles vibrent déjà, il n'hésite pas à effectuer un magnifique arc de cercle pour lui barrer le passage. La somme qu'il nous réclame pour sa prestation est plus qu'excessive, et lorsque mon camarade lui demande de répéter, il convient rapidement avoir oublié de remettre son compteur à zéro. Conséquemment, la note se réduit au point de devenir raisonnable et nous l'honorons. Le flegmatique chauffeur du car nous a attendus.

À la sortie de la ville, la plaine s'étale à perte de vue ; la route, rectiligne à l'infini, est sa seule cicatrice. De rares collines pelées jouent avec un horizon fumeux et les couleurs impressionnent nos rétines. Un peintre fou semble avoir déversé sa palette sur le sol ; les teintes ocre de la terre, le blond doré des champs de blé déjà moissonnés et le vert-de-gris des vignes le disputent à celui des oliviers. La luminosité, d'une qualité exceptionnelle, doit ravir les photographes. Quelques troupeaux de moutons, en rangs serrés derrière leurs bergers, sont soigneusement encadrés par des chiens vigilants et courts sur patte. Disséminés dans le paysage, de nombreuses ruines de toute taille. Datent-elles d'une époque révolue où ces terres étaient plus peuplées, avant l'exode rural qui a dû frapper cette région comme d'autres en France ? À moins que, la terre ne valant pas bien cher par ici, la coutume soit de construire un peu plus loin lorsque la maison se délabre. Dans ce décor rude, et malgré le soleil, elles apportent une note de nostalgie et de tristesse. De loin en loin, se découpe la silhouette métallique d'un gigantesque taureau noir. Puis des villages enfin. Constitués d'une poignée de maisons de briques rouges, ils se pelotonnent autour de l'église comme pour enserrer quelque fraîcheur. La route ne les traverse pas, mais des arrêts les desservent. Les voyageurs montent et descendent, souvent chargés de lourds colis ; valises fatiguées ou cartons fermés par des ficelles. L'apparence vieillotte des gens du pays est probablement due à leurs vêtements. Pas de fantaisie. Les hommes sont en pantalon sombre, chemisette claire, bleue ou blanche, laissant deviner le maillot de corps, espadrilles fermées sur des chaussettes, en dépit de la température. Les plus audacieux arborent de fines rayures à leurs chemises. Les femmes se contentent de chemisiers et de robes sans originalité. Les jeans et les tee-shirts ne sont pas encore au goût du jour, sauf pour les enfants. Point de *fashion victim* ici. Sans doute en est-il tout autrement dans les grandes villes telles Barcelone ou Madrid.

Nicolas a mis la casquette de guide. Désignant les châteaux qui émaillent le paysage, il me rappelle que c'est de là que cette région de « Castilla-La Mancha » tire son nom. Puis des moulins apparaissent. Ce ne sont que de petites constructions circulaires, de la taille de modestes silos à grains, blanchies à la chaux. Les deux énergumènes du roman s'immiscent une nouvelle fois entre nous, mon compagnon s'enthousiasmant du parallélisme de nos chevauchées, alors que je redoute le quiproquo. Lorsqu'il revient à des propos sensés, je lui fais part de mes préoccupations :

— On dort où, ce soir ?

— Il doit y avoir pas mal d'hôtels, dans le coin. On vient des quatre coins du globe pour...

— Oui, oui, je sais ! Mais j'ai des moyens limités ; et si

nos recherches doivent durer, nous allons être mal.

— Ben, sinon, ajoute-t-il conciliant, nous pourrons camper ou loger chez l'habitant.

— Oui, bougonné-je, autant le Portugais est gai, autant l'Espagnol est hospitalier.

— Je pensais aux *bed and breakfast*.

— Ça existe ici ?

J'ai dû le vexer, mais il sourit, sympa :

— Je parie que ces maisons en adobe, là-bas, sont remplies d'ordinateurs branchés sur Internet. Tiens, regarde : il y a des antennes paraboliques !

— Si, si ! Nous *los españoles*, nous adorons *la tecnología*.

Mon voisin de gauche, solide sexagénaire aux traits burinés, vient de se glisser dans la conversation. Il a un accent, mais Nicolas et moi, de par nos origines, sommes habitués à ce parlé franco-espagnol. Il poursuit, providentiel :

— Vous savez, ma femme est à *l'hospital de Toledo*. (Il lève une main apaisante.) Oh, c'est la *cataracta*, c'est pas trop grave. *Si !* Je disais, elle est à *l'hospital* et c'est un peu spécial, à la *méson* quand elle n'est pas là. Nous faisons *yite roural* ! Elle, elle cuisine. Ah, c'est dommage ! Vous ne pourrez pas goûter ça ; c'est *oune artista* ! Enfin, si ça vous dit, *si Dios quiere*, je vous héberge quelques jours.

— Vous parlez très bien le français !

— Oh j'ai travaillé très longtemps sur *la Costa d'Azour*, j'installai des piscines. (Songeur.) Ah, ça, j'ai vu du beau monde, si je vous racontais !... Enfin ! Et vous, que faites-vous, *turismo, no* ?

— Pas forcément, se défend mon homologue, vague.

— Ah, ah dit-il, malicieux, je vois, vous êtes des *profesores* sur les traces *del Quijote, no ?* Il y en a souvent par ici...

Comme on dit « tiens, c'est un coin à champignons ». Il ne finit pas sa phrase et sourit, sans insister. Pourquoi le détromper ?

— Moi, je suis un vieil homme simple. Pour *mi retreta*, je

suis revenu *al pueblo* ; j'ai repris la ferme familiale et je m'oc-cupe des brebis. (Ses yeux brillent de fierté.) Vous connais-sez *el Manchego* ? C'est un fromage *famoso* !

Utilise-t-il ce mot dans le sens de bon ou de célèbre… ou les deux à la fois ? Moi, comme tout gastronome qui se respecte, je connais ; Nicolas, comme tout Espagnol qui se respecte, aussi, sans doute, puisque c'est à peu près le seul fromage national digne de ce nom.

Notre nouveau pote croit utile de préciser :

— J'habite à côté de Puerto Lápice.

Accepter sa proposition est une évidence. Il nous tend la main. « Miguel Molina Martinez y Gomez ; appelez-moi Miguel. »

¡ Gracias Miguel !

Situé à la lisière du village, le gîte est une modeste propriété blanche d'un seul corps. En arrière-fond, le maquis et des pieds de vignes bien espacés sur la terre ocre ; devant, un bout de terrain laissé à l'abandon où les herbes hautes et folles, maintenant brûlées par le soleil, laissent apparaître des moteurs hors d'usage et même une carcasse de camion « *Pegaso* », le tout rouillé depuis des lustres. La maison est spacieuse et claire. Notre hôte nous fait entrer. Les murs blanchis et le mobilier austère donnent une impression d'ascétisme et de religiosité bien dans le style ibérique.

Miguel est un retraité noueux et alerte. À moitié dégarni, portant une bedaine aussi ronde qu'un ballon de football, il n'est point ramolli pour autant et ses grosses mains calleuses ainsi que les avant-bras épais indiquent le gaillard robuste. La vie au grand air, sans doute. Et puis sa façon de se tenir me plaît ; ses propos aussi, car il respire un bon sens rassurant et tellement sain ! Nous avons droit à un repas roboratif : *migas* et *cocido* de bon aloi, servis avec un rouge assez charpenté. Le *cocido* est un de ces plats mitonnés populaires dont la fonction première est le recyclage des restes, ce qui ne les empêche pas d'être, par surcroît, très goûteux. Pour moi, ils sont à la gastronomie ce que la sagesse est à la philosophie : une façon évidente et heureuse de vivre, sans sophistication et sans autre ambition que celle d'exister. La perfection dans le dépouillement, en quelque sorte.

Miguel nous guide jusqu'à une chambre nue, si l'on excepte l'inévitable crucifix. Les lits sont hauts, en bois sombre et torsadé ; la literie immaculée se révèle molle, mais ce pourrait être pire. De toute façon, l'expédition pour rallier Las Labores, où réside *el señor* Molina, m'a épuisé. Ce n'est plus de mon âge, ces promenades. J'ai pris l'habitude de me déplacer exclusivement en voiture. La lumière à peine éteinte, nous sombrons dans un sommeil amplement mérité.

Dès que ce maudit coq se tait, nous nous levons. Nous retrouvons Miguel dans la cour. En nous voyant, il interrompt sa besogne. On doit se lever très tôt dans la contrée, pour éviter les ardeurs du soleil. Après s'être essuyé méthodiquement les mains, il nous précède dans la cuisine. La table du déjeuner est prête ; elle nous attendait. Il découpe à présent de solides tartines dans une énorme miche de pain. Pas de beurre, juste de la confiture de fraises, un peu trop sucrée. Nous arrosons le tout d'un café corsé et brûlant, comme je l'aime, dont il nous sert de généreuses rasades dans de gigantesques bols à carreaux rouges et blancs. Pendant que nous nous restaurons, il se charge de la causette :

— Restez le temps que vous voulez, on s'arrangera. Les bus sont rares, par ici, mais si vous avez besoin, vous pourrez prendre la *Rocinante*.

— La quoi ?

— La *Rocinante*. Je croyais que vous connaissiez *El Quijote* ? (Éclat rieur dans ses yeux.) Venez voir !

Rossinante, le bourricot du chevalier à la Triste Figure ! Nous le suivons. D'un geste auguste, il désigne le pré attenant à la maison. Un âne sans signe distinctif broute paisiblement. Bon sang, je me vois bien parcourir la campagne, juché sur ce baudet, tel l'abruti de Cervantès ! Miguel part d'un gros rire franc et massif (ma tête doit en être la cause), puis fait deux pas dans la direction désignée. De derrière un tas de foin, il extrait un engin préhistorique qui accuse une vague ressemblance avec une moto. La peinture a probablement été grise, quelques plaques en attestent encore, et le levier de vitesse, gros bras pommé et articulé, s'accroche au réservoir ventru, comme c'était le cas avant l'invasion des machines japonaises. La selle individuelle, large, et le tansad émergeant au-dessus des deux grosses sacoches en cuir semblent en bon état, mais le moteur suinte l'huile.

— Vous savez piloter ça ?

Tu parles ! J'ai eu le même genre d'engin. J'attrape le mince guidon puis actionne précautionneusement le kick antédiluvien. À ma surprise, il est souple, et ça démarre à la première sollicitation. Je tourne la poignée des gaz. Mes trente dernières années s'évanouissent dans un doux vrombissement et un nuage de fumée bleue.

Dotés d'un quartier général et d'un moyen de locomotion, nous voici parés pour l'aventure. Nous avons un côté « Pieds Nickelés » agréablement désuet. Nous roulons, nutête. L'air qui fouette le visage, quoique brûlant, donne une sensation de liberté absolue et indescriptible. Il faut y avoir goûté au moins une fois dans sa vie !

Puerto Lápice est un modeste village composé de pimpantes petites maisons mariant la chaux blanche et aveuglante et les boiseries bleu charrette. Le clou architectural est une sorte de déambulatoire rouge et blanc. Il s'agit d'une structure carrée, entrelacs d'escaliers et de passerelles surplombant une placette centrale. Des fêtes doivent y être organisées de temps à autre et on se plaît à imaginer la population massée autour d'un spectacle quelconque. Nous dépassons cette étrange bâtisse et tournons cent mètres plus loin. Nicolas me hurle dans l'oreille, tout en désignant une auberge en encoignure sur la droite. J'opine par défaut, mais mon regard est accroché par une église ornée d'une somptueuse cloche enchâssée dans une armature métallique complexe. Un architecte fou a pris possession du pays, dirait-on. Quittant la route principale, je vire sèchement, empruntant une ruelle, puis une autre. Après bien des méandres, nous avisons la seule possibilité de rencontrer âme qui vive dans ce village et à cette heure : « *Pelo mixte* » annonce un panneau métallique défraîchi qui se balance mollement dans l'air rare. Pourquoi y a-t-il autant de coiffeurs en Espagne ?

La maison basse ressemble à tout, sauf à une boutique. On s'attendrait plutôt à en voir émerger des personnes âgées traînant leurs chaises pour passer la journée à l'ombre, sur le pas de la porte. Je hisse la bécane sur sa béquille. Mes mains fourmillent et sont noires de cambouis. Écartant les lanières de plastique multicolores, nous entrons sans frapper. Assis sur un tabouret, le garçon s'évente paresseusement avec un journal. Sans bouger, il nous accueille avec un élégant et placide « *¡ Hola, caballeros !* ». Pas le moindre client. Le ventilateur brasse les effluves, mélange incertain de lotion capillaire et de musique rock que crachote une antique radio. L'unique et ancien fauteuil évoque ceux des dentistes de mon enfance. Nous l'interrogeons. La scène est surréaliste. Questionner un garçon coiffeur espagnol, dans un coin perdu, sur la présence éventuelle d'un guérisseur un peu spécial, m'apparaît comme une rude tâche. Au départ, nous avions envisagé de demander aux autochtones s'ils avaient eu connaissance d'un Français qui remuait la tête en émettant des caquètements, mais sagement, nous avons abandonné cette stratégie. Après quelques minutes d'anthologie et sans garantie aucune, nous ressortons avec les coordonnées de l'instituteur du village. Il ne reste plus qu'à le trouver.

Nous nous perdons plusieurs fois, tournant dans les venelles pour retomber inévitablement sur l'église. Un haut *Quijote*, métallique et moderne, que je n'avais pas remarqué jusqu'alors, y monte la garde. Un peu par hasard, nous finissons par dénicher l'adresse de l'enseignant. Nous toquons au carreau crasseux d'une maisonnette isolée et un homme âgé et buriné vient nous ouvrir en traînant la jambe. Lorsque nous déclinons le motif de notre présence sur son perron, il part d'un bel éclat de rire et émet l'idée que le coiffeur

a voulu nous jouer un bon tour à tous les trois. Ce Javier !
Le maître d'école, amusé, évoque le temps où le coiffeur
faisait partie de ses élèves. Il racontait déjà des histoires à
dormir debout. Ses fréquentes absences, il les justifiait par
une rencontre avec la Vierge Marie, des Extra-terrestres ou
quelque autre improbable événement. Égrainant le chapelet
de ses souvenirs, il se souvient avec un brin d'émotion, que
le garnement s'était absenté trois jours de suite, mettant ses
parents et tout le village en émoi, au seul motif que Don
Quichotte, suite à une maladie de Sancho, l'aurait prié de
prendre sa place pour combattre des ennemis tout aussi imaginaires. En grandissant, il semblait s'être assagi. Reprenant
son sérieux et devant notre mine déconfite, l'instituteur s'excuse de ne pouvoir nous aider dans notre entreprise. Nous
passons donc notre chemin, revenant inexorablement vers la
chapelle. Nous y faisons une halte et discutons de la marche
à suivre, tout en faisant quelques pas. Nicolas m'interrompt
au milieu d'une phrase, désignant, juste au-dessus de nos
têtes, la cloche. Elle surmonte une large inscription « Notre
Dame du bon conseil » et nous opinons en chœur : c'est un
signe. De quoi au juste ?

Nous remontons sur notre fougueux cheval de fer et
franchissons les quelques encablures nous séparant des cafés de la place. Une fois attablés à l'incontournable bar garni
de tapas, bien au frais à l'intérieur, nous devisons tranquillement, haussant le ton pour couvrir la retransmission d'une
corrida. Tout à l'heure, nous avons utilisé le mot *curandero*,
très usité en Amérique du sud, mais Nicolas m'en décon-
seille l'utilisation, car sa traduction serait beaucoup plus
proche de charlatan que de guérisseur. Étonnante coïncidence encore : *cura* signifie à la fois curé et cure. Même
proximité en français, noté-je avec stupéfaction, tout entier
accaparé par mon travail linguistique. De son côté, Nicolas
ne chôme pas. Profitant d'une pause publicitaire, il engage
la conversation avec le serveur. Un client s'en mêle, puis

deux, jusqu'à former une *ola* de comptoir et, très vite, tout le troquet nous prend sous sa coupe, dédaignant, ce qui est tout à notre honneur, le superbe taureau d'une demi-tonne apparu à l'écran, bavant et grattant le sol du sabot. On nous presse de questions auxquelles nous sommes bien en peine de répondre. On nous stimule, nous prêtant, comme autant de banderilles, des intentions mystiques, religieuses, pieuses, littéraires, journalistiques ou superstitieuses, assez loin de mon propos et de mon goût personnel. Dépassé par les événements, je laisse courir, découragé. Nicolas fonce, relevant une remarque, s'adressant à l'un, plaisantant avec un autre. Simple spectateur, perdant un mot ici, une expression là, je m'efforce de ne pas me laisser distancer. Enfin, lorsque la tension est à son comble, le patron donne le coup de grâce, synthétisant l'avis général d'une phrase sibylline : seul le curé de Madridejos peut nous aider ! Les hommes approuvent à voix haute et, déjà, on ne s'intéresse plus à nous. Il faut dire que le toréador vient de se faire encorner.

Demandant notre chemin, nous réalisons rapidement que Madridejos comporte plusieurs églises. Le premier clocher que nous repérons surmonte une imposante construction, plutôt massive et dépourvue de charme. En l'absence de toute précision concernant le prêtre spécialiste en guérisons miraculeuses, et suivant une vague intuition, nous délaissons cette bâtisse et continuons notre exploration. Après avoir erré dans la bourgade écrasée de chaleur, apparaît une ravissante chapelle en brique rouge, bien cachée dans un renfoncement. Quelques marches nous mènent à un jardinet en esplanade où quelques arbres touffus prodiguent une ombre épaisse. Nous toquons à la porte de la cure accolée au corps principal.

Le curé est un gaillard haut sur pattes, qui se tient voûté ; ses dents sont déchaussées et il est affublé d'oreilles de taille respectable qui, un malheur ne venant jamais seul, sont remarquablement décollées. Le brave ecclésiastique compense ce physique disgracieux par des manières onctueuses. Derrière lui, un minuscule patio au centre duquel glouglote une fontaine de style arabo-andalou. Nous recevant sur le pas de la porte, il ajuste ses fines lunettes en demi-lune pour s'enquérir de l'objet de notre visite. Nous déclarons brièvement venir de France pour enquêter sur des guérisons surnaturelles, ajoutant, un brin flatteurs, qu'il serait le seul, d'après nos informateurs, à pouvoir nous aider dans notre quête. Le propos éveille assez d'intérêt dans le regard de notre hôte pour qu'il donne suite à la conversation mais pas suffisamment pour nous faire entrer dans sa demeure. Il sort et s'installe sur l'un des bancs de pierre du jardinet. Docilement, nous le suivons.

— Êtes-vous catholiques ? s'enquiert-il en guise de préliminaires.

— Agnostique, réponds-je prudemment.

— Oh, je vois, excusez-moi !

Nous restons quelques instants en silence, pendant lesquels je rumine sur les derniers siècles écoulés. J'aurais en effet pu revendiquer mon protestantisme d'origine. J'aurais pu ajouter que mes aïeux de la branche maternelle n'avaient pas eu d'existence légale en Espagne. Pas d'identité, pas de mariage, pas d'enterrement. Comme des chiens ! Tout cela, parce que les registres de l'état civil étaient à l'époque tenus par les curés. Sans compter les vraisemblables tortures dont je n'ai pas eu connaissance… Mais je suis bon prince. Il n'y est pour rien, le pauvre bougre. Personne n'y est pour rien, jamais ! Les nazis exécutaient juste les ordres et étaient, sans nul doute, de bons pères de famille ; les criminels ont eu une enfance malheureuse et chacun se renvoie la balle. Et l'horreur au quotidien continue sa sale besogne… Nous avons besoin de lui ; c'est pourquoi, lâchement, je me tais. Étranger à mon coup de sang intérieur, le curé questionne Nicolas, cherchant à cerner précisément nos motivations.

Mon collègue décline notre profession et conte notre historiette sans recueillir de réaction particulière. Seul, le mot guérisseur provoque un haussement de sourcil. En hochant la tête, le prêtre nous apprend que ses recherches l'ont amené à recueillir dans de vieux manuscrits une histoire incroyable. C'était il y a bien longtemps, en mille six cent quatre pour être précis. Son prédécesseur, curé de Madridejos comme lui, était alors très célèbre. L'érudition de cet homme est sans faille. En universitaire modeste, nous prouvant au passage que cela existe, il développe la trame de la thèse sur l'Inquisition qu'il prépare depuis une décennie. Il cherche désespérément à comprendre les raisons de cette période qu'il considère comme la plus noire du christianisme. Réalisant sa digression, il s'excuse puis revient à notre question initiale :

— Je ne sais pas si vous croyez aux possessions…

Il sourit, me regardant en coin.

— Je crois qu'il y a des phénomènes que l'on peut appeler ainsi, m'appliqué-je, soucieux de traduire ma pensée avec fidélité.

— Ah oui, vous êtes psychologues ! J'ai lu plusieurs ouvrages de médecine faisant référence aux personnalités multiples, ce que l'on diagnostiquait il y a peu comme « dédoublement de personnalité », et qui pourraient s'apparenter à ces manifestations. Encore que…

— Les Évangiles ne disent-ils pas que Jésus aurait soigné un homme en proie à sept démons ? me rebiffé-je.

À quoi jouons-nous tous les deux ? Me voilà en train d'évoquer la Bible pendant que le curé fait référence à la nosologie psychiatrique ! Je ne vais tout de même pas en venir aux génuflexions !

— Continuez, *padre*, me coupe Nicolas, voulant probablement éviter que la conversation ne s'enlise. Vous nous parliez de votre prédécesseur ?

— Ce curé était réputé pour ses guérisons miraculeuses,

dont certaines ont été homologuées par le Pape, je crois. Sa spécialité était l'exorcisme. On dit qu'il délivra une femme possédée par plus de cent mille démons. Je sais que ce nombre ne signifie rien, mais aujourd'hui les médecins font grand cas de patients présentant trois ou quatre personnalités différentes !... Les siècles passent, les mots changent, mais l'âme humaine reste la même, ne croyez-vous pas ?

Pensif, le *padre* caresse son menton glabre. Rebondissant sur sa dernière remarque, Nicolas lui rappelle, en finesse, le but de notre quête :

— Précisément, si l'âme humaine est intemporelle, alors ses problèmes doivent être universels. Et les solutions aussi. C'est ce que nous recherchons.

— L'Église est LA solution, susurre le curé.

— C'en est une, dis-je aussi délicatement, mais Jésus appartenait à la secte des Esséniens, ceux-là mêmes qui fondèrent l'école des Thérapeutes grecs ; il a accompli de nombreux miracles, qui étaient presque tous des guérisons. Ne peut-on affirmer, en ce sens, qu'il était un thérapeute... hors du commun ? Et les religions elles-mêmes, dans leur ensemble, ne peuvent-elles être vues comme autant de thérapies ?

— Le Christianisme n'est pas une thérapie de plus, voyez-vous. (Il répond comme s'il s'adressait à des enfants pas très sages.) Même si, bien sûr, le Seigneur peut guérir ceux qui croient en Lui. En fait, c'est beaucoup plus que cela : la Religion est la Parole de Dieu.

Il ajoute finement : « Si je ne croyais pas cela, je ne serais pas curé, n'est-ce pas ? » ; ce qui, quoique ne prouvant rien, semble frappé au coin du bon sens.

Nicolas, perpétuel diplomate devant l'Éternel, trouve le biais :

— *Padre*, nous voulons juste savoir s'il existe encore des hommes comme cet exorciste.

— (Il prend le temps de nettoyer ses lunettes avec un

immense mouchoir à fines rayures bleues.) Voyez-vous… l'Église a mis de l'eau dans son vin et n'aime plus trop ces démonstrations tapageuses : l'époque n'est plus à cela. Je crois que les possessions ont pris de nouveaux masques : l'argent, le pouvoir, la sexualité…

— Vous disiez vous-même que l'âme humaine…

— Si de tels hommes existent, ils ne sont plus reconnus par l'Église, je le crains. Comprenez-moi. Une telle créature serait aujourd'hui l'œuvre du Diable, d'un faux Messie… et ils sont légion ! En aucun cas je ne vous pousserais vers un tel individu.

— Excusez-moi, insiste mon collègue à brûle-pourpoint, mais il vous est sûrement arrivé, à l'occasion, de pratiquer l'exorcisme ?

— Je me contente de réciter une prière et d'asperger les pauvres âmes égarées d'eau bénite.

Il est redevenu le curé d'une petite paroisse. Exit l'universitaire. Se levant, il s'excuse alors poliment et interrompt notre échange. Il s'éloigne et revient aussitôt sur ses pas. En hochant la tête, il nous interpelle sur l'horrible meurtre commis sur la fillette. Nous n'avons pas d'avis particulier sur la question, ce qui lui permet de donner le sien : « La psychologie ne soignera jamais la folie du monde » assure-t-il perfidement. Je lui signale, amer, que le catholicisme s'y essaie de son côté, depuis beaucoup plus longtemps, sans plus de succès. Avant de réintégrer ses appartements, il assène doctement que seule la Religion peut éviter ces massacres d'innocents. Il a le dernier mot et la lourde porte en bois plein grince et se referme avec un bruit sinistre, nous laissant à nos méditations, sous la haute protection de la Vierge dont la statue trône au milieu du jardinet.

Le soleil est haut lorsque nous repartons en pétaradant sur notre terrible engin qui sent l'essence et la sueur. Le curé ne nous a assurément pas dit tout ce qu'il savait ; la dernière intervention de Nicolas a semblé le troubler, ce qui, paradoxalement, est notre première lueur d'espoir. Sur la lancée, nous décidons de continuer notre enquête dans les villes alentour.

Nous rentrons lessivés, le corps fourmillant des vibrations de l'engin et l'estomac vide. Notre récolte : un instituteur, un curé et deux psychiatres. Et d'autres pistes plus douteuses : un Gitan, un sourcier magnétiseur, un télépathe illuminé, un ancien combattant de la guerre civile ayant perdu ses deux jambes et capable d'avaler des clous, un clochard vivant nu à l'intérieur d'un tonneau près d'une zone désertique de l'Aragon, un forgeron exécutant des tours avec des poulets près de Cinco Casas, une femme lisant l'avenir dans le foie des taureaux, un Jesús soignant les brûlures par imposition des mains, une statue de la Vierge qui accomplit des miracles tous les quinze août (pas de chance, la date est passée de peu), un marabout africain officiant lui aussi près de Cinco Casas, une sorcière sans visage n'exerçant que les nuits de pleine lune dans les cimetières… Sans compter les indications farfelues que nous n'avons même pas pris la peine de retenir, tant nous savions d'avance que nos supposés informateurs se moquaient de nous. Nous avons pris le parti d'en rire. Que faire d'autre ?

Développant nos théories du « lâcher prise », nous décidons, au réveil, de nous laisser conduire par les événements. Aujourd'hui, nous ferons donc de l'auto-stop. Aucune stratégie rationnelle n'ayant porté de fruits jusque-là, nous n'avons, somme toute, rien à perdre à jouer la carte du hasard. Le dé est l'objet qui fascine le plus mon camarade. Il m'a laissé deviner en quelques occasions qu'il l'utilise pour prendre les décisions importantes de sa vie, ce qui n'est pas banal, même si, je le reconnais, son objection selon laquelle nos choix se font la plupart du temps sur des bases aléatoires est acceptable. Je serais d'ailleurs prêt à parier que c'est sur un jet de dés qu'il a décidé de m'accompagner dans cette galère ! Cet objet a, bien sûr, le pouvoir de casser la trompeuse illusion de la raison raisonnante, mais je trouve mon ami excessif avec sa manie et je crains qu'un jour il ne se mette à déconner carrément avec cela… Enfin, bon, chacun sa voie.

Nous voici en pleine cambrousse, en retrait des voies importantes. La logique eût voulu que nous jouions la prudence, en restant sur un axe passant, mais la logique, nous en avons décidé ainsi, ne sera pas notre guide. Le stop a l'air de bien fonctionner et, en l'absence de tout programme, nous sommes libres. Dans un champ, nous chapardons un melon et l'éclatons sur une pierre pour nous repaître de sa chair jaune, gorgée d'eau et de sucre.

— La guérison, la religion et quoi d'autre ?… *Don Quijote*, pourquoi pas.

Assis sur le talus, les pieds sur le bitume, je respecte la méditation de mon alter ego, dans l'attente d'une chute qui tarde un peu. Un véhicule s'arrête à notre hauteur ; peut-être la réponse à l'existentielle question de mon copain. La glace électrique s'abaisse. Un quadragénaire sportif et au teint hâlé demande fort civilement s'il peut nous être utile. Trois mots suffisent pour qu'il découvre notre nationalité, et il s'exclame aussitôt dans notre douce langue :

— Mais vous êtes français ! Montez, nous bavarderons en route…

La puissante berline a la bonne idée d'être climatisée. Notre chauffeur s'enquiert de notre destination, nous éludons, prétextant une promenade sans but. En homme cultivé, il ne montre pas d'insistance excessive. Son plaisir à converser avec nous dans un français impeccable, quoiqu'un peu académique, est palpable. Nous apprenons bien vite qu'il exerce la profession de médecin généraliste ; il s'enquiert des nôtres. Il s'est formé à la sophrologie, précise-t-il, et sa pratique en a été profondément infléchie. Cette approche, utilisant les ressources infraconscientes du cerveau, est bien dans la lignée des techniques qui nous intéressent. Quoique plus proche de la relaxation que de la guérison dans sa partie la plus populaire, il existe, comme dans le yoga, des niveaux avancés nettement plus initiatiques et réservés à un cercle restreint de pratiquants. C'est donc avec le plus vif intérêt que nous devisons, sans rien apprendre sur le sujet que nous ne sachions déjà, cependant. Le prétexte d'écrire un article dans une revue savante, sur les guérisons psychosomatiques, nous permet d'aborder le thème de notre recherche sans trop nous livrer. Pour lors, il nous assure que, hormis quelques rebouteux inoffensifs, manipulateurs d'herbes, de chevilles et de monnaie trébuchante, la région ne présente aucun intérêt particulier. Que cherchons-nous, précisément ? Précisément ?... Nous ne le savons pas. Et où voulons-nous qu'il nous dépose ? Nous ne le savons pas non plus. « N'importe où » ne semble pas plus lui convenir et, décidément très humaniste, le bon docteur nous propose le gîte et le couvert. Notre stratégie nous impose, une fois de plus, d'accepter.

Nous grimpons à présent une étroite route en lacets à la sortie de Mota del Cuervo. Après avoir dépassé un agréable jardinet, nous parvenons au sommet d'une colline. Cinq petits moulins proprets se dressent tout à coup devant nous, à une centaine de mètres. Nous ne les verrons pas de plus près puisque la voiture s'immobilise devant une hacienda cossue dont la plaque proclame « Villa Susan ». Les grilles en fer forgé s'ouvrent d'elles-mêmes et nous glissons dans une allée en terre impeccablement tracée au cœur d'une végétation luxuriante. Des lauriers roses, des pins parasols, des chênes et quelques oliviers composent la plus ravissante des oasis. Au-delà de la propriété, le regard glisse sur la plaine infinie qui déroule ses carrés de couleurs alternées tel un échiquier de géants.

Susan appartient à l'espèce rare des épouses physiquement et moralement charmantes. C'est une femme élancée avec beaucoup de classe et encore davantage de taches de rousseur. Elle nous souhaite la bienvenue en espagnol, avec un fort accent. Une Anglaise, sans doute. Après quelques mots de bienvenue, le couple nous conduit à nos appartements. Nous déposons nos maigres bagages dans les douillettes chambres d'ami, après quoi je me prélasse dans un bain brûlant et vaque à mes affaires, tout comme Nicolas.

Plus tard, nous faisons la connaissance des deux enfants du couple. Ils sont bien policés ; un peu embarrassés aussi. Après une insistance modérée de leurs parents, ils prononcent une phrase de circonstance en français, à notre intention. Leur cursus scolaire inclut probablement la belle langue de Molière. D'ailleurs, Nicolas, posant la question, en a la confirmation immédiate. Il gagne même, du coup, le droit de corriger le devoir de vacances de la fillette.

Le repas qui suit est réellement excellent. Alfonso, puisque nous nous appelons à présent par nos prénoms, a débouché une bouteille de Bordeaux en notre honneur. Ici, j'aurais plutôt apprécié la découverte d'un cru local, mais son Saint Julien provient d'un bon château. Ses vingt ans d'âge sont également du meilleur augure, et notre Pygmalion est si heureux de nous l'offrir…

Puis madame emmène les enfants se coucher et la conversation prend un tour moins mondain. Notre hôte, résumant tendancieusement nos échanges, s'enquiert :

— Ainsi, vous cherchez des sorciers ?

Nous rions de bon cœur.

— Non, juste un guérisseur très spécial !

— Oui, je vois… Cela dépasse mon rôle de médecin, mais je tâcherai de vous aider… (Il nous ressert à boire.) J'ai entendu parler d'une sorte de gourou, revenu d'Inde, qui enseigne près de Casa de los Puercos, à quatre-vingts kilomètres d'ici, environ. On vient de toute l'Espagne pour le consulter ; parfois même de plus loin, paraît-il. On y croiserait jusqu'à des Suisses et des Bulgares. Sans compter les Américains, ajoute-t-il cynique, qui sont partout ! Si vous voulez le voir, je passe deux, trois coups de fil et vous saurez exactement où le trouver. Cela vous intéresse ?

Et comment !

— Viens voir, chéri : ils parlent des fillettes…

L'épouse d'Alfonso nous entraîne dans son sillage.

À la télévision, émission exceptionnelle sur les meurtres. Un montage photographique montre une jeune fille, sur un vélo, puis jouant avec des camarades, et enfin portant un énorme cadeau dans les bras, devant les rois mages. Commentaire sobre et implacable : « Mariela, onze ans, première victime du tueur. » Sur le plateau télé, un jeune présentateur interroge les parents. La mère, une femme plutôt forte et toute de noir vêtue, retient dignement ses sanglots. Quelle idée de participer à cette émission ! Le père, un gros pansement à la main gauche, avoue s'être coupé un doigt de douleur, après avoir appris la terrible nouvelle ; accident ou autopunition ? L'affaire n'est pas claire, mais il poursuit, avouant avoir un moment songé au suicide. Forte émotion dans l'assistance. Nous apprenons, au passage, que ce notable local ne renoncera pas pour autant à se présenter aux prochaines élections. Je ne peux m'empêcher de penser, sournoisement, que son apparent courage peut lui valoir nombre de voix supplémentaires. Axera-t-il sa campagne sur la question de la sécurité ? Il ne peut répondre. Moi, je ferais le pari que oui. Suit le portrait d'une autre fillette, à peu près du même âge que la précédente et qui apparaît, cette fois, sur les images de films amateurs. Petites scènes de la vie quotidienne : on la voit se baigner au bord de la mer et faire coucou de la main, puis galoper à cheval, danser en tutu. On la découvre ensuite à Paris : sur la butte Montmartre, au pied de la Tour Eiffel ; elle rit et applaudit à Euro Disney. Le bonheur tranquille qui sourd de ces images muettes est gelé par la voix off : « Belen, douze ans, seconde victime du tueur. » La tension monte d'un cran lorsque le père explique que la mère est morte peu après la naissance de sa fille et qu'il l'a élevée seul. La haine se lit dans ses yeux et l'émission dérape en direct quand il affirme, solennel et fixant la caméra bien en face, que, s'il attrape ce salaud, il lui réglera son compte. Le présentateur est visiblement embarrassé. Néanmoins, cette vigoureuse déclaration lui permet de réaliser une brillante transition en rappelant que mettre le tueur hors d'état de nuire est l'affaire de la police ; il passe aussitôt le micro au commissaire Miranda (tiens, tiens, surprise, c'est le Grand-sec qui nous a contrôlés dans le train). Questions habituelles. Réponses habituelles. Son équipe, assure-t-il blasé, fait son travail. Il ne peut être plus précis, pour ne pas gêner le bon déroulement de l'enquête. Est-il vrai que les victimes ont été tuées sauvagement ? Peut-il préciser comment ? Il serait en mesure de donner toutes ces informations, mais ne le fera pas, toujours pour raison d'enquête en cours. Les médias seront informés en temps voulu. Est-ce le même tueur dans les deux cas ? Certains indices semblent l'indiquer. Y aura-t-il d'autres victimes ? Le policier dit que ses services travaillent sans relâche pour que cela n'arrive pas, et il se passe la main sur le visage. Insidieusement, il ajoute que, maintenant, si le journaliste désire savoir si ce fou va commettre d'autres assassinats, le mieux serait de s'adresser au meurtrier en personne. Ou que, à défaut, on pourrait interroger un psychiatre. L'animateur rebondit. Justement, le professeur Arrimal est présent sur le plateau. L'éminent spécialiste, aussitôt dûment questionné pour obtenir quelque certitude – ce que l'on attend habituellement d'un expert – n'évacue pas l'idée qu'il puisse s'agir d'un malade mental, sans pouvoir toutefois l'affirmer et que, en l'espèce, on ne peut pas exclure qu'il recommence, sans être tout à fait formel. Mais attention, qu'on ne lui fasse pas dire ce qu'il n'a pas dit !… Peut-on soigner des personnes de ce genre ? Les soigner bien sûr.

La bonne question serait de savoir si l'on peut les guérir. Le présentateur, onctueux, assure que c'est précisément ce qu'il désirait savoir. Silence. L'homme de l'art élève les deux mains et fait la moue. Son interlocuteur le remercie pour cette précision qui s'imposait, puis tente courageusement de relancer son interview : comment un être humain peut-il en arriver à de telles atrocités ? La folie et le génie de l'homme sont les deux faces de la même médaille, conclut doctement le psychiatre. L'animateur, ne trouvant visiblement rien à ajouter à une telle assertion, se tourne vers l'invité suivant, un théologien qui saute sur l'occasion comme Torquemada sur une sorcière. Pour lui, tout ce qui nous arrive n'est que la conséquence de l'égarement de l'Humanité en général et de l'Espagne en particulier, qui ont quitté la voie de Dieu pour suivre celle du Malin, ainsi que le prophétisait Saint Jean. Dans une gerbe de postillons, il cite in extenso le chant funèbre du deuxième cavalier de l'Apocalypse : « À celui qui le montait fut donné le pouvoir de ravir la paix sur la terre pour qu'on s'entretue, et il lui fut donné une grande épée. » Cette chronique d'une catastrophe annoncée doit propulser l'audimat aux sommets ! Le présentateur a eu ce qu'il voulait et, après avoir remercié chaleureusement tous ces spécialistes qui ont permis d'y voir plus clair, sans transition, il introduit d'une voix grave l'événement qui va suivre, juste après la pub-restez-avec-nous : le match Real Madrid – FC Barcelona !

Pour Alfonso, le meurtrier ne peut être qu'un psychotique, paranoïaque ou schizophrène en plein délire. Il connaît de réputation le docteur Arrimal et lui accorde toute sa confiance pour aider les policiers dans cette enquête. Nicolas nous confie que le métier de profileur l'aurait tenté. Nous débattons de la prestation du théologien pendant que la publicité, insensible à ces drames humains, continue de dérouler son fil. Notre hôte, toute émotion dépassée, propose d'un air enjoué d'assister au fameux match. Nicolas est partant. Est-ce cela l'âme espagnole ? La tragédie et la fête intimement mêlées, le soleil et le sang, le jaune et le rouge qui hantent les corridas, le drapeau national et le flamenco ?... Je comprends mieux à présent le comportement paradoxal de mon collègue, qui peut passer du sérieux le plus grave à une légèreté des plus insouciantes. Quant à moi, je préfère aller prendre le frais dans le jardin.

J'y retrouve Susan, les yeux pleins de larmes contenues. Abandonnant les aficionados à leur vice, nous discutons et je découvre notre protestantisme commun. Elle tient à me montrer les orchidées qu'elle cultive amoureusement ; pas de doute, elle a la main verte. Puis elle me parle d'elle. Elle a besoin de se confier, manifestement. Évoquant son pays, elle me demande si je connais l'Écosse ; elle enseignait l'espagnol à Édimbourg et elle a rencontré son époux à l'occasion d'un voyage d'études sur l'œuvre de Cervantès. À présent, elle donne des cours particuliers d'anglais et traduit des romans anglo-saxons. Sa mère tenait une petite ferme-auberge. Elle lui parlait souvent de la cuisine française et de ses grands chefs. Je lui fais part de mon expérience de restaurateur et de mon penchant pour la gastronomie. Elle s'exclame ravie, et nous en profitons pour échanger quelques recettes et tours de main ; sans oublier un commentaire amusé sur les spécialités locales. J'aime sa sensibilité et sa généreuse douceur. Elle m'avoue que cela lui fait du bien de parler, et d'être écoutée surtout. Son mari ne l'écoute plus comme avant... Elle réalise tout à coup qu'elle en a trop dit et, sans nous concerter, nous réintégrons le salon.

Je prends rapidement congé de tout le monde. Mon collègue a juste le temps de me lancer :

— N'oublie pas que demain nous allons rendre visite à notre gourou, à... où ça déjà ? ajoute-t-il à l'adresse de notre hôte.

— Casa de los Puercos.

La maison des cochons ! Ça ne s'invente pas…

Hier au soir, j'ai pensé que nous étions proches du but, et j'ai retrouvé mon optimisme du départ. Alfonso nous a donné tous les détails concernant la prestation de Casa de los Puercos et Susan nous a gentiment prêté sa voiture pour la journée. L'âge, la fatigue et la raison nous incitent à préférer la « séance » de l'après-midi à celle du matin. Nous projetons d'assister à la conférence plénière qui réunit beaucoup de monde et, ensuite, nous pourrons tout à loisir interroger le « Maître » ou du moins participer à l'une de ses consultations en cercle restreint.

Nicolas pilote et je co-pilote. Est-ce cette partition inhabituelle des rôles qui en est la cause ? Toujours est-il que nous n'identifions pas la « Maison des Porcs » sur le court tronçon de route. Demi-tour et re-demi-tour. Rien. Par acquit de conscience, nous poussons jusqu'à Ossa de Montiel, dépassant, sans doute possible, notre destination. Comme à notre accoutumée, nous optons pour une immersion au sein de la population locale, au bistrot du coin. Quatre hommes en marcel et chemises à carreaux jouent aux cartes en silence. Nous commandons et Nicolas s'enquiert auprès du jeune serveur de l'emplacement de cette maudite Casa de los Puercos. L'employé effectue un mouvement que l'illustre Spitz nommait céphalogyres négatifs, c'est-à-dire qu'il secoue la tête pour dire non, geste universel s'il en est. Un moustachu du troisième âge entre à cet instant et se dirige droit vers le bar. Captant une queue de phrase, il nous fait réitérer notre question. Après quoi, il nous détaille avec soin et s'étonne : « Vous êtes chasseurs ? » L'étrangeté de la réplique nous laisse pantois. Nous réintégrons notre véhicule, ni plus informés, ni moralement plus brillants. Repassant les kilomètres de goudron au peigne fin, nous comprenons mieux à présent l'interrogation du vieux moustachu. Dans cette région en cours de désertification, pauvre maquis sans arbre, de minuscules pancartes indiquent des noms de parcelles qui sont autant de réserves de chasse. Reprenant donc notre parcours qui devient jeu de piste, nous finissons par trouver un panonceau métallique, illisible car mangé par la rouille et truffé de plomb, qui a conservé la trace de quelques lettres. Avec une solide expérience du jeu du pendu, et beaucoup d'imagination, on peut y supposer inscrit le nom de notre destination.

Roulant au pas, nous nous engageons donc sur l'étroit chemin au sol inégal pour déboucher, une centaine de mètres plus loin, sur un champ. Un bosquet de chênes rachitiques, sur la gauche, offre une ombre assez alléchante pour que de nombreuses tentes, motos et caravanes s'y soient réfugiées. En face, plusieurs maisons blanches aux portes et fenêtres vert pomme ; et aussi des bottes de paille empilées qui forment un parallélépipède parfait. L'endroit grouille de monde : des femmes, des enfants, des malades, des vieillards, des chiens. La scène évoquerait une fête foraine, si ce n'était la bande-son : une musique New Age du plus bel effet remplace avantageusement le bruit pneumatique des carabines à plombs, les cris joyeusement effrayés dans les manèges et les chocs sourds des autos tamponneuses. Un hangar de taille respectable réunit un fort attroupement et c'est là que nous décidons de porter nos pas.

C'est Woodstock par ici ! décrète Nicolas, en référence à l'abondant et jeune public frénétiquement occupé à quelque simulacre de copulation dans la végétation environnante. Il est aussitôt fusillé du regard par un christ chevelu, tirant par la main un bambin en larmes. Toutes les églises ont leurs grenouilles de bénitier ! affirmé-je assez fort afin d'être entendu de l'impétrant qui comprend apparemment notre langue. J'avoue que l'idée d'une rixe en pareil lieu me séduit assez. Ces individus en quête d'une guérison spirituelle ou de la sérénité éternelle pourraient-ils, à la première provocation, se comporter comme de vulgaires voyous à la vogue ? Ce serait là une révélation, une expérience de sagesse et d'humilité qu'il me plairait de leur offrir gracieusement, et en toute modestie je crois. Quoique... Il y a longtemps que les guerres de religions n'étonnent et n'amusent plus personne, alors qu'à bien y réfléchir, elles sont aussi désespérément paradoxales et tragicomiques ! La francophonie est certes bien représentée en ce lieu, même si les accents sont belges, québécois ou suisses. Les Anglo-Saxons ne sont pas en reste. Ils n'ont néanmoins pas besoin d'ouvrir la bouche pour être identifiés, grâce à leurs teints délicieusement marqués par le soleil. Leurs peaux présentent de subtiles nuances comprises entre le rose pâle et le pourpre vif, sans parler des desquamations géantes dessinant d'élégantes cartes de géographie cutanée.

Profitant de l'ambiance bon enfant, je propose à mon collègue d'acheter une glace au vendeur ambulant qui doit réaliser un excellent chiffre (et si c'était lui, le plus sage de tous ?), et nous nous laissons emporter par la foule... Les tests micros démarrent, puis le technicien s'éclipse à la faveur d'un présentateur qui, en des temps meilleurs, a dû être monsieur Loyal. Il explique que nous sommes tous venus écouter le message de Sohamsa et il scande son nom : « So-ham-sa, So-ham-sa... » Néanmoins, l'heure de son entrée n'étant pas encore arrivée, une agréable sylphide nous invite à une courte séance de méditation qui n'a rien de transcendante (contrairement à la fille). Tout cela augure mal, mais, reviendraient-ils sur terre, Jésus, Bouddha et tous les saints passeraient aussi, je le suppose, à la télévision. Nous attendons pour voir. Étant mal placé, je dois sortir mes lunettes. Des senteurs musquées de haschich planent. Enfin, la musique est coupée net et la Star apparaît. Il faut convenir que la mise en scène est assez au point. Nous nous étirons collectivement les cervicales pour l'entr'apercevoir et de l'assemblée monte un « ooooh ! » poignant, frisson contenu ou orgasme sacré. Ses mains se lèvent en un mouvement apaisant assez universel et sans grand risque d'erreur. Les longs cheveux raides et noirs ébène forment un casque sur son visage glabre. Mince et sobrement vêtu, il arbore un pantalon gris et une chemisette noire. Je ne suis pas certain qu'il soit de type européen. À sa façon de glisser sur le sol d'une démarche féline, je parierais que ce type a dû pratiquer les arts martiaux ; du kung-fu même, pour être précis.

D'une voix douce et calme, il évoque les miroirs. Grosso modo, il explique que notre maladie incurable est de ne vivre qu'à travers notre image et celle que les autres ont de nous. Cette image, c'est l'ego, le moi, qui déclare être ceci, cela, aimer ceci et non cela, qui veut devenir ceci, comme cela. L'assistance est vite captivée ; elle a payé pour cela. Il développe abondamment, mais sans trop s'écarter de cette thèse principale. Alors que nous commençons à nous ennuyer, avec un geste de prestidigitateur, il fait apparaître une très jolie marguerite toute blanche entre ses mains. Me souvenant de l'anecdote de Siddhârta, le Bouddha, qui aurait transmis tout son enseignement à l'aide d'une simple fleur, je redoute un instant qu'il ne s'en inspire grossièrement. Nicolas, en phase avec moi, me pousse du coude. L'orateur pose alors la question à l'assemblée :

— Cette fleur, qui libère son parfum, se demande-t-elle si elle va plaire ou non ?

— Non ! frémit la foule.

— Non ! confirme-t-il, surpris et heureux par l'intelligence de son auditoire. Elle n'a pas d'image de ce que son parfum devrait être. Si on pouvait lui demander « qui es-tu ? », la fleur répondrait « je suis Cela ». Et peut-être même pas. « Je suis » suffirait. Nous autres humains, nous croyons que l'essentiel de notre être, ce à quoi nous tenons parfois plus qu'à la vie, se résume à tous ces qualificatifs que nous ajoutons à « je suis ». Être, c'est le miroir ; tout ce qui vient en plus, ce sont les reflets. Un reflet est fait pour passer et laisser la place à un autre reflet. Le miroir, lui, est immortel. C'est le même pour tous.

Le ton de son exposé suit un cours sinueux, puis il s'enflamme progressivement pour exploser en bouquet final :

— Comprendre Cela, c'est la fin de la peur ! Comprendre Cela, c'est la libération ! Comprendre Cela, c'est atteindre l'Immortalité !

Amen... L'assemblée est subjuguée. Nous, nettement moins, nous avons déjà entendu cela. Nous échangeons la même moue dubitative. C'est bien rodé, mais c'est du spectacle spirituel. À défaut de chaman, nous venons plus sûrement de rencontrer un *showman* !

En ce qui me concerne, j'étais très réservé dès qu'il avait été question de conférence. Je ne crois pas que les dons de guérison ni la Sagesse, si elle existe, se transmettent par une causerie. Et pourquoi pas sur Internet ou en fiches payables en trois mensualités !?... Le numéro du type me laisse froid, mais cela ne signifie pas qu'il soit entièrement bidon. J'en veux pour preuve l'effet presque sensuel produit sur la foule. Le mieux me paraît quand même de le voir répondre à une consultation personnelle. Après tout, rien de ce qu'il a dit n'est idiot. Mon collègue renchérit : « Oui, tous les grands maîtres tiennent à peu près les mêmes propos, mais, jusqu'à preuve du contraire, cela reste du discours. » J'opine. Pas la peine de me faire ...un discours. Ce mec nous a interprété les paroles, mais il manque toujours la musique.

Des haut-parleurs nasillards nous guident vers le menu

sous-bois où s'est constitué un cercle, ma foi, un peu plus convivial. À présent, le public est plus restreint. Nous avons patienté pendant une heure, battement nécessaire au Révérend pour se remettre de sa prestation. J'ai mis ce temps à profit pour réaliser que les inflexions de voix de l'orateur sont très proches de celle des langues asiatiques. Je ne sais si son éducation s'est faite en Extrême-Orient ou s'il a des ascendances, mais nul besoin d'être expert pour sentir qu'il parle l'espagnol selon une gamme non chromatique. Ces intonations, qui peuvent paraître à la fois chantantes et discordantes, si pénibles et étranges pour les oreilles occidentales, ont sur l'être humain, j'imagine, des vertus aussi certaines que les symphonies de Mozart sur la production laitière des vaches normandes et celles de Wagner sur la combativité des *marines* américains ! À vérifier. Car les foules sont réceptives à cela. Freud l'avait noté, lui qui avait probablement eu le loisir d'observer l'influence du camarade Adolf sur les masses germaniques. Je me souviens d'ailleurs avoir entendu un enregistrement radiophonique du Führer. Spécial, hein ! Ses sifflements m'avaient glacé la colonne vertébrale ; et pourtant, je ne suis pas du genre sensible. Si à des milliers de mâles en uniforme, marchant au pas de l'oie et hurlant ensemble à la gloire de la patrie, vous ajoutez la musique militaire, les drapeaux, la foule en délire, sûr que cela doit être difficile de résister à une telle déferlante !

La parole est ouverte par un homme aux manières sirupeuses, qui chante, avec une componction comique, les louanges de l'être censé changer notre vie comme il a transformé la sienne. Il pourrait être mécène, propriétaire des lieux, adepte ou les trois à la fois. Tout le monde se dévisage, attendant le premier petit malin qui se ridiculisera. Une femme d'un certain âge se lève et on lui colle derechef dans les mains le micro d'une sonorisation de fortune qu'elle examine avec méfiance :

— Si je comprends bien ce que vous dites, il faut vivre

l'instant présent et abandonner toute ambition sociale ?

Pour toute réponse, Monsieur Sohamsa ferme les yeux et sourit dans une semi extase. Elle a bien compris. Silence de pacotille.

— Vous semblez ne pas beaucoup aimer ce qui s'accorde avec le verbe être. Mais puisqu'il faut travailler pour vivre, suffit-il de dire « je fais le pompier » pour éviter « je suis » afin d'atteindre cet état de libération dont vous parliez ?

Je n'ai pas pu m'empêcher de croiser le fer. J'ai parlé d'une voix forte, et, lorsque le micro arrive, c'est trop tard… d'autant plus que je suis fermement décidé à ne pas surenchérir, quoiqu'il m'oppose.

— Ce pompier est aussi à l'occasion mari, père, ami, français ou touriste. Que diriez-vous qu'il est en réalité ? me demande le Gand Prêtre.

Pas mal, mais j'aurais pu donner la même réponse, si j'avais été à sa place.

Il y en a toujours qui se croient obligés de meubler les silences : un barbu saute de son siège comme un beau diable et réclame le micro baladeur. C'est un colosse avec de petits yeux porcins très mobiles. Machinalement, il caresse sans cesse sa barbe fournie, assez seyante si l'on aime le style Charlemagne. Il se déclare astronome. Astronome américain, cette précision lui semblant utile. Travaillant dans un observatoire au Chili (voilà pourquoi il parle aussi correctement l'espagnol), il a déjà consulté nombre de sages, maîtres, philosophes et penseurs à travers le globe, et à tous il a posé la même question. Pour l'instant, aucune réponse ne lui a apporté satisfaction. Il fait partie d'une équipe annonçant une nouvelle révolution scientifique : la théorie de l'Univers Champagne. Chaque bulle correspondrait à un univers né du trou noir d'un univers précédent, lui-même né du trou noir d'un univers précédent, et ainsi de suite à l'infini. C'est grossièrement l'idée générale… Sohamsa a écouté avec une bienveillance soutenue, la tête légèrement penchée, tel un oiseau. Parvenu au bout de l'exposé, magistral il faut le reconnaître, l'homme pose alors Sa question, menton relevé en un geste de défi :

— Si notre univers n'est plus qu'un univers parmi des milliards d'autres, alors, quel est le sens de la vie ?

L'attention de la foule, à laquelle nous appartenons plus que jamais, est intense, suspendue à l'intervention du présupposé maître. Après avoir temporisé, celui-ci finit par déclarer, emphatique :

— Qu'il y ait un univers ou des milliards ne change rien : la vie est un miroir et le sens un reflet. Qu'avez-vous besoin de l'un pour justifier l'autre ?

Le gourou met un point final à sa sentence avec un signe sec de la tête. Le barbu hésite et fait une grimace de dégoût. Puis, il hausse les épaules et part à grandes enjambées, visiblement furieux. Il y aurait une porte, il l'aurait claquée. La réponse ultime, ce n'est pas encore pour aujourd'hui ! Quelques disciples, mollement, continuent le jeu de la consultation. L'autre a bien sûr réponse à tout, sans trop d'effort. C'est son rôle et il ne le joue pas trop mal. Et puis la séance est levée.

Nous quittons le groupe avec le flot des pénitents et Nicolas me tire soudain par la manche : il vient d'apercevoir Son éminence Sohamsa adossé à un arbre, fumant tranquillement une cigarette ! Ni une ni deux, nous lui sortons notre couplet : nous cherchons un guérisseur exceptionnel qui ferait des miracles. Son regard n'a pas une once de compassion : lui n'accomplit pas de miracles et, pour ce qui est des guérisons, il y a les médecins ou les psychiatres. Il cherche juste à libérer les êtres qui veulent devenir autre chose que ce qu'ils sont. Pourquoi croyons-nous que la vérité est ailleurs ? s'étonne-t-il avant de s'éloigner, nous laissant à la méditation de cette sentence supposée définitive.

Je suis positivement dégoûté. Le mec a dû s'imprégner

d'orientalisme, puis aura réalisé après coup qu'il y avait du fric à prendre en surfant sur la vague de la néo-spiritualité occidentale. Son petit négoce est au point ; il doit vendre abondamment livres, cassettes, …miroirs, pourquoi pas. Le commerçant est habile, mais je reste plus que sceptique sur la qualité de sa marchandise. Nicolas est moins dur que moi, mais nos positions semblent converger. J'ai bien l'impression que nous nous sommes un peu montés en chantilly, lui et moi. Au final, nous voilà pris dans les filets du tourisme spirituel, comme des ados en proie à l'acné juvénile et aux problèmes de libido. Tiens, à la réflexion, il doit y avoir un peu de cela chez Nicolas : de l'adolescent attardé ! Je ne suis pas très sympa, parce qu'il faut reconnaître que j'ai participé à l'opération d'automystification, mais cela soulage drôlement de se défouler sur quelqu'un.

Au retour, l'animateur de « Rrrradio-Exito » postillonne dans le poste ; il est plein d'enthousiasme. Pas nous. Et nous restons silencieux. Moi, j'ai toujours su que ces histoires n'étaient que fanatisme et autosuggestion. Franchement, des soi-disant maîtres, j'en ai rencontré pas mal dans ma vie : entre les chrétiens heureux, les psychanalystes prosélytes et dogmatiques, les libertaires fascisants, les écolos intolérants et les nihilistes pratiquants, je me demande d'ailleurs si ce ne serait pas plutôt celui-ci, le plus vieux métier du monde ! Alors un maître de plus qui retourne mordre la poussière de ses prétentions, pas la peine de s'en faire pour si peu… Pour Nicolas, c'est différent. Je pense qu'il n'a pas complètement renoncé à trouver un jour une sorte de Vérité ou plutôt d'anti-Vérité absolue et définitive, puisque je l'ai entendu contester l'idée de transcendance ou d'un Grand Horloger du temps où il animait un café philo. Il faut qu'il continue à se prouver des trucs, chaque nouveau maître devenant un défi qu'il se doit de relever. Selon moi, ce n'est pas lié à sa personnalité, mais à son angle d'attaque plus cérébral que le mien ; je crois avoir un côté animal qui me préserve. Le problème est que l'inexistence de quelque chose est impossible à démontrer. Même si l'on y consacre toute l'énergie et le talent disponibles. C'est une question de logique et c'est avant tout mon point de vue… Mais en même temps, si je suis avec lui dans cette galère, je dois avoir une bonne excuse. Et un peu plus sérieuse que mes prétendues vacances en Espagne. Bon, je ne vais pas me lancer dans une auto-analyse sauvage, parce que l'inconscient comme Nouvelle Vérité Révélée, j'ai déjà donné…

Le soir, en arrivant chez nos hôtes, nous trouvons un mot nous informant qu'ils rentreront tard. Susan a mijoté un ragoût d'agneau au thym frais, très odorant, qui devrait se marier parfaitement avec la bouteille de Valdepeñas qu'Alfonso a déposée en évidence à notre intention. C'est donc dans le confort gustatif que nous entreprenons notre briefing habituel. Pourtant, pour quelque raison obscure sans rapport avec l'absence de la charmante écossaise, j'ai envie d'être de méchante humeur. Nicolas part dans un délire cartographique auquel je ne parviens pas à adhérer et que je ne préfère pas approfondir, de crainte de découvrir du pathos chez lui. Une histoire de cercle magique. Un sentiment tourne, se précise, m'échappe, me rattrape, disparaît et enfin s'immobilise. Je m'en saisis illico presto et lui en fais part. Pour moi, la coupe est pleine, mais peut-être y croit-il encore… Il a l'air un peu gêné, mais il est clair que, pour lui, abandonner maintenant serait prématuré. Ses réponses énigmatiques indiquent qu'il n'a rien de plus qu'une vague intuition à m'opposer. Après de longues minutes d'ergotage, nous finissons par trouver un compromis en convenant tous deux d'une séparation de vingt-quatre heures. Nous cohabitons depuis suffisamment de jours ; une pause nous sera bénéfique. Et puis qui sait ce qu'il en ressortira…

Au petit-déjeuner, Alfonso s'enquiert civilement de notre rencontre avec le gourou de Casa de los Puercos. Notre déception ne l'étonne guère et c'est avec le ton du triomphateur modeste qu'il constate que cet énergumène n'est qu'un charlatan de plus. Il ajoute que nous pouvons rester chez lui quelque temps, si nous le désirons. Nous l'informons alors de notre décision de reprendre séparément notre pérégrination. Il a l'élégance de faire semblant de comprendre. Comme il se rend à Almagro pour écouter la conférence d'un ami homéopathe, sur le thème « Une nouvelle médecine dans un nouveau Monde », il nous propose d'y participer. Au prix de détours intellectuels savants, il voit dans le sujet de cette causerie un lien manifeste avec notre quête. Nous déclinons poliment son offre, mais, fidèles à notre théorie hasardeuse, nous acceptons volontiers qu'il nous pose dans cette ville.

Je m'étire, car nous voici rendus. Almagro. Salutations. Départ d'Alfonso. Nicolas et moi écourtons notre séparation. Deux phrases brèves et creuses, qui ne nous apprennent qu'une chose : nous sommes d'accord pour ne pas nous épancher. Rendez-vous est pris pour le lendemain, même lieu, même heure.

Parce que, piqué dans la conversation avec Nicolas, j'ai affirmé avoir des projets personnels, me voici seul et en plein soleil. Je n'ai aucun plan, aucune envie et vingt-quatre heures à tuer. Une cabine téléphonique m'amène à acquérir une carte pour joindre ma vieille mère que je n'ai même pas informée de mon voyage. Lorsqu'elle est en ligne, je comprends qu'elle travaillait dans son jardin et que je la dérange, quoiqu'elle m'assure du contraire. Apprenant cependant où je me trouve, la nouvelle l'émeut et le ton change :

— Mais tu sais que tu es à deux pas de Puertollano !?

— Puertollano ? Mais je croyais que c'était plus au sud…

— Non, non.

— Bon, alors Puertollano, c'est quoi ? Tes parents venaient bien de Jaén, en Andalousie ?

— Oui. Mais, très jeunes, ils sont venus s'établir à Puertollano et c'est là qu'ils ont vécu avant de venir en France. Mes aînés sont aussi tous de là-bas.

Toute mon enfance, j'ai entendu parler de cette ville ; c'est un haut lieu de l'histoire familiale maternelle et il est vrai que je ne pensais pas en être si près. Elle reprend, très excitée :

— Tu as tous tes cousins, là-bas, tes oncles et tes tantes ! Oh, qu'est-ce que ça leur ferait plaisir, une petite visite ! Vas-y Victor ; tu verras comme ils sont accueillants.

— Mais je ne les connais pas, moi, Maman !

— Ça ne fait rien, tu ne peux pas savoir ! Au téléphone, ils me parlent tout le temps de mes enfants, ils meurent d'envie de vous connaître !

— Tu es restée en contact avec qui ?

— Ben il y a la tchatcha Alfonsa, la tchatcha Encarnación… et puis il y a les cousins, le fils d'Antonio et de Juanita…

Je me perds dans les branches de son arbre généalogique. La thèse du monologue maternel est que cette famille, quoique inconnue jusqu'à ce jour, pourrait parfaitement se réjouir de ma visite. Je demande des adresses sans trop m'engager ; elle ne peut me donner que quelques numéros de téléphone.

— Tiens, j'y pense tout d'un coup, il faisait quoi, comme métier, le grand-père ? je n'ai jamais su.

— Ben, il était ouvrier dans les mines de plomb ! Depuis l'âge de six ans, à la mine, tu te rends compte ?!

Nous raccrochons et je vais m'asseoir sur un muret à deux pas.

Aujourd'hui, je ne vois pas de lien entre ma recherche professionnelle et cet épisode de pure nostalgie, mais je ne jurerais pas qu'il n'y en a point, cependant. La cabine téléphonique est encore là, à m'interroger. Une Ibérique de forte corpulence y pénètre, dépose son cabas et, porte ouverte, se met à rugir des mondanités à son interlocuteur. La conversation dure, musique de fond vaguement familière, me replongeant dans mes années d'enfance. Les retrouvailles familiales, lorsque j'étais très jeune, me stupéfiaient. Débordé par le niveau sonore et ma méconnaissance de la langue, j'observais les gens se claquer le dos, s'engueuler, se réconcilier, médire et se tomber dans les bras. L'ambiance qui en résultait était si étonnante et tellement différente de la vie austère des protestants suisses allemands du côté de mon père… La femme offre à présent des informations complètes et de premier choix sur l'état de ses différents organes. Elle termine le reportage par ses varices. Lorsqu'elle se résout à raccrocher, en pleine forme, moi je ne suis toujours pas décidé.

Costume cravate, attaché-case, un jeune commercial s'introduit dans le sauna de verre. L'échange est bref. Il s'éloigne. Je suis assis face au soleil brûlant et, de toute façon, il va me falloir changer de position.

J'ai toujours défendu l'importance de nos racines, dès lors quelle bonne raison aurais-je de ne pas aller voir ces cousins que je ne connais pas ? De plus, j'ai presque honte d'avoir été jusqu'à aujourd'hui d'une telle ignorance à l'égard de la famille de ma mère. Je repense à mon grand-père, patriarche sombre et silencieux. Il avait réussi, simple ouvrier, à acquérir un immeuble entier. Son hypothétique magot avait fait couler pas mal de salive pendant des décennies chez mes oncles et tantes. Toutes les rumeurs couraient sur son compte et il ne prenait jamais la peine d'en démentir aucune. À son décès, ses fils, larmes à peine séchées, s'étaient rendus l'un après l'autre à son appartement qu'ils avaient démonté jusqu'à la dernière pierre. En vain. Bien après, on s'était souvenu qu'un parent éloigné, peu de temps avant la mort du vieux, avait sollicité les clés de la cave, prétextant des inondations. On établissait un parallèle troublant avec la fulgurante évolution professionnelle de ce chauffeur-livreur qui, à quelque temps de là, avait été en mesure de monter sa propre entreprise de transports, faisant la surprenante acquisition de plusieurs camions rutilants. Le grand-père n'accordait sa confiance ni à ses proches ni aux banques et, s'il avait eu du fric, il aurait bien pu le planquer dans une valise à la cave. Vieux grigou ! Encore ce grand-père qui croyait dur comme fer à l'existence d'une mine d'or en Espagne, dans le secteur de Puertollano. Une fois en France, il aurait continué à rêver, faisant et refaisant l'inventaire des lieux visités et des recoins qui auraient échappé à sa perspicacité. « Je le revois le soir, assis tout seul, la tête dans les mains, les yeux dans le vague. On se taisait, nous, on savait qu'il repensait à Sa mine d'or ! » nous avait conté ma mère. Lorsqu'il était encore là-bas, sa journée de travail achevée (à la mine de plomb, d'après ce que je viens d'apprendre), je l'imagine enfourchant son âne à la poursuite du précieux métal. Le plomb et l'or… Sa vie, il l'aura passée du plomb sur les bras, de l'or dans la tête. Comment ne pas penser à l'Alchimie ? Nicolas serait excité comme un pou par cette histoire ! Je m'étonne tout de même de connaître dans le détail cette anecdote de trésor, peut-être plus mythique que réel, et d'avoir ignoré, jusqu'à ce jour, sa réalité ordinaire, son métier. J'en ai un peu honte.

Suis-je si différent de mon aïeul ? Ma quête technique n'est-elle pas la recherche d'une efficacité magique qui masquerait le non-sens de la vie quotidienne ? Une autre pensée me frappe : l'une des citations les plus fréquentes de Freud est une métaphore : « Il faudra bien, un jour, que l'or pur [*de la psychanalyse*] s'allie au vil plomb de l'éducation. » Cette traduction française, erronée à ce qu'il paraît, avec la nuance péjorative et prétentieusement élitiste contenue dans ce « vil plomb », serait contraire à l'esprit et à la lettre du texte originel. L'idée serait plutôt que l'or pur est un matériau inutilisable, car trop mou, et que ce n'est que par l'alliage avec d'autres métaux qu'il trouve sa valeur en orfèvrerie. J'ai longtemps été éducateur ; je respecte énormément ce métier qui m'a appris beaucoup plus que tous les cours universitaires. Je pense que c'est ce qui donne du poids à ma pratique de psy avec les enfants et les adolescents. L'argent pour ce grand-père n'était-il pas un rêve de liberté ? Mes frères, si entreprenants dans leurs petites affaires, ne perpétuent-ils pas ce rêve d'un Eldorado, ce pays mythique qui attirait les conquistadors car l'or y aurait jonché le sol ? Et tout cela n'a-t-il pas comme arrière-fond la recherche du pouvoir et d'une emprise sur les autres à travers l'argent ou la psychologie ?… Je n'avais jamais pensé à cela. Et pourquoi pas vivre, tout simplement ? Pourtant, s'il ne tenait qu'à moi, je crois que je pourrais passer le reste de ma vie en ermite, dans une grotte. Les relations humaines consomment trop d'énergie. (Penser à écrire un livre qui pourrait s'intituler : « De l'intérêt à n'avoir ni famille ni amis ! » Mais pourquoi l'écrire ou plutôt : pour qui ?)

Je me lève lourdement. Je sais où est mon devoir.

Je me demande où Victor est parti... Je connais ses origines espagnoles (du côté de sa mère, je crois), mais, bizarrement, nous n'en avons jamais parlé. Est-il allé voir sa famille sur la terre de ses ancêtres ? Ce voyage n'est-il, pour lui, qu'un retour aux sources ? Et moi, je cherche quoi, au juste ? La solution à je ne sais quel problème passé, resté inconscient ? Cet être exceptionnel après lequel je cours, ne serait-il rien de plus qu'un père ou une mère perdue ?...

Je n'ai pas vu le jour dans cette région, mais dans l'autre Castille, la vieille, comme on dit par ici, dans un village d'une centaine d'âmes tout au plus. À ma naissance, je fus marqué du sceau de la différence par une luxation congénitale des hanches. Ceci m'obligea à porter, durant de longues et pénibles années, un plâtre me montant jusqu'au milieu du ventre et m'empêchant de vivre comme les enfants de mon âge. Du porche de ma maison, je les voyais courir et jouer dans les prés avoisinants. Ainsi, je boite depuis l'origine. J'appris très vite à compenser ce handicap physique en misant sur mes capacités mentales, devenant assez facilement un brillant élève. Évidemment, cela masquait la douleur d'un jeune garçon qui se sentait plus faible que ses camarades. Mon envie de réussite était surtout soif de vengeance : « Plus tard, je leur prouverai que je suis plus fort qu'eux... » Après avoir passé moult diplômes supérieurs, je compris que je pouvais m'arrêter de courir ainsi après les honneurs. Je devins naturellement psychologue pour soigner les autres et, tant qu'à faire, me soigner en même temps. Durant les six premières années de ma vie, à cause de cette infirmité, je passai davantage de temps dans les hôpitaux que chez moi, d'où un sentiment d'abandon et de rejet. De plus, cette souffrance fut accentuée, lorsque ma famille émigra en France, me laissant presque seul à l'hôpital pendant plus d'une année. D'où sans doute ma course effrénée après un maître ou une figure d'autorité susceptible de remplacer ces parents qui n'ont pas été à la hauteur de mes attentes. Bien sûr, ce n'était que le ressenti d'un enfant qui s'attend, comme tous les enfants du monde, à être au centre de l'amour parental. Mon père et ma mère, objectivement, n'ont été ni plus ni moins mauvais que d'autres. Mais cela n'a rien à voir avec la vérité ou l'objectivité. Je me sentais rejeté, différent, abandonné, et aucun discours rationnel n'aurait pu y changer quoi que ce soit. J'ai mis de longues années pour régler plus ou moins cette question et me sentir en paix avec mes parents et mon passé. Mais peut-on jamais en finir avec son passé ? N'essayons-nous pas jusqu'à la fin de le réparer ?… Cette histoire sera sans doute terminée le jour où j'accepterai de lâcher mon travail qui me donne cette place si valorisante de sauveur. Ce jour-là, j'arrêterai enfin de courir après mon ombre et je serai peut-être sauvé.

En attendant…

Mon escapade en solitaire a déroulé son fil autour de la Plaza Mayor, superbe place centrale de cette cité enchanteresse. Elle forme un rectangle spacieux, dont les deux longueurs sont composées d'immeubles aux fenêtres à meneaux verts. Leur alignement irrégulier évoque les flancs ventrus d'un gigantesque bateau, un peu comme les caravelles de Christophe Colomb. Au rez-de-chaussée, des arcades abritent des commerces. Depuis notre séparation avec Victor et après un tour rapide de la ville, j'ai traîné de terrasse en terrasse, selon la position du soleil. Les bars sur le côté gauche sont à l'ombre le matin, et donc bondés à cette heure ; ceux de droite prennent le relais l'après-midi. N'ayant pas d'autre passe-temps, j'ai pu observer en détail les autochtones. Et les étrangers. Assis à côté de moi, un groupe d'une dizaine de personnes évoque un congrès qui se tient à l'Université locale. Sur les vitrines des magasins, j'ai lu une affichette traitant de ce sujet, intitulé, je crois, « Un Nouvel Ordre pour un Autre Nouveau Monde ». J'ai supposé, un instant, que notre astronome américain était venu, à cette occasion, présenter sa théorie cosmique. C'est également là qu'a dû aller Alfonso. Les universités d'été sont très tendance, en France du moins. Une autre façon agréable de passer ses vacances, pour ceux qui sont las de la plage et des festivals de tout ordre.

Depuis hier, je suis intrigué par des croix rouges formées de quatre fleurs de lys. Elles ornent le blason d'Almagro, mais aussi des bâtiments publics, des plaques de rues, des clochers, des souvenirs pour touristes, les balustrades de certaines maisons, …jusqu'à la tête du lit dans lequel j'ai dormi. Il faudra que je me renseigne.

Le seul événement saillant de la journée fut le vol d'un magnifique aigle royal, comme j'en voyais parfois dans ma terre natale. Je me suis plu à imaginer que ses circonvolutions indolentes avaient quelque mystérieuse connexion avec les déambulations qui m'ont amené jusqu'ici…

— Vous avez trouvé une chambre à votre convenance ?

C'est mon informatrice de la veille.

— Euh… Oui. Merci pour le tuyau. La pension de votre tante correspondait bien à mes goûts… et à mon budget. Je vous offre un verre ? Je vous dois bien ça.

— Vous êtes sûr que je ne vous dérange pas ? Vous attendez peut-être quelqu'un…

— J'étais dans mes pensées. Un ami doit me rejoindre en fin de matinée. Je vais prendre un café et vous ?

— Moi aussi. ¡ *Carlos !* s'exclame-t-elle à l'adresse du serveur.

Puis elle s'excuse dans la foulée ; ici, c'est un peu son quartier général.

Carlos est un petit gros au teint rubicond, portant catogan. Il arrive prestement, trouvant le temps, sur le chemin, de redresser une chaise et de donner un coup d'éponge à la table voisine. Il fait la bise à mon interlocutrice et attend en contemplant le ciel. Nous lui commandons deux cafés et la conversation s'engage timidement. La question de la langue nous intrigue visiblement tous deux. J'ai compris qu'elle est française, elle précise qu'elle vient de Nantes ; je lui apprends que l'espagnol est ma langue maternelle, même si ma vie s'est davantage déroulée de l'autre côté des Pyrénées, à Lyon plus précisément. Elle me regarde ; je la trouve belle. Pas de maquillage, pas de bijou, pas d'artifice. Elle a concédé quelques mèches effilées à sa chevelure courte, et elle est terriblement féminine ainsi. Ses expressions gracieuses, son petit nez retroussé, son regard espiègle. Elle s'est mariée avec un homme de la région qui tenait la boutique de vannerie ; celle où je me suis renseigné hier.

— Votre mari est parti ?

— En quelque sorte… Il est mort.

— Je suis désolé ; je ne voulais pas…

— Vous ne pouviez pas savoir.

Heureusement, nos consommations arrivent. Pour une fois, je mets du sucre. Nous buvons et je cherche désespérément un moyen pour dissiper ce malaise. J'avise une poubelle municipale portant une de ces croix rouge, juste devant nous. Je l'interroge sur leur signification. Cet emblème d'Almagro et d'autres villes environnantes serait l'insigne de l'Ordre de Calatrava. Elle semble connaître le sujet et ses mains dessinent de jolies arabesques, ponctuant son propos. Il s'agit d'un ordre militaire et religieux, un peu comme les Templiers, qui a établi ses quartiers dans cette ville pendant de nombreuses années et en a fondé l'Université. Puis elle me questionne adroitement sur les motifs de ma présence dans la contrée. Elle m'a vu tourner, désœuvré, dans la ville, et je ne dois pas correspondre au touriste type. Lorsque je lui parle de recherche personnelle, elle imagine aussitôt que nous participons au colloque de l'Université. Je la détrompe et elle en déduit que je viens chercher ma Dulcinée. Le tourisme littéraire et sentimental se développe dans la région, paraît-il. Amusée, elle révèle que sa tante envisage d'ailleurs sérieusement d'organiser à l'avenir des excursions sur le sujet. Il existerait aussi un projet de parc thématique à Ciudad Real. Elle conclut en assurant que la région a bien besoin d'activité.

— Et vous faites quoi dans la vie ?... Attendez, laissez-moi deviner... Enseignant. Ou alors artiste... Oui. Comédien, je parie.

— Pas mal, mais ça, c'est mon violon d'Ingres. Je suis psychologue.

— C'est drôle, je ne vous voyais pas là-dedans... J'ai consulté des psys à la mort de Jandro, et croyez-moi, ils étaient moins engageants que vous.

— À une terrasse de café, c'est différent.

— Sûrement. Mais ceux que j'ai vus avaient des têtes d'enterrement et ils ne m'ont pas redonné le goût de vivre.

— Ils ne vous ont pas aidée ?

— Je me suis débrouillée autrement.

— Comment ?... Si ce n'est pas trop indiscret.

— Sur les conseils de ma tante, je suis allée voir quelqu'un du pays.

— Une sorte de... guérisseur local ?

— Si vous voulez.

— Là, vous m'intéressez !

Je choisis ce détour de la conversation pour lui exposer les vrais motifs de notre expédition. Notre recherche d'un guérisseur sur le compte duquel nous avons entendu des choses étonnantes, en France. Je confesse que nous ne connaissons ni son nom ni le lieu où il habite. Tout juste savons-nous qu'il vivrait dans La Mancha et qu'il serait plus efficace que les psys ordinaires que nous sommes. Et nous ne savons même pas si c'est un homme ou une femme. Elle s'étonne :

— Ah... Cela ne va pas être facile de le trouver.

— C'est ce que je me dis aussi... à moins qu'un miracle nous apporte un indice décisif...

— Hum, hum... Et vous pensez que je pourrais faire partie ...du miracle ?

— Je ne peux rien vous cacher.

— Alors vous allez être déçu, car je ne vous en dirai pas plus. Pour l'instant. Ces gens n'aiment pas qu'on leur fasse de la publicité et, ce qu'ils redoutent le plus, c'est bien de devenir une attraction pour touristes.

— Je suis avant tout un psy professionnel qui s'intéresse sérieusement aux médecines traditionnelles du corps et de l'esprit.

— C'est une autre forme de tourisme.

Il n'y a plus rien dans ma tasse, mais je la porte tout de même à mes lèvres. Plusieurs fois.

— Vous êtes là jusqu'à quand ?

— Connaissant mon collègue, je pense que nous allons rentrer en France sous peu... à moins qu'il n'ait, de son côté, trouvé une information capitale.

— Pourquoi ne resteriez-vous pas quelques jours de plus ? J'habite un appartement suffisamment vaste pour trois.

— Je me demande si Victor...

— Je ne pensai pas à votre ami, excusez-moi. Il s'agissait de ma fille.

— Et bien... je suis très touché par votre proposition...

— Mais ?...

— ...mais je ne sais pas si ce serait raisonnable.

— Que vient faire la raison dans cette histoire ?

Une voiture me dépose. J'attends un très long moment ; pas de Nicolas. Je vérifie pour la quinzième fois que je ne me suis pas trompé de lieu. Je me trouve bien sur le rond-point de la veille, nommé « Ronda de Calatrava », la plaque ornée de chevaliers en atteste. Je dois être en avance. Tel que je connais mon ami, il a dû s'installer dans un café pour lire le journal local ou contempler encore et encore sa carte au trésor. Parfois, il me fait penser à un Chevalier de la Table Ronde en quête du Saint Graal. Je pars à sa recherche.

Après un dédale de ruelles désertes, j'arrive Plaza Mayor. Interloqué, je l'avise, tranquillement attablé à la terrasse d'un bistrot, sous les colonnades, en grande conversation avec une jeune femme. La trentaine sportive, cheveux châtains coupés court, jolie petite frimousse. Il ne perd pas son temps, le coco ! À moins qu'elle n'ait un lien avec nos pérégrinations… Présentations ; joli prénom Elsa. Parvenant à éteindre toute grivoiserie dans mon intonation, je m'enquiers poliment de l'opportunité de ma présence. La gente damoiselle proteste énergiquement, assurant que c'est elle qui va s'éclipser pour nous laisser à nos retrouvailles. Elle doit précisément retourner au magasin et, de plus, « ça va être l'heure de la marche » déclare-t-elle, sans que nous sachions de quoi elle parle. Elle part après avoir griffonné quelques mots au dos de la note posée sur la table, et l'avoir tendue à Nicolas qui l'a empochée sans la regarder ; la note, parce que la fille, il la dévore des yeux ! Je m'informe de l'identité de cette appétissante créature. C'est la vendeuse de l'échoppe de vannerie. « Charmante » lancé-je mi-figue, mi-raisin. Il reconnaît. Je le vanne gentiment.

Malgré son sourire, je le trouve bizarre. Est-ce son idylle naissante, la gêne de notre séparation de la veille qui épice notre amitié d'un goût amer, le manque de perspectives… ou l'embarras du choix entre toutes ces possibilités, qui le mettent dans cet état ? Je l'ignore. Il lorgne sans cesse de l'autre côté de la place, par où est partie sa nouvelle copine, ne me répondant que par monosyllabes, visiblement ailleurs. Je laisse filer une poignée de minutes. J'ai une nouvelle à lui annoncer, mais la conversation ne s'y prête pas encore. Le temps s'étire, comme il en a pris l'habitude, on dirait, dans cette région. J'en profite pour commander un café, il en prend un deuxième. Puis les douze coups de midi rappellent à mon camarade ma modeste présence :

— Alors ? Qu'est-ce qu'on fait à présent ?

— Qu'en penses-tu ?

— Il semblerait qu'on tourne en rond depuis plusieurs jours… On est tombé sur pas mal de gens et de culs-de-sac, mais sans trouver la bonne personne.

— À supposer qu'elle existe…

— À supposer qu'elle existe.

— Que proposes-tu ?

— On peut rentrer, si tu veux.

— Pourquoi pas… Mais il nous reste une dernière carte.

— Quelle carte !?

Il se réveille enfin et je ne suis pas mécontent de mon effet ! Sans me presser, je sors une note manuscrite de ma poche et lui tend :

— Celle-là.

— (Il lit à haute voix.) Sagrario, guérisseuse traditionnelle, Almagro…

— Moi non plus, je n'ai pas perdu mon temps, tu vois !

Nicolas reste un instant dérouté, posant alternativement son regard sur moi, sur le morceau de papier et enfin sur le magasin de vannerie, droit en face de nous, où j'imagine la silhouette d'Elsa nous scrutant à la dérobée. Nous ne finissons pas nos tasses. Lequel de nous deux s'est levé le premier ?

Sans trop de peine, nous trouvons la « Calle del Gran Maestre », ornée d'un chevalier identique à ceux du rond-point. Dans l'allée d'un immeuble ancien, le nom de Sagrario figure sur la même boîte aux lettres que la boutique située au rez-de-chaussée et qui annonce « herboristerie, massage ». C'est donc par là que nous entrons. Quelques commères, plus affairées à discuter le coup qu'à sélectionner leurs tisanes, nous obligent à être patients. La jeune vendeuse qui virevolte est d'une douceur d'ange avec la clientèle. Et sa beauté est à couper le souffle ; un vrai canon. Elle doit faire partie des deux ou trois plus jolies filles que j'ai vues au cours de ma longue vie. Elle est assez grande, brune à la peau très blanche, un sourire éblouissant, des lèvres pulpeuses et un corps dont la blouse vert clair n'arrive pas à masquer les formes somptueuses et... et j'ai la gorge sèche. Notre tour arrive enfin. Notre quête, mon nom, ma profession, pas une seule pensée digne d'être formulée. Tout se mélange. La belle me scrute et la glotte me tombe illico au niveau des chaussures. La couleur, la forme de ses yeux. Non, mais ça devrait être interdit ! Elle sourit et gentiment, devant mon trouble, me demande si je désire un massage. Cette proposition n'arrange aucunement mon état psychique et l'intervention de Nicolas non plus. S'adressant perversement à moi en espagnol, il m'engage ouvertement à avouer sans honte que c'est bien pour cela que je suis venu. Puis, il me chuchote en français que c'est une chance à saisir, l'occasion de la voir exercer son talent *in situ*. La gredine en profite alors pour poser la main sur mon bras et me suggérer, d'une voix grave, que je suis stressé et que ça va me faire du bien. J'ai l'impression de sentir la chaleur de son corps et je transpire à gros bouillons. Elle m'enjoint de la suivre dans l'arrière-boutique. Je n'ai pas le cœur à me retourner pour voir la tête de mon collègue et j'avance vers mon destin.

Pas du tout dans le style du petit cabinet médical que j'imaginais, la pièce dans laquelle nous parvenons est faiblement éclairée par des bougies. L'odeur est intense, à la limite du supportable : celle de la cire mêlée à de l'encens, et puis encore d'autres senteurs fortes et exotiques, nouvelles pour moi. Partout, des images pieuses et des icônes : de la Vierge, de Jésus, d'une multitude de saints inconnus et bariolés. Dans un coin, une sorte de microscopique autel constitué probablement d'une boîte à chaussures recouverte d'une serviette blanche, joliment brodée. Et des statuettes, de bois, de métal, de plâtre, de plastique parfois, aux couleurs délavées, qui représentent tout et n'importe quoi, dans un bazar hétéroclite mêlant l'Afrique, l'Asie, l'Amérique du Sud et le supermarché du coin ! La fille s'éclipse en m'assurant que ça ne va pas être long, avec un ton qui laisse à croire qu'elle est déjà folle de moi. La porte grince. Une vieille femme entre, toute ratatinée et vêtue de noir. Sa peau est très sombre, mais elle n'est pas de type négroïde. Le nez est aquilin et plutôt long. Elle a l'air chétive, mais ses petits yeux de braise m'accrochent et ne me lâchent pas, comme le ferait un pitbull d'un mollet hostile ; une petite aigrette au menton. Aucun sourire pour atténuer la désagréable impression d'être fouillé jusqu'à l'âme. Sans mot dire, elle m'invite à enlever mon maillot et mon jean, puis à m'allonger sur l'espèce de table de salle à manger. Sur le ventre. J'obtempère, dans un état somnambulique. Sans perdre de temps à poser un diagnostic ou quelque question que ce soit, elle m'empoigne par les épaules. Deltoïdes, trapèzes, grands droits, abdos, biceps, triceps, quadriceps, fessiers et puis d'autres groupes musculaires dont j'ignorais l'existence. Elle explore la plus infime parcelle de mon corps avec ses serres d'aigle, pinçant, allongeant, étirant et triturant, et encore piquant, malaxant et griffant. Pas le moindre soupçon de délicatesse. Elle est chez elle. J'étouffe plusieurs fois un cri lorsque la douleur me vrille, aussi aiguë que si l'on coulait dans ma chair du métal en fusion. Je me retrouve ensuite sur le dos. Elle attrape alors la peau de mon ventre, la tire à la limite du supportable, puis relâche enfin ma couenne avec une moue dégoûtée. En temps normal, j'adore la musique, le jazz et les percussions surtout, mais je n'ai pas l'habitude d'être la batterie. Ses paumes, ses poings sont devenus des baguettes, des marteaux, des massues dont elle distribue les bienfaits en longues rafales généreuses. Je ne connais aucune femme de son âge possédant autant d'énergie et une telle dextérité. Au fait quel âge peut-elle avoir ? Quand je pense qu'il va falloir payer pour ça !...

— Tu ne viens pas pour les massages.

Ce n'est pas une question ; de sa voix sifflante et basse, elle constate.

— Que veux-tu ?

Bigre ! que dire ? Les secondes gouttent et rien ne me vient. J'ai des difficultés à me concentrer, car elle n'a pas cessé son travail, bien au contraire. Elle frappe, tape, cogne, bat, tapote, martèle, toque, tambourine, pilonne, percute, heurte, tamponne. Elle est partout à la fois. Ce n'est plus une petite vieille malingre qui se tient au-dessus de moi, mais une haltérophile des pays de l'Est dopée à la cocaïne ! Son activité croissant en même temps que mon embarras, le processus nous mène droit à la catastrophe... Sans préavis, elle arrête la torture et quitte la pièce. Je me retrouve seul, sans aucune velléité de contrôle sur mes différents muscles, non plus que sur le fonctionnement de mon encéphale. L'attente est de courte durée. La belle, la très belle, passe la tête par l'entrebâillement de la porte, puis glisse jusqu'à moi, me demandant dans un souffle innocent si c'était bon. Elle ajoute, posant ses doigts effilés et terriblement frais sur mes abdominaux en feu, que ce n'est pas fini. Me tournant le dos, elle s'affaire alors autour d'un petit guéridon et revient bien avant que je n'aie fini de détailler son extraordinaire anatomie, côté pile. Surprise ! Le cataplasme qu'elle applique sur mon ventre me cuit instantanément comme des milliers de petits piments. Je décide de rester coi…

— Qu'il est gentil !… Alors ?

— Bé, bé, alors quoi ?

— Qu'est-ce que vous voulez vraiment ?

— Ben, voi-voilà je vou-voudrais savoir si vous gué-guérissez les personnes qui ont, enfin qui bé-bé qui bébégaient.

— Ah, ah… La *señora* Sagrario va vous répondre.

Elle se lève et s'éloigne déjà.

— Non !!!

Le cri m'a échappé. Narquoise, elle se retourne une demi-seconde, m'adresse une grimace et disparaît.

— Tu donnes l'argent et je donne la guérison.

Mon bourreau est revenu.

— Euh… je ne suis pas, euh… particulièrement malade.

— Je ne guéris que les malades !

— Mais, euh, voilà, dis-je très vite, nous voulons apprendre comment vous faites pour guérir les gens.

— On ne choisit pas. On est choisi. Quand on a le don, on ne peut pas refuser. Les saints décident pour nous.

— Mais soigner les autres, c'est justement notre métier à nous aussi. Mon collègue et moi nous sommes psycholo…

— Pourquoi faire ça, si tu n'as pas le don ? Et si tu l'as, tu n'as pas besoin de moi.

Ces deux créatures ont, je suppose, de l'humour noir. Je me demande d'ailleurs si ce n'est pas une seule et même personne : une sorcière déguisée en beauté fatale… ou l'inverse. Je ne les ai jamais vues ensemble, et je repense à ce dessin célèbre, issu d'une ancienne carte de vœux, où l'on peut distinguer, emmêlés, les traits de deux femmes, une jeune et une âgée.

— Donne-moi l'argent quand même, tu m'as fait perdre mon temps !

Je m'exécute, me rhabille honteusement et regroupe les mille pièces du puzzle qui composaient mon corps, jadis, leur enjoignant d'avancer. Cahin-caha, nous parvenons tous ensemble à rejoindre Nicolas qui m'attend, comme prévu, à notre terrasse, sur la place. Il m'accueille, imperturbable :

— Tu as eu le beau rôle, hein ?

Pourquoi le détromper ?

— Ouais.

— Tu as appris quelque chose, au moins ?

— Le bide. On a le don ou on ne l'a pas. Et ça m'a coûté un saladier pour l'apprendre.

— Et bien moi, pour moins cher, je sais, par des clientes bavardes, que notre Sagrario serait très connue dans la région ; très efficace aussi. De plus, elle aurait des origines cubaines et du sang gitan. Serait-ce elle notre mystérieux guérisseur ?

J'avoue ne pas tellement « sentir » cette thèse. Je ne vois pas ce que cette sorcière pourrait guérir, à part l'envie de vivre, mais mon argumentation relève davantage de la rancœur que de la logique. Nicolas interprète mon lâche mutisme comme un « non » et conclut :

— De toute façon, si c'est elle qui a transformé notre ex-dépressif en play-boy, nous sommes dans l'impasse, puisqu'elle ne veut rien nous transmettre de son savoir. Dans ce cas, notre quête s'achève ici. Mais comment en être sûrs ?…

— Si tu veux aller lui demander, je te laisse ma place. Pas de raison que tu n'en profites pas, toi aussi.

Il sourit. Nous hésitons… Petit à petit, la place se remplit d'une animation silencieuse. Beaucoup de couples, habillés de sombre souvent, tenant par la main des enfants. Des jeunes filles en nombre, pleurant parfois. Tous se regroupent et s'assemblent sans bruit, formant une colonne qui s'allonge.

Un curé ouvre la marche, suivi par de jeunes sacristains portant La Vierge. Puis des confréries dont les membres, en habit d'apparat, sont tête nue, cagoule à la main. Nicolas me commente le caractère exceptionnel de ce défilé en dehors de la Semaine Sainte et le fait que l'une de ces congrégations affiche l'incontournable croix rouge aux quatre fleurs de lys, emblème de la cité. Je ne vois pas bien où il veut en venir. Il essaie sûrement de détourner mon attention pour m'empêcher de ruminer notre dernier échec et de remettre en question notre aventure. Continuant sur sa lancée, il identifie et me montre, dans la foule, les pères des deux pauvres gamines assassinées. Et puis Elsa nous rejoint, avec sa fille. Elle nous apprend que, à l'initiative de la grand-mère de la seconde victime, citoyenne d'Almagro et personnalité locale ayant eu une relative célébrité médiatique, des gens de toute la contrée ont décidé de défiler jusqu'aux environs de Valenzuela de Calatrava, à cinq kilomètres de là, lieu où fut retrouvé le corps de la gamine. Hormis les cafés, tous les commerces tiennent leurs rideaux de fer baissé.

Le cortège emporte Elsa. Sur le pas de la porte, le garçon contemple le spectacle et marmonne que ça ne sert à rien et que, pendant ce temps-là, le meurtrier court toujours. Nous lui passons commande. Nicolas le nomme déjà Carlos. Pour moi, ce sera une salade avec un jus de fruits. Toutes ces péripéties, ça creuse… Une atmosphère sacrée plane encore autour des arcades, après la disparition des derniers retardataires. Sans nous concerter, nous restons chacun dans nos pensées un moment, avant de revenir à nos préoccupations. Nous avons fait le tour du problème. Il ne nous reste plus qu'à finir nos verres. Mon camarade étale sa carte de la région puis griffonne des croix, des repères, entourant méthodiquement les lieux clés de cette grotesque aventure qui devait transformer nos vies. Je hèle le serveur et lui demande le journal. Cela me changera les idées, en attendant que mon collègue accepte de regarder la réalité en face.

Je lis. Il trace.

— Vous cherchez quelque chose ?... Si je peux vous aider...

Carlos, plongé sur la carte routière par-dessus l'épaule de mon acolyte, nous prend pour des touristes égarés. Et c'est vrai que nous sommes déboussolés. Il n'imagine même pas à quel point...

— Merci. Ça va aller.

Quel optimisme ! Le voici de nouveau sur orbite. Une nouvelle théorie. Qu'il développe à l'envi et que je subis, davantage par politesse qu'animé par un quelconque intérêt. Le prêtre, le médecin, le gourou, la guérisseuse ne nous auraient pas dit tout ce qu'ils savaient. J'opine, car ce point ne me paraît pas impossible ; j'ai eu clairement ce sentiment, moi aussi. Mais on tourne en rond, malgré tout. Je le lui fais remarquer et, loin de le décontenancer, ma réplique l'exalte :

— C'est la quadrature du cercle, plutôt. Regarde ! Ces quatre personnages sont comme les coins d'un carré magique...

À main levée, il trace un quadrilatère passant par les lieux où nous avons croisé ces protagonistes, l'entourant d'un cercle pour achever sa démonstration. Inutile complication, le centre de ce cercle est le point d'intersection des diagonales du carré. Le but de l'exposé est de prouver qu'à l'intérieur de cette figure devrait logiquement se tenir celui ou celle que nous cherchons !

Voilà mon ami reparti dans les symboles magiques. Il n'est pas né à la bonne époque. Quelques siècles plus tôt, il eut été alchimiste, devin, sorcier ou templier ! Cette théorie ressemble trop à un délire métaphysique comme on en trouve dans tous les hôpitaux psychiatriques et, de plus, elle tombe vraiment trop à propos. Faute de résultats probants, nous étions prêts à rentrer en France et, comme par hasard, se présente un raisonnement tarabiscoté à base de géométrie dans l'espace dont l'inévitable conclusion est : « Il faut chercher encore ! » Je connais ce genre de fonctionnement. Que mon collègue se laisse aveugler à ce point par son inconscient me déçoit, mais nous en sommes tous là ; humains, trop humains… Quand la logique ne va pas dans notre sens, on laisse tomber la logique. Sa motivation est claire : il a simplement trouvé une combine pour rester auprès de sa belle. Je comprends son besoin de croire en l'existence du fameux guérisseur et je compatis. C'est touchant, mais je n'aime pas me sentir manipulé, ni par mes propres sentiments, ni, a fortiori, par ceux des autres. J'ai remarqué que la manipulation s'exerce souvent dans l'urgence. Des vendeurs vous assurent que vous convoitez leur dernier article et qu'il faut débourser illico. Des patients sollicitent un rendez-vous dans l'heure qui suit, mais, lorsque vous leur donnez satisfaction, ils ne viennent pas. Aussi je prends mon temps… Je vais le laisser m'exposer les implications pragmatiques de sa théorie. S'il est convaincant et que sa proposition n'est pas trop contraignante, je concèderais peut-être, au nom de l'amitié, une petite rallonge. Dans le cas contraire, moi, je m'en tiendrais au plan A : retour à *la casa*.

— D'accord, ces quatre-là ne sont pas très bavards ; cela ne signifie pas pour autant qu'ils détiennent des informations capitales pour notre entreprise. Mais admettons. Dans ce cas, comment les forcer à parler ? Le temps de l'Inquisition est, hélas, révolu !

Il ne sait que répondre.

Nous sourions de nos égarements et trinquons silencieusement à cette ultime divagation, puis décidons de nous octroyer un verre de vieux Xérès en guise d'apéritif. Nicolas se résout alors à me questionner sur ma journée en solitaire. Je raconte Puertollano, ma famille, le grand-père. J'évoque en filigrane son travail à la mine de plomb, occultant volontairement la mine d'or. Point n'est besoin d'alimenter les délires de mon camarade, cela nous embarquerait vers de nouveaux rebondissements alchimiques à la recherche d'une chimère qui n'a existé que dans la tête de mon aïeul. Notre épopée donquichottesque me suffit amplement !... Et puis, peut-être pour lui faire oublier nos mésaventures, je lui mentionne le cadeau un peu particulier de l'une de mes tantes : un objet ayant appartenu à mon grand-père qui, pour d'obscures raisons, peut-être sentimentales, y tenait beaucoup. Un minuscule tableau, une copie ne valant même pas son pesant de peinture. Je me suis plus ou moins senti obligé de prendre cette croûte, et elle est roulée dans mon sac. Il fait mine de s'intéresser. Je me contente de la lui décrire, mentionnant une main qui porte une balance dont les plateaux s'ornent de l'inscription « *nimas ; nimenos* ». « Ni plus ; ni moins. » Tiens, cela pourrait tenir lieu de morale pour notre triste histoire. Si nous avions suivi cette maxime prônée par toutes les écoles de sagesse, nous contentant de notre banalité quotidienne, avec ses joies et ses imperfections, nous n'en serions pas là. Nul besoin de tous ces kilomètres pour découvrir cette évidence ! Mon collègue sourit à ce dénouement provisoire qui nous permet de lever le camp. Je vais payer pendant qu'il range sa carte. Avant de partir, un coup d'œil à la table du café, comme si nous y avions laissé quelque chose. Oui : nos dernières illusions !

Chemin faisant, pour lui changer les idées, je lui résume un article lu dans le journal, traitant du meurtre des fillettes. Un sociologue y analysait, assez brillamment, les phénomènes de rumeurs provoquées par ce genre d'incidents. Selon lui, leur fonction serait de contrôler l'angoisse sociale et de souder les groupes. Une sorte de grand débriefing collectif.

— Voilà au moins un sujet qui délie les langues, dis-je.

— Hum…

Il a visiblement la tête ailleurs.

— Qu'est-ce que tu viens de dire ?

— Comment ça ?

— Là, juste à l'instant. Tu as dit un truc important.

— Mais je n'ai rien dit de spécial. J'évoquais juste la rumeur et la psychose liées aux assassinats…

— Et tu as ajouté…

— Euh… ça fait causer les gens.

— C'est ça !

— Quoi ?

— Voilà le genre de question que nous aurions dû poser.

— Mais enfin, de quoi parles-tu ?!

Il suggère simplement que nous retournions voir le curé et les trois autres, pour leur dévoiler que sa fille va mourir ; la Mort est la clé qui ouvre toutes les portes. Devant mon air ahuri, il consent à s'expliquer. Sa gosse, enfin celle qu'il vient de sortir de son chapeau, ne mangerait plus depuis des mois. Avec sa femme, car, tant qu'à faire, pourquoi ne pas se fabriquer également une femme, ils auraient consulté tous les experts possibles et inimaginables. Et la chute : on nous aurait dit que la seule personne susceptible de la sauver vivrait ici, dans la région. Je ne le croyais pas capable d'un tel bluff. Je ne suis pas complètement convaincu :

— Et ça ne te gêne pas de mentir pour arriver à tes fins ?

— Quoi, mentir ?

— Ben, on a une éthique, non ?

— Ne me dis pas que tu n'utilises jamais le mensonge dans tes thérapies ?

— J'appelle plutôt cela un recadrage. Tiens, il y a peu, j'ai été obligé d'inventer une soi-disant publication scientifique pour soigner une adolescente suicidaire. Ça ou le Petit Chaperon Rouge, ce ne sont au fond que des métaphores, des histoires pour guérir. Nous sommes d'accord tous les deux : la vérité n'est pas forcément la meilleure ligne droite pour atteindre le bonheur…

— Tout ça pour dire ?

— Je ne sais pas. J'essaye de gagner du temps. Je n'aime

pas prendre de décision dans l'urgence, tu le sais. Et j'avoue que tu m'embrouilles la tête avec ta nouvelle proposition !

D'après lui, nous n'aurions pas été assez dans l'affectif. Notre démarche, il est vrai, est restée jusqu'ici très détachée, en retrait, comme si nous demandions l'adresse d'un bon restaurant. Il est exact également qu'expliquer les motivations profondes qui nous ont poussé à entreprendre ce voyage serait prématuré et peu aisé… puisqu'il semble que nous les ignorions. Pourtant, rentrer bredouilles ne nous séduit guère. Pas encore. Il a beau jeu de me persuader que son anorexique virtuelle incitera davantage nos interlocuteurs à s'impliquer. L'un de nos quatre contacts doit bien connaître notre Mister X. Nous pouvons le trouver ; après tout, nous ne sommes pas plus bêtes que notre ex-patient ! Mais alors, qui sera notre premier cobaye ? L'exorciste ? Le nouveau conquistador ? Le maître des miroirs ? Ou la sorcière ? Qui sera le plus sensible à cette histoire de fillette à l'article de la mort ? Il ne nous reste plus qu'à échafauder les détails de notre plan.

— Elle s'appelle comment déjà ?

— Hein ? Ah oui, ma fille ? Sophia, pourquoi pas…

— La sagesse, hein ?

— Nous pourrions débuter par Alfonso. Il a une petite du même âge que les victimes et il a eu l'air affecté pendant l'émission. Et puis le match a permis de nous rapprocher. À propos, le Real a perdu. Incroyable !…

Ce qui est incroyable, c'est qu'il puisse penser au football ici et maintenant !

— Si celui que nous cherchons existe, je parierais que le sophrologue en a eu vent.

— Probable.

— On y va, alors ?

— À une condition…

— Laquelle ?

— Si cette nouvelle piste est une impasse, nous retournons faire les guignols à Lyon, promis-juré-craché ?

— *Alea jacta est* !

Nous avons emprunté la voiture d'Elsa. C'est évidemment Nicolas qui s'est chargé de la négociation. Il y a mis pas mal de cœur et la fille s'est laissée convaincre trop facilement. Ces deux-là, c'est dans la poche. Nous voici donc chez Alfonso… qui n'était pas encore revenu d'Almagro. Sa charmante épouse a cherché à le joindre, sans résultat ; il a horreur des portables. Faisait-il partie de la marche silencieuse ? À moins qu'il ne soit toujours en pleine conférence avec l'homéopathe. Susan nous propose de l'attendre ; il ne devrait pas tarder. Notre compagnie doit lui permettre de juguler son anxiété. Je ne veux pas me mêler de ce qui ne me regarde pas, mais il m'a semblé que, si, à sa femme il avait dit aller voir *un* collègue, avec nous il avait employé le féminin. C'est bien connu, les colloques professionnels sont le terreau des relations extraconjugales.

Nous prenons le thé, discutant de tout et de rien, pendant que Nicolas réalise des tours de magie pour les enfants, fascinés. J'ai déjà constaté qu'il avait le feeling avec les plus jeunes. Je ne comprends d'ailleurs toujours pas pourquoi il n'en a pas ; à son âge. Bah ! Il paraît que les gens qui ont des enfants, ce sont ceux qui n'ont pas réussi à avoir d'animal… Ayant déjà goûté à ses talents de cuisinière, Susan nous arrache aisément l'insigne honneur de nous offrir à manger et, conséquemment, elle nous abandonne un instant pour préparer le dîner. Oisif et désœuvré, je me lève donc pour inspecter la riche bibliothèque. Des manuels de médecine et de sophrologie. Des romans, aussi. Il aime les policiers, apparemment. Tiens !… Des ouvrages sur la sorcellerie, la magie, le vaudou…

— Ces sujets sulfureux vous intéressent ?

La rousse écossaise a surgi derrière moi sans que je ne l'entende venir. Comment lui expliquer que c'est entre autres pour cela que nous avons fait ce voyage, avec mon collègue ? Elle me facilite le travail en critiquant l'attitude de son mari. C'est elle qui lui a offert ces livres, mais il refuse de les ouvrir ; c'est un scientifique pur et dur. Je lui assure que c'est probablement par pure superstition qu'il ne veut pas y toucher et nous rions tous les deux. Elle reprend le fil de la conversation, sérieuse, un joli pli en travers du front. Je lui résume donc toute l'histoire ; notre métier, notre patient Robert H. que nous pensions incurable, et la découverte de sa guérison miraculeuse par un mystérieux personnage qui vivrait dans La Mancha. Nous sommes donc partis à sa recherche et...

— C'est Gallino !

— Pardon ?

— Gallino, le Gitan. C'est le seul qui soit capable de cela. Alfonso m'interdit de prononcer son nom, mais c'est pourtant lui qui a guéri un de ses malades. Il dit que c'est un hasard et qu'il n'est qu'un charlatan. Je crois plutôt qu'il est jaloux.

— Vous le connaissez ?

— Pas en particulier. Mais j'en ai souvent entendu parler. Dans la région, tout le monde connaît Gallino.

— Pourtant, personne ne nous a cité son nom.

— Il a une réputation... enfin, on dit qu'il est bizarre ; je ne sais pas si c'est pour cela. À moins que ce ne soit parce que vous êtes des étrangers.

— Et ce Gitan, où peut-on le rencontrer ?

C'est toujours au mauvais moment que le mari entre en scène. Ayant l'information capitale, et peu désireux d'inutiles complications, j'improvise une histoire. Nous voulions juste savoir s'il ne connaîtrait pas par hasard une guérisseuse nommée Sagrario, dont on nous a vanté les mérites. Maussade, le toubib se croit, bien sûr, obligé d'en dire le plus grand mal, mais sans conviction. Nous prenons donc congé, sans traîner, et sans avoir eu besoin d'évoquer la fille de Nicolas. Mon camarade, qui n'a rien entendu de mon échange avec Susan m'interroge, éberlué, ne comprenant rien à ce départ précipité et grossier, puisque nous devions rester à manger.

Je lui narre les derniers rebondissements par le menu.

Nous revoici à « notre » table de café, couverte cette fois-ci de tapas diverses et variées. Nicolas est allé rendre la voiture à Elsa et il prend son temps, l'animal ! Peu importe, nous avons enfin un nom : Gallino le Gitan. C'est sûrement notre homme.

Je me remémore ces dernières heures… Ne voulant courir aucun risque, l'idée de téléphoner au curé de Madridejos nous apparut comme un bon test. Dès que Nicolas évoqua notre mystérieux guérisseur, il se mit à marmonner des litanies incompréhensibles. Avant de raccrocher, il nous assura, avec des trémolos dans la voix, qu'il allait prier pour le salut de nos âmes en sérieuse déliquescence ! Pour nous, ce fut un indice que la piste était chaude… Puis nous nous déplaçâmes jusqu'à la petite herboristerie. La très belle était, hélas, absente. La vieille Cubaine entra dans une rage folle au seul nom du Gitan. Elle lui souhaita tous les malheurs du monde jusqu'à la quinzième génération, avant de le vomir lui et ses semblables. Son rire de sorcière me déchira les oreilles lorsqu'elle affirma que, pff, lui, un Gitan ? Ce gringo, cet usurpateur, cette sale race…. Je ne l'imaginais pas aussi loquace. La réaction très peu zen de la masseuse vaudoue écartait sans l'ombre d'un doute la possibilité qu'elle puisse être la personne que nous cherchions. Mon camarade, de son côté, s'en alla questionner la tante d'Elsa, son ex-logeuse. Au nom de Gallino, son visage, se mit à rayonner, comme si elle avait entendu le Cantique des Cantiques interprété par Monserrat Caballé. Décidément, qui que soit ce bonhomme, il ne laisse personne indifférent.

Nicolas, jusque-là si enthousiaste alors que nous étions

dans le brouillard, émet pourtant un bémol. Il craint que ce ne soit un mirage de plus. Ce changement d'attitude m'intrigue. Quoi qu'il en soit, il subsiste cependant un léger problème : nous ne savons où trouver l'homme ; Susan n'a pas pu nous en dire plus. Espérons qu'il soit sédentaire, parce que s'il faut courir sur ses traces à travers toute l'Europe, nous ne sommes pas au bout de nos peines ! Seule certitude : il vivait dans la région il y a encore peu de temps. Nicolas ressort la carte. Il ne nous reste plus qu'à espérer un second miracle… Elsa le connaît-elle ? Elle a bien dit à mon collègue avoir consulté un guérisseur local, sur les conseils de sa tante, mais la logeuse nous a déclaré par ailleurs ne pas connaître l'adresse du Gitan. Elle a dû lui préconiser quelqu'un d'autre. À qui demander, alors ?

Puisque la logique et le rationnel semblent avoir quitté les cieux de La Mancha, alors allons-y carrément ! C'est Don Quichotte qui doit se tordre de rire dans sa tombe :

— Dis voir, tu ne parlais pas tout à l'heure d'un carré magique ?

— Oui, pourquoi ?

— Montre-moi.

— Attends, tu ne crois tout de même pas à ce truc ?

— Et ta gamine mourante ? Sans même l'évoquer, elle a produit des effets bien concrets. Pas besoin que Dieu existe pour que les hommes érigent des cathédrales et des temples très réels qui grimpent jusqu'au ciel…

— Une minute. Ce carré n'est qu'une métaphore, une façon d'activer la flamme de l'illusion fondamentale afin que…

— Montre-moi ! Nous discuterons après.

Il s'exécute, et je pointe mon doigt à peu près au milieu de sa figure géométrique.

— Voilà. Si tout ça tient debout, c'est là que nous trouverons ce Gitan.

— Tu es sérieux ?

— Je ne sais plus... et puis c'était ta théorie, d'abord ! Puisqu'on nage dans l'ésotérisme depuis quelque temps, pourquoi ne pas l'adopter comme philosophie provisoire ?

On lève donc le camp pour la troisième fois. Le serveur doit nous prendre pour des dingues ! Et je serais prêt à partager son avis. D'ailleurs il nous rattrape ; dans notre précipitation, nous avions tout simplement oublié de payer nos dernières consommations. Que m'arrive-t-il ?... Le vin, peut-être ; je supporte mal l'alcool en été. Ou alors, cette phrase de Susan stipulant que tout le monde connaît ce Gallino dans la région ; elle me tourne dans la tête... Toujours est-il que je lâche :

— Ah, vous tombez à pic, Carlos ! Vous connaissez un certain Gallino ?

— Gallino, le forgeron ? Oui.

— Et, tant qu'on y est, vous ne sauriez pas où l'on peut le trouver, des fois ?

— Bien sûr. Faites voir votre carte...

Nicolas est médusé. Il tend le document comme un automate. L'autre le déplie :

— Voilà, on dit qu'il vit à peu près par là.

Mince alors ! C'est approximativement là où j'avais posé mon doigt ! Si on ne peut plus rigoler...

Nous voici enfin arrivés. Grâce aux indications de Carlos, Elsa nous a déposés au lieu dit. Nous la saluons et la remercions chaleureusement. Surtout Nicolas. D'après la carte, nous devons être à une cinquantaine de kilomètres d'Almagro, quelque part entre Herrera de la Mancha, Argamasilla de Alba et Cinco Casas, dont on nous a déjà parlé. Tiens, « cinq maisons » au centre d'un carré magique : pourvu que cela ne se transforme pas en triangle des Bermudes !... Nous savons tous deux que c'est notre dernière démarche. Si ce Gitan n'est pas le mystérieux guérisseur que nous cherchons, nous rentrerons.

Il est environ cinq heures de l'après-midi et le soleil plombe le paysage. Les oiseaux eux-mêmes semblent accablés par la chaleur et se taisent. Suivant les explications sommaires en notre possession, nous empruntons plusieurs sentiers bordés de jeunes et maigres chênes. L'un d'eux traverse un champ de melons, longeant une sorte de mini canal en béton. Nous parvenons au puits numéro vingt-quatre, ainsi qu'une plaque rouge vissée sur ses flancs en atteste. C'est une espèce de tour carrée, accotée à un gros poteau électrique, point névralgique d'où se disséminent une multitude de petits canaux qui partent irriguer les champs environnants. Un peu au hasard, nous suivons celui qui file sur l'extrême gauche. Il aboutit à une esplanade plutôt nue, sur laquelle suinte sans passion un précaire filet d'eau. La terre et l'eau y mènent une lutte incertaine, transformant le lopin de terre en bourbier.

Quelques poules profitent de cette aubaine pour traquer le lombric. Nous touchons probablement au but, car nous voici devant des bâtiments correspondants grosso modo à ce que nous en a dit Carlos. Ils sont composés d'une vaste cour centrale, peut-être une ancienne bergerie, ceinte de petites pièces contiguës. Sur le flanc droit, une construction plus importante devait constituer le corps d'habitation. Un peu en retrait, une sorte de grosse maison fortifiée, comportant une tour crénelée à chacun des quatre coins. L'ensemble est parvenu à un état de délabrement avancé le situant entre la ruine et les gravats. Ce qu'il reste des portes n'est visiblement pas en état de marche. Ne parlons pas de fenêtres ; même la toiture est un gruyère dont les trous contiennent le fromage. Oublions évidemment l'électricité et le téléphone ! L'odeur est épouvantable. L'enclos est pavé de crottes de biques séchées depuis des lustres. S'il n'y avait que ça ! Conjointement, les mouches, tout à leur écologique labeur de recyclage, travaillent en grappes serrées. Notre présence doit représenter une aubaine, car leurs patrouilles de reconnaissance prennent possession de nos personnes avec un aplomb inconcevable pour leurs congénères civilisées. Nous devons être très explicites pour qu'elles consentent à lever le camp et qu'elles retournent à leur base. En avant de la porte principale, deux tourelles, en meilleur état que le reste, marquent sûrement l'entrée de l'ancien domaine. J'avance, mais Nicolas m'arrête par le bras. Il faut passer entre les deux montants. Il y avait peut-être une grille ou que sais-je, à l'époque, mais aujourd'hui il n'y a rien. Alors je ne comprends pas. Quitte à …enfoncer des portes ouvertes, je lui demande si ce n'est pas un peu pareil de prendre d'un côté ou de l'autre. Et le voilà parti au pays du Soleil Levant. Ce portail, désormais vide, serait à l'image des arches plantées au milieu de la nature que le disciple doit franchir avant de pénétrer dans les monastères zen. Là-bas, précise-t-il, on appelle ce passage « la porte sans porte ». C'est la dernière étape sur le chemin. La plus difficile. Comment, en effet, ouvrir une porte sans serrure, ni clé, ni porte tout court ? Ça, c'est une bonne question, et je le remercie de me l'avoir posée !… Nous voilà donc en train de traverser le portail vide pour entrer sur les terres du supposé Gitan.

Pas de comité d'accueil. Le grand Sachem est-il absent ? Est-il sourd-muet ? Il n'y a aucune raison, après tout, que ce handicap soit une contre-indication au titre de guérisseur. Il y a bien eu de célèbres devins aveugles !… Léger frottement métallique. Nous dirigeant à l'oreille, nous avançons et découvrons, dans une des « pièces » du fond, un homme, très affairé à l'affûtage d'un outil sur une grosse meule à pédales. Il travaille à ciel ouvert, mais un petit arbousier lui fournit une ombre correcte. Le propriétaire des lieux, sans doute. Il est âgé. Du moins, il paraît âgé ; en tout autre circonstance, je n'aurais vu en lui qu'un vagabond curieusement coiffé d'une chapka, assez surprenante sous ces latitudes, d'où émerge une longue tignasse châtain. Il tourne la tête. Les yeux, fortement enfoncés dans les orbites et très mobiles, semblent ne s'attacher sur rien, vous cernant, tout en glissant sur vous. Le teint est bistre et le nez fin. L'épaisse moustache à la gauloise est en broussaille et la barbe de quelques jours grisonne par plaques sur le visage émacié. Il fume une étrange pipe dotée d'un long tuyau, qui ressemblerait à ce que l'on appelle une pipe d'étudiant, si ce n'était l'imposant foyer. Elle est en métal argenté. Torse nu et pantalon en velours côtelé, l'homme inspire davantage la pitié que le respect.

— Nous cherchons un certain Gallino…

— …

— C'est vous ?

— …

— On nous a dit le plus grand bien de vous, que vous seriez une sorte de guérisseur.

— Un dénommé Robert H., un Français, est venu vous voir. Il s'exprimait comme une poule…

— …

— Nous sommes psychologues et nous nous intéressons aux guérisons traditionnelles.

— …

Il contemple un moment la lame et la passe délicatement sur la paume de la main, pour vérifier le tranchant.

— Nous voulons savoir comment vous faites…

Son instrument est une espèce de hachette dont l'arrière forme marteau. Un de mes oncles utilisait ce genre d'outil de charpentier. Toujours muet, l'homme se lève et se dirige vers le bâtiment principal. Quel accueil ! Nous échangeons une moue dépitée. Il ne nous reste plus qu'à quitter les lieux et à laisser le soi-disant Gallino à ses préoccupations. Nicolas jette l'éponge :

— Cette fois, c'est bon ; j'en ai ma claque ! Si tu veux rentrer, je n'y vois plus d'inconvénient.

— Je suis plutôt d'avis de renouveler notre tentative, après une bonne nuit de sommeil.

— Quand bien même ce serait lui, le Gallino dont on nous a parlé, que pourrait-il nous enseigner… hormis l'art et la manière de devenir de parfaits asociaux !?

— Nous venons de recevoir notre première leçon.

— Pardon ?

— De tous ceux que nous avons questionnés, c'est le premier qui nous donne une réponse intéressante.

— Mais il n'a rien dit !

— Justement !

— Tu n'aimes pas les sages bavards, mais quand même ! Tu avoueras qu'il n'a pas été très loquace.

— Le problème n'est pas sa réponse, mais la façon dont nous l'avons abordé. Supposons que tu sois devenu un grand Maître. Oui, je sais, ça va te demander beaucoup d'imagination, mais tu n'en manques pas… (Il rit.) Un jour, deux énergumènes viennent te voir et disent : « Voilà, nous avons entendu parler de vous, il paraît que vous faites des prodiges ; nous aimerions apprendre vos secrets. » Ils pourraient même ajouter : « Nous sommes assez pressés, donc si vous pouviez accélérer le tempo, cela nous arrangerait. » Si tu étais cet homme-là, que leur répondrais-tu ?

— Je les enverrais balader, pardi !

— Sage réponse... Et bien allons nous balader !

Nous décidons de planter la tente à une distance suffisante pour échapper à l'odeur et aux diptères. Mais rien n'indique que les moustiques ne prendront pas le relais en nocturne. De l'autre côté du chemin, au centre de ce qui serait un pré s'il y avait de l'herbe, nous nous affairons en silence. Je ne suis pas aussi pessimiste que mon collègue. La fatigue et l'accueil bougon du bonhomme ont eu raison de son enthousiasme initial ; à chacun son tour de douter. Nos rôles semblent s'inverser. Il maugrée, persuadé que tout ce que nous trouverons ici, c'est quelque maladie démodée, vu l'absence totale d'hygiène. Adossé à un frêne rachitique qui peine à fournir une ombre symbolique, je songe à présent à tout cela, serein, en lançant sans but des petits cailloux blancs qui jonchent le sol (comme autant d'ossements de précédents disciples, ne manquerait pas d'ajouter Nicolas). Plus tard, je le rejoins et nous tuons le temps comme nous pouvons. Nous veillons assez tard, dans l'espoir hautement improbable que le Gitan, souffrant de remords, ne sorte de sa demeure et, arrachant sa toque d'astrakan en une ample révérence, nous supplie de partager ses précieux secrets. Avec une sangria très fraîche, si possible...

Vient l'heure où il faut se résoudre à passer la nuit, à défaut de vraiment dormir, sur les minces tapis de mousse. Nous inaugurons nos premiers moments à la dure, depuis notre départ de France. Il faut reconnaître que, jusqu'à présent, notre épopée s'apparentait davantage à une promenade de santé qu'à une quête digne de ce nom.

Je ne sais si c'est la brutale dégradation de nos conditions de vie de ces dernières vingt-quatre heures ou pour quelque autre raison, mais je trouve Nicolas pestant tout seul :

— C'est comme ces pèlerins qui sont tout fiers de vous infliger l'exploit de leurs périples jusqu'à Compostelle, en omettant de vous préciser les portions réalisées en voiture. Au total, ils ont effectué le pèlerinage au complet, étalé sur plusieurs années (à crédit, en somme), pendant les vacances (c'est tellement plus convivial). Et puis, ma foi, ils se sont autorisés de temps à autre une nuit d'hôtel pour récupérer et prendre une bonne douche, sans compter le petit restaurant typique, amplement mérité après de telles prouesses. Quand je pense que les pèlerins que je voyais passer devant mon village natal marchaient pieds nus pendant tout le voyage et le finissaient, paraît-il, à genoux en rentrant dans la cathédrale !

Sa sainte colère révèle au moins qu'il a fait sienne l'idée qu'il nous fallait mériter notre initiation. Il se bagarre avec le restant de nos provisions pour préparer un semblant de petit-déjeuner : un morceau de pain dur et des fruits. À ce régime-là, nous ne tiendrons pas longtemps ! Mais notre préoccupation majeure demeure d'être acceptés par le Gitan qui nous nargue, juste de l'autre côté. Être venus de si loin pour rester bloqués à dix mètres de cet éleveur de poules. Tiens, ça ne viendrait pas de là, ce nom de Gallino ?... En tout cas, si c'est réellement lui qui a guéri notre ex-patient, tu parles d'une coïncidence ! Mais bon, pourquoi n'y aurait-il pas de coïncidences, après tout ? C'est vrai qu'un paquet de cartes mélangé a statistiquement autant de chances de se retrouver dans l'ordre, plutôt que dans n'importe quel autre arrangement. Mais il n'y a pas de magie ! Ou plutôt, c'est nous et notre cerveau les magiciens, nous qui accordons plus de sens à un agencement qu'à un autre. Alors, soit. Notre ex-dépressif évoquait irrésistiblement une poule et il aurait été guéri par un éleveur de poules... Ma foi. Tout d'un coup je réalise que dans la liste pour le moins farfelue des prétendants au titre de guérisseur, certains nous avaient signalé un Gitan et d'autres un forgeron porté sur les gallinacés.

Quoi qu'il en soit, nous décidons de nous concentrer pour l'instant sur la meilleure stratégie d'approche. Je n'ai pris aucune lecture, pas même un petit jeu d'échecs. Impossible également de s'absorber dans le ménage ou dans la confection de quelque plat compliqué et succulent. Nous voilà réduits à une sorte d'existence animale, voire végétale. Ce serait pourtant simple, si nous pouvions interviewer le camarade Gallino, parler de la pluie et du beau temps ou de Robert H. Enfin on pourrait causer, quoi ! – cette noble occupation triviale et délicieusement rétro qu'on pratique en société. Mais ce genre de conventions ne semble pas de mise dans ce coin de paradis. Nous avons décidé d'attendre que le Vieux daigne nous honorer de son invitation. Vu le type, cela prendra des années !... À l'époque héroïque, les futurs disciples n'hésitaient pas à consacrer dix, vingt, voire trente ans, quand ce n'était pas tout une vie, à la recherche du secret du bonheur. Aujourd'hui on participe à des stages d'initiation à n'importe quoi, le temps d'un week-end ! Un week-end... C'est donner bien peu de valeur à l'humain et à l'idée même de bonheur. Sur ce point précis, Nicolas et moi sommes tous deux du même avis. Maintenant, pour mettre ce beau principe en action, nous ne nous sommes pas organisés sur ces bases-là !

Plus tard, allongé à plat ventre sur le sol, une paille entre les dents, je file discrètement une fourmi, aussitôt baptisée Jumbo par dérision. L'un derrière l'autre, nous parcourons quelques mètres, saluant au passage toutes ses copines (salutations chimiques, en ce qui la concerne). Je l'assiste moralement dans le transport d'une brindille plus grosse qu'elle. D'après mes calculs, il me faudrait charrier un tronc de cent cinquante kilos sur plusieurs kilomètres pour réaliser un exploit identique. Chapeau ! Point de vivats pourtant, lorsqu'elle pénètre dans la fourmilière ; elle fait juste son job. Quand elle ressort peu après, je crois la reconnaître à un je-ne-sais-quoi dans la démarche. Jumbo me passe devant, sans un regard, et, mauvais, je lui barre le chemin d'un index monumental. Elle franchit l'obstacle sans même ralentir sa course ; je mets alors ma paille en travers de sa route et, dès qu'elle y est amarrée, je la soulève dans les airs et souffle doucement dessus. Ce mini ouragan la propulse à un mètre. Je l'observe tourner en rond avant de reprendre son périple comme si de rien n'était. Je tente alors de la rendre folle de jalousie en changeant de centre d'intérêt. Me mettant sur le dos, je m'absorbe dans la contemplation des formes et mouvements des rares nuages. À la réflexion, ils me paraissent un matériel projectif ma foi aussi intéressant que le marc de café ou les célèbres taches d'encre du test de Rorschach. Dans la lignée de la réhabilitation des méthodes traditionnelles que nous entreprenons avec Nicolas, je me demande d'ailleurs s'il n'y aurait pas là matière pour conduire une étude comparative. J'imagine la tête de mes collègues, si je décidais de travailler avec du marc de café ! Une rêverie douce me mène au bord du sommeil… Ce que j'aime la provocation, tout de même. Je suis parfois prêt à tout pour choquer. Bien sûr, je me justifie en déclarant rechercher avant tout l'efficacité, mais la vérité est que j'adore être décalé. Il m'est souvent arrivé de blesser, pour le plaisir d'un bon mot, pour ne pas être trop conforme, par goût du politiquement incorrect… Je m'interromps pour chasser …les fourmis qui ont envahi ma chemise. Bon sang, Jumbo est revenue avec ses copines ! « Ce que tu peux être mesquine, ma belle ! Tu es petite, tiens, toute petite ! » Je prends la fourmi au creux de la paume et l'interroge, sincère : « Tu en penses quoi, toi, de tout ça ? » Elle fait le tour de ma main, sans relâche, sans s'arrêter pour souffler. « Moui, il faut toujours aller de l'avant, hein ?… » « Quoi ?… Ah, oui, les réponses sont devant et non derrière ? Tu sais qu'il y a du vrai là-dedans ! » Elle a raison, ma foi : nous pouvons sans cesse expérimenter de nouveaux choix. Serais-je bientôt plus sage ? Bof... « Sois sage ! » Si on ne me l'a pas dit cent fois ! Et toujours, cela m'a donné envie de faire l'inverse. Comme le temps a passé, pour que j'aie envie maintenant d'être sage... Il me faudrait être un drôle de Sage. Un Sage... fou. C'est marrant, je suis de la vierge, signe que l'on dit justement partagé : vierge sage, vierge folle... Après le marc de café, l'astrologie ? Si cette attente dure un peu trop, il se pourrait qu'il y ait de sérieux dégâts dans mon cerveau !...

Quarante-huit heures, sans qu'il se passe quoi que ce soit. C'est long, deux jours à ce régime, perdus sur un carré de terre hostile, véritable prison sans barreau. Tuer le temps devient un art. Chaque minute, chaque seconde devient un monde, une planète...

Et puis, en cette après-midi finissante, enfin, nous voyons arriver du monde. On dirait des voyageurs, des gens qui ont marché longtemps. Ils semblent harassés. Ils sont vêtus simplement ; certains sont même presque en haillons, mais dans leurs yeux brille une sorte de fièvre. Les femmes portent sur les bras de précieux fardeaux, des bébés, trop chaudement emmaillotés pour la saison. Quelques-unes font rouler devant elles des poussettes singulièrement modernes et cette concentration de nouveaux-nés paraît insolite en ces lieux. Des adultes émane une grande quiétude ; ils avancent tous du même pas mesuré et lourd. Après avoir hésité, nous nous glissons parmi eux. Nous apercevons bientôt Gallino qui émerge de la gauche de la cour et se dirige vers une pièce du fond, dont il ressort avec un fauteuil de rotin à haut dossier et une curieuse canne à pommeau de cristal qu'il plante dans le sol. Très seigneurial, il s'installe et laisse la troupe venir à lui, sans étonnement. On lui tend un chérubin et il s'en empare sans hésitation. Le calant sur son avant-bras, d'un geste sûr et doux que ne démentirait pas une puéricultrice, il prononce des paroles aussi incompréhensibles que des formules magiques. Parle-t-il, chante-t-il ? La main restée libre effleure le corps de l'enfant sans le toucher jamais, de la tête aux pieds, en une sorte de caresse mystique. Cela ressemble à des passes magnétiques, à une bénédiction. L'attention des parents est extrême. C'est vers cet instant que tendait leur voyage, c'est certain. Il s'adresse maintenant à eux, prononçant quelques mots rapides. On dirait des conseils, mais les modulations de la voix sont fermes, menaçantes et enjôleuses. Chaque fois, il termine en élevant l'enfant, le portant à bout de bras avant de le remettre à la mère. Un petit mot pour le père avant de se tourner vers le couple suivant. Le rituel se prolonge, tandis que des retardataires arrivent à leur tour. À moins qu'il ne s'agisse d'un autre groupe. Le défilé se poursuit pendant plusieurs heures et Gallino ne faillit pas à la tâche. Les uns après les autres, ils partent, comme ils sont arrivés. Et …c'est notre tour, puisque nous voilà seuls avec lui. Sommes-nous des consultants, à l'instar de ceux qui nous ont précédés ? Notre ambition de soigner nos semblables nous met-elle au-dessus du lot ? Ce serait trop facile ! N'est-ce pas un symptôme comme un autre ? Gallino règle la question en s'éloignant aussi silencieusement que la première fois. Il est dit que nous ne présentons pas le moindre soupçon d'intérêt.

Faisant le point, en retournant sur nos terres, nous constatons que nous avons tout de même trois prémices de certitude : il est Gallino, c'est bien ainsi qu'ils l'ont appelé ; il joue apparemment un rôle de thaumaturge ; et enfin, malgré son silence, notre présence semble, pour l'instant, tolérée, ce qui est déjà un bon point. Tout cela est fort intéressant, mais en quoi est-il différent des autres gourous que nous avons déjà rencontrés ? Ni l'un ni l'autre n'avons de réponse claire à cette interrogation. Tout juste lui prêtons-nous une indéfinissable singularité.

Comme la situation semble vouloir perdurer, il nous faut faire quelques provisions. Plusieurs kilomètres à pied ne sauraient rebuter Nicolas. Quant à moi, je n'ai pas le choix ; je propose le stop, mais, sur le petit chemin qui mène à la grande route, nous ne croisons personne. Cette excursion est l'occasion rêvée pour deviser sereinement. Que pouvons-nous entreprendre ? Combien de temps supporterons-nous son mutisme ? Devons-nous nous joindre aux éventuels nouveaux groupes, sans qu'il ne nous adresse la parole ? Qu'espérons-nous ainsi apprendre ?

— Je ne sais pas toi, argumente Nicolas, mais quand un couple vient consulter, la première séance sert souvent à déterminer qui veut quoi.

— Un couple, ça n'existe pas, dirait mon maître d'arts martiaux.

— Précisément. D'ailleurs, au bout d'une heure d'entretien, j'en arrive la plupart du temps à voir l'un des deux, seul. Je ne pense pas que chacun ait les mêmes attentes. Oh, bien sûr, ils désirent être heureux, parfois ensemble, mais ce qu'ils appellent bonheur et les moyens d'y parvenir sont rarement identiques.

— Moi, ça ne me dérange pas de travailler avec les deux à la fois, car avec deux personnes, il n'y a qu'une relation et...

— Je sais. Mais notre problème, que je sache, n'est pas notre relation, même si nous formons un curieux duo. Nos questions sont différentes et comment notre supposé guérisseur pourrait-il répondre à ce « nous » qui le questionne ? Il faudrait au moins que nous soyons d'accord sur l'essentiel. Ce qui est loin d'être le cas.

— En effet. Que proposes-tu ?

— Séparons-nous. Cela nous a déjà réussi à Almagro. Tentons notre chance chacun de notre côté, nous devrions être plus efficaces de cette manière.

— Espérons-le.

— Si ça ne donne rien de concluant, comme nous n'avons pas des années à consacrer à cette quête, bien que ceci soit regrettable, nous aviserons.

— Avec la probable frustration d'avoir eu devant nous un trésor inaccessible… Alors, qui y va le premier ?

— Jouons-le au dé !

— Bof, si nous tirions à la courte paille, plutôt ?…

Nous voici parvenus à Cinco Casas, localité la plus accessible qui, comme son nom l'indique, ne comporte guère plus de cinq maisons. Une gare désaffectée. Une seule rue, de « la Vierge des Neiges ». Sur la droite, la boulangerie, à la façade tristement peinte en blanc et marron, ne possède pas de vitrine. Une pancarte surplombe simplement la porte ouverte sur un rideau en lanières de plastique multicolores. Elle n'a aucun besoin d'être attractive, puisqu'elle fait également office d'épicerie et de bazar, et que son plus proche concurrent doit se trouver à bonne distance de là. Surprise, le vendeur est un Marocain qui nous parle rapidement en français. Après nous avoir demandé nos prénoms et d'où on venait, Rachid évoque ses années de vendanges et de galères dans le Bordelais, puis il confirme les propos de notre pote Miguel sur la présence, dans le coin, de nombreux étrangers venus pour les saisons.

— Vous allez cueillir les melons ?

— Nous sommes juste venus voir quelqu'un, répond Nicolas.

— Oui. Je sais. Le forgeron coupeur de têtes !

— ? ? ?

— Vous êtes bien chez Gallino ?

— Qui vous a informé ?

— Les choses se savent très vite, par ici, dit-il énigmatique.

— Ah… Et vous le connaissez ?

— Bien sûr ! Mon cousin Aziz, qui toutes les nuits se

croyait poursuivi par le fantôme de son père, est allé implorer son aide.

— Et ça a marché ? s'enquiert mon collègue, me coupant l'herbe sous les pieds.

— Il y a deux mois, il est retourné s'installer au bled pour reprendre l'entreprise familiale. Il avait vu le marabout avant de partir. Je ne sais pas qui des deux a fait disparaître les djinns, mais ils sont partis, c'est le principal...

Il se propose fort gentiment, si nous voulons consulter le susdit marabout, pour nous obtenir un rendez-vous et une petite réduction. Cadeau de Rachid. Merci, mais, pour aujourd'hui, des tomates, un peu de pain et autres nourritures terrestres nous contenteront.

J'ai gagné ou j'ai perdu, je ne sais plus trop ; en tout cas j'ai tiré la plus courte paille et je dois donc m'y coller le premier. Ce qui n'est pas pour déplaire à Victor. Notre façon de nous y prendre, pour l'instant, ne doit pas être la bonne. Qu'attendrais-je, si j'étais à la place du Gitan ? Sûrement de l'implication ; je crois que je ne prendrais pas la peine de répondre aux questions abstraites. Cela me rappelle des anecdotes zen. Aux disciples qui voulaient savoir ce qu'était la Vérité ou l'essence du Bouddhisme, le maître n'hésitait pas à demander s'ils avaient correctement nettoyé leurs bols ou les toilettes. Il faut donc que je parle de moi, plutôt que de généralités. Ne faisons-nous pas de même avec nos patients ?

D'après la position du soleil, il doit être autour de quatorze heures quand j'entre dans son domaine ; je le trouve allongé derrière les bâtiments, couché à l'ombre d'un olivier, son drôle de couvre-chef baissé sur les yeux. Il est immobile. Dort-il ? La situation est imprévue. Je reste un moment interdit avant de rebrousser chemin. L'importuner ne me paraît pas de meilleur augure pour la suite. Je pars donc flâner, en souhaitant ne pas croiser mon collègue qui pourrait s'étonner de mon comportement. À moins qu'il ne soit en pleine sieste, lui aussi, ou en train d'élaborer sa propre stratégie. Je reviens sur mes pas. El Gallino n'a pas bronché. Les poules sont, elles aussi, léthargiques ; à croire que je suis le seul en activité, dans le périmètre ! Deuxième promenade.

Troisième tentative. Cette fois, c'est décidé, je prends le taureau par les cornes.

Je m'avance vers lui, assez bruyamment pour qu'il m'entende. Il a bougé. Il est sans doute éveillé, à présent, et au fait de ma présence. Aussi, je me plante face à lui :

— Hum, hum…

— Hmm.

— Señor Gallino…

— Hmm.

— Je m'appelle Nicolas. Je suis l'un des deux Français ; nous sommes venus vous voir l'autre jour. (Pas de « nous », merde, parle en « je » !)

— …

— Je suis né près de León, vous connaissez ? Je vis en France, où j'exerce comme psychologue. C'est étrange, mais en vous voyant pour la première fois, je me suis dit que c'était vous que je cherchais depuis tant de temps…

— …

— Vous vous demandez sûrement pourquoi je suis venu jusqu'ici… Et bien, j'ai vécu des échecs. Robert H. entre autres, dont nous vous avons déjà parlé. Il nous a dit que vous l'aviez guéri…

— …

— Je suis en quête de nouvelles techniques qui me permettraient d'être plus efficace dans mon métier… (Attends ! il n'est pas dupe ; parle plus de toi et moins des autres.)

— …

— En fait, pour être franc avec vous, je ne serais pas là si je n'avais pas quelques soucis dans ma vie. Évidemment. Comme toutes les personnes qui viennent vous trouver, moi aussi j'ai besoin d'aide. Mais pas du même ordre…

— Mmm…

— De quoi je souffre ? Je ne sais pas au juste. Ma profession me plaît, je suis bien entouré, je ne suis pas trop en mauvaise santé. Alors ?… Si vous ne dites rien, c'est que vous voulez que j'aille plus loin ?... Et bien je vous avouerais que mon problème principal, et il est énorme, c'est le mental. Vous savez, cette télévision intérieure qui ne veut jamais s'éteindre ; cette machine à penser qui n'arrête pas de tout compliquer alors que la vie pourrait être si simple. Ma tête héberge un gros bébé capricieux. Il veut tout, et plus que tout. Plus je lui donne et plus il réclame. Votre silence montre que vous aussi, vous êtes passé par là...

— ...

— Vous semblez différent. Vous devez être guéri de cette maladie universelle, de ce cancer intérieur qui nous transforme en éternels insatisfaits. Pouvez-vous m'aider ?

— ...

— Si vous me répondez « non », je comprendrais très bien, et je ne vous importunerais plus...

Il n'a pas bougé. Pas dit un mot non plus. Ni oui. Ni non. Ni merde ! Si c'est un test, il est réussi. J'abandonne ! Quelques pas m'éloignent de lui et je me fige. Ce que je viens d'entendre est un bon gros ronflement. Je me retourne. Il a changé de position et un sourire béat illumine son visage ridé.

À moi de jouer, à présent. Ma démarche sera d'autant plus délicate que la tentative de mon collègue n'a pas été concluante. Il est remonté à bloc. Je ne sais pas comment leur rencontre s'est déroulée, parce que Nicolas n'a pas voulu entrer dans les détails, mais l'autre n'a pas dû être facile. La responsabilité de notre aventure pèse désormais sur mes épaules. Mais je m'en moque. Je suivrai mon idée. Ça passe ou ça casse !

Gallino fume, curieusement assis sur les talons. Il est près du robinet d'eau, à la lisière du sentier, cette frontière tacite entre nos deux domaines. J'ai la désagréable impression qu'il m'attend. Pourtant, égal à lui-même, à mon arrivée, il ne me prête aucune attention. Je m'approche et prends soin de m'asseoir à côté de lui et non en face. Je sors ma pipe. C'est un bel objet blanc, en écume, dont je suis très fier et que je considère presque, au risque de complaire aux psychanalystes, comme une partie de moi. Je la vide et la nettoie. J'ouvre ensuite ma blague et, pincée après pincée, la bourre méticuleusement. Je la tasse un moment, puis, de façon sibylline, lui demande du feu. D'une des poches de sa vareuse, il extirpe un antique briquet d'amadou et me le tend, les yeux toujours braqués ailleurs. J'observe le mécanisme attentivement puis frotte énergiquement la mollette une ou deux fois. Une grosse bouffée de fumée odorante se dégage et, comme un message silencieux, se dirige vers mon voisin. Nous fumons en silence. Entre lui et moi, juste le glouglou.

Je suis face à mon partenaire, sabres croisés. Nous sommes immobiles. Le premier qui pense a perdu. Il me faut cette ceinture noire.

Attendre.

Il attaque.

Attendre encore.

Accepter la mort.

Sentir le sabre sur le sommet de mon crâne.

Le cerveau vide, j'arme en dégageant la lame et frappe dans le mouvement « yooo ! »

Le maître me fixe. C'est gagné.

Le Gitan pose sa pipe.

— Je peux ? dis-je, la montrant du doigt.

Il me regarde enfin et cligne des yeux ; je décide qu'il s'agit d'un acquiescement. J'ausculte l'objet. Je collectionne les pipes depuis longtemps, mais j'avoue être fasciné par l'originalité de la pièce. Le tabac qu'elle recèle, par contre, noir et puant, n'a rien d'engageant. Je lui rends son instrument avec une moue appréciative et je perçois chez lui un léger frémissement qui, avec l'indulgence du jury, pourrait passer pour un sourire. Toujours l'eau entre nous.

— Nous sommes installés de l'autre côté du chemin…

— …

— Nous n'avons pas d'eau…

— …

— Je ne me suis pas lavé depuis plusieurs jours, et…

Il se tourne vers moi. Je déglutis et poursuis :

— … et je voulais vous demander si nous… si je peux prendre de l'eau chez vous.

Il se contente d'un ample geste de l'avant-bras. J'en déduis qu'il y consent. Je m'apprête à le remercier, mais me ravise, hochant simplement la tête. Après m'être lavé les mains et le visage, je me mouille abondamment les cheveux et la nuque. Puis, vite, je m'asperge de la tête aux pieds, en retenant mon souffle. Étrange baptême. Il m'observe, muet. Je

bois enfin, jusqu'à plus soif. Je retrouve ma place. Nous regardons de nouveau droit devant nous, en silence. Ça dure.
Très longtemps. Très, très longtemps…

Il finit par se lever. Je fais de même.

Nous avons commencé à nous apprivoiser mutuellement, grâce à l'eau. Dans les jours qui ont suivi, nous avons quémandé aussi quelques menus articles. Je suis allé lui emprunter du sel ; il me l'a tendu sans mot dire. À deux, nous avons tenté d'obtenir un tire-bouchon ; mauvaise nouvelle : il n'en a pas ; bonne nouvelle : il a parlé pour nous l'apprendre et nous avons ainsi découvert le timbre rauque et comme voilé de sa voix. Nous avons enfoncé le bouchon dans notre bouteille de rouge appellation « Mancha », car j'ai converti mon ami à ce breuvage, et l'avons dégusté tout en commentant l'avancée de notre travail d'approche. Nous nous accordons sur le fait que, pour l'instant au moins, Gallino reste crédible à nos yeux. C'est donc avec impatience que nous attendons de pouvoir assister à des consultations plus personnelles pour décider de l'intérêt réel du bonhomme.

En ce début d'après-midi, et après nos ablutions maintenant quotidiennes, nous nous sommes suffisamment enhardis pour entrer et nous asseoir sur un banc de pierre, dans un des cagibis sans toit. Gallino, à notre plus vive surprise, nous a rejoints, toujours mutique. Avec mon collègue, nous échangeons quelques phrases sur la pluie qui ne vient pas, tentative indirecte pour communiquer avec lui sans risquer une rebuffade. Ce manège dure, sans résultat apparent lorsque, sur le sentier à vaches menant à la route et bien plus loin à la civilisation, s'avance, à pas lents, un homme, les bras ballants. Ses vêtements ont dû être de bonne qualité, il y a longtemps, leur coupe en témoigne, mais ils sont à présent avachis. Une fois plus près, je constate qu'il ne s'est pas rasé depuis plusieurs jours ; ceci ne m'empêche pas de réaliser, tout à coup, qu'il est le père de la première fillette assassinée. Sa main gauche s'orne d'un pansement imprégné de poussière. Ses prunelles sont vides et le mot zombie me vient à l'esprit. Il ne s'offusque pas de mon observation soutenue et sa voix, pourtant atone, me fait sourciller :

— C'est vous, le guérisseur ?

Cette question identitaire, venant en un tel moment, me plonge dans un abîme de réflexion. Est-ce que, par hasard, je commencerais à me prendre pour un guérisseur ?

— Non, c'est lui !

Gallino n'a pas bougé, mais mon ami m'a tiré d'affaire et l'excitation que je lis sur son visage me fait pressentir qu'il attend beaucoup de cette rencontre. Oui, ce monsieur a un gros problème et il vient consulter. Une femme corpulente et sans âge s'approche de notre petit groupe ; son épouse bien sûr. Je l'ai vue dans la même émission télévisée. Son regard aussi est éteint. Elle se déplace avec peine et avance en serrant convulsivement, contre son vaste poitrail, un poupon de celluloïd, habillé d'une barboteuse qui devait être blanche. Ses yeux semblent implorer le ciel. Elle prend place un pas derrière son mari. Ils fixent un instant le bohémien, puis le mari déclare, enfin, sans préciser sa pensée :

— Elle est morte.

Silence prévisible. Il poursuit cependant, comme à regret :

— Elle avait onze ans et demi. Ma femme était déjà venue vous voir, il y a trois, quatre ans, au sujet de notre fille ; elle était épileptique. Elle est partie, à présent.

Une nuance de reproche qui, sur ces derniers mots, devient un peu trop détachée. Le Gitan se passe la main sur le menton, hochant gravement la tête.

— Ma femme et moi, nous ne pouvons plus vivre sans

elle.

L'intéressée, ainsi désignée, entre alors en scène. Hoquetant sans retenue, elle se jette à terre pour baiser les pieds de son hôte :

— Si vous ne nous aidez pas…

Gallino ne cherche pas à se dégager. Son conjoint enchaîne, peut-être gêné du geste ou de la menace contenue :

— Donnez-nous une raison de vivre, je vous en supplie. Vous seul…

— Je ne comprends rien à votre histoire.

Laissant le couple à sa peine, le maître des lieux se lève et s'éloigne, ajoutant par-dessus son épaule :

— Venez ce soir.

Pas de promesses, pas de réconfort, pas de paroles inutiles. La femme, hébétée, n'a probablement même pas compris cette injonction ; elle continue à marmonner de manière inintelligible, tassée sur le sol. Je suis mal à l'aise dans cette position de voyeur ; très fâché aussi par l'insensibilité apparente du Vieux. Comment Gallino saurait-il que leur fille a été assassinée ? C'est sans doute malsain dans de telles circonstances, mais j'avoue être curieux de la suite.

Les heures suivantes sont entièrement remplies de ce couple. Ils se sont posés plus loin, juste là, chacun adossé à l'un des piliers de la porte sans porte, étrangers à tout. L'homme contemple ses chaussures sans rien laisser transparaître de ses sentiments. Ils ne se parlent pas, ne se regardent pas non plus, quoique le temps passe. Ils deviennent comme minéraux. Cessant de les observer, je rejoins Nicolas qui, très excité, refuse de discuter avec moi en m'arrêtant d'un bref « pas maintenant ». Il suppute peut-être l'entrevue du soir. Je monologue, donc, et me surprends à construire une stratégie thérapeutique susceptible d'aider ces malheureux, au cas où j'aurais été leur thérapeute. Je n'aboutis à rien de concluant. Leur traumatisme remontant à environ plusieurs semaines, le débriefing psychologique ne conviendrait pas, puisqu'il doit s'appliquer dans un délai plus court. Bien sûr, je pourrais les traiter avec une séance d'EMDR. Cette méthode de désensibilisation et de réintégration par les mouvements oculaires donne des résultats étonnants, j'en ai une bonne expérience avec des personnes ayant vécu des chocs plus ou moins similaires ; néanmoins, dans leur cas, je reste sceptique sur son utilisation. Est-ce parce que je suis hors de mon cadre de travail habituel ? Parce qu'il s'agit d'un couple ? ou parce qu'il s'agit d'un meurtre non élucidé ? Plutôt une intuition, liée à un détail imperceptible dans leur attitude. Je sais qu'il est de première importance de suivre mon jugement de thérapeute. Et je ne suis pourtant pas sûr de moi, en l'occurrence...

L'après-midi traîne en longueur, jusqu'à devenir un début de soirée. Le soleil refuse de se coucher, allongeant les ombres et tirant les couleurs dans de romantiques tons de mauve. La douceur de l'air contraste agréablement avec l'enfer du jour et donne envie de profiter de ces instants. Le Gitan prépare un feu, charriant des branches mortes dans l'abri de berger qui possède une cheminée. J'aimerais savoir comment il compte s'y prendre avec ce couple, mais je n'aurais pas le courage de le questionner. Il ne me répondrait pas, de toute façon, et ce serait dommage de casser l'infime début de relation civilisée tissée laborieusement entre nous. Franchissant les quelques mètres qui nous séparent, et pour me rendre utile, je ramasse de menus branchages que je dépose en tas devant la porte défoncée. Il consent à utiliser le petit bois. Lorsque leur ordonnancement est, je suppose, terminé, selon une géométrie qui m'échappe totalement, il l'enflamme et disparaît ensuite du côté de ses quartiers, sûr de son art du feu. Les brindilles craquent et la flambée me brûle le visage, révélant ainsi un coup de soleil, attrapé sans doute ces derniers jours. Nicolas entre et s'assied face à l'âtre ; je l'imite. Le campement prend des allures de veillée funèbre. Les parents endeuillés s'approchent en se dandinant et restent debout au fond de la pièce. Ils semblent plus tendus, moins saouls de douleur, sans savoir pour autant comment se comporter. Cette situation étrange se prolonge, puis le Tzigane surgit, tenant un poulet par les pattes. Sur la pierre à droite du foyer, il plaque l'animal qui se débat vigoureusement. La courte hache biface apparaît dans la main droite. Le geste est fulgurant. La femme pousse un cri d'effroi. Le sang jaillit en vagues indécentes du cou du volatile dont les ailes continuent de s'agiter en spasmes nerveux. La tête gît sur l'autel où de petites rigoles rougeoyantes se frayent un chemin, maculant la pierre. L'époux est sidéré. Bouche entrouverte, le cerveau apparemment en panne, il touche instinctivement sa main. La femme s'est tassée, à présent, et gémit, craintive. Le sol en terre battue est bientôt jonché de plumes. L'animal est prestement mis à rôtir et il faut encore patienter. Le feu dévore la scène et chaque claquement du bois prend l'importance d'un événement. Le silence devient sacré. Il n'y a guère que dans les églises et sur le divan du psychanalyste qu'il en existe de semblable. Dans les bibliothèques aussi, peut-être. Le temps est long avant que la bête paraisse enfin cuite au maître rôtisseur qui en détache une cuisse et la tend à la femme :

— Mange !

L'intonation est douce, mais c'est un ordre et elle le sent sans aucun doute. À sa façon gauche de prendre le morceau entre les doigts, il est clair que cela lui répugne. Quand bien même serait-elle affamée, ce poulet serait sûrement la dernière nourriture qu'elle souhaiterait ingérer. Elle attend. L'autre cuisse échoit au mari. Gallino lui tend de telle façon qu'il approche machinalement sa main blessée. Court moment de panique, puis l'homme se ravise et saisit enfin la viande avec la main droite et mord aussitôt dedans à pleines dents. Sa femme l'imite timidement. Gallino fixe un instant le mari, qui lève enfin la tête vers lui. La tension est extrême.

Ce qui se passe entre eux semble primordial et m'échappe pourtant totalement. C'est le consultant qui abaisse les yeux. Le Vieux se sert alors et tend la carcasse à Nicolas, sans le regarder ; lequel m'en passe la moitié. Nous mangeons donc. C'est bon. Gallino a terminé le premier. Il s'essuie le menton avec l'avant-bras de sa veste, qui en a vu d'autres, puis demande :

— Depuis quand, vous n'avez pas mangé ?

Pour toute réponse, les deux se regardent et haussent les épaules. Il continue, comme s'il parlait seul :

— Ce poulet était innocent…

Nous nous arrêtons tous de mastiquer, comme pris en faute, mais aussi en alerte. Ce qui doit arriver de décisif ne peut survenir que maintenant.

— …et il est mort sans savoir pourquoi.

Puis sautant du coq à l'âne, il s'enquiert, cette fois avec gentillesse :

— Vous avez fait quoi, après ?

Nul besoin de préciser après quoi. Leur fille est très présente pour chacun.

— Nous avons marché, dit la mère presque aphone. Très longtemps… (Elle laisse tomber son morceau de viande.) …et nous avons pleuré.

À la réflexion, elle a dû être belle. Le tracé du visage est délicat, et les lèvres sont bien ourlées.

— Pourquoi vous avez fait ça ?

— Ça ou autre chose, qu'est-ce que ça change ? gronde le père en jetant rageusement ce qu'il reste de sa part de volaille dans le feu.

Je comprends son agacement. Où veut en venir l'autre ? Malgré tout, à part les inutiles condoléances de circonstance, je ne vois guère d'attitude pertinente. Rien en tout cas qui pourrait les aider à sortir de leur état.

— Sommes-nous les poulets de quelqu'un ???

Le Gitan a rompu le dialogue et soliloque à présent. Le

père, après un léger froncement de sourcil, a détourné la tête, prêt à partir, probablement attristé et honteux d'avoir cru quelque peu en ce soi-disant guérisseur. La femme, elle, reste figée, incapable du moindre mouvement.

— Pourquoi on vit, pourquoi on meurt ? Ah ! Ah !...

Le rire n'en est pas un et les yeux le font ressembler à un aigle. L'expression est féroce. Mais il reprend d'une voix douce et rapide :

— Pleurez votre fille, pleurez sa mort, ne pleurez pas sa jeunesse... Je suis vieux et inutile ; ma mort n'a pas d'importance. Ma vie non plus. Elle était jeune et innocente, vous l'aimez et pourtant sa vie a été coupée. Personne n'a voulu ça... Mais la mort est-elle notre servante ?

Gallino a lancé cette question en criant et en levant le poing ; il est réellement en colère. Et il ne simule pas. Je suis soufflé par son attitude et la rapidité avec laquelle les émotions défilent en ce lieu. Il continue et c'est la tristesse à présent qui guide ses mots :

— Vous n'avez pas compris et mourir vous paraît une bonne idée. Alors, disparaissez sans savoir ce qu'est la vie ! (Il dit cela avec une lueur mauvaise et un geste de la main, puis il s'affaisse d'un coup et je jurerais que c'est une larme qui perle.) Votre fille me comprend, elle, mais... partez maintenant ; je veux être seul. Partez !

C'est lui qui se lève, furieux, et s'éloigne. L'ordre s'adressait-il également à nous ? Le couple reste un moment hagard, se jetant des regards interrogatifs puis ils quittent les lieux, avec lenteur. Nicolas les accompagne (quelle idée !?). Je m'approche du foyer vacillant.

Quelques braises rougeoient encore. Mes pensées vont comme un cheval fou. Si, intellectuellement, la prestation de Gallino ne m'impressionne guère, la véhémence de sa réaction, par contre, me questionne. Habituellement, on ne traite pas les victimes d'un choc traumatique de cette manière, c'est un euphémisme, et je pense pourtant connaître le sujet. Néanmoins, j'admets qu'il a déclenché une catharsis intéressante. Externalisation de la violence fondamentale, mise en scène spectaculaire. Il existe, il est vrai, et depuis la préhistoire de la psychiatrie, une vieille tradition consistant à soigner le mal par le mal. Les chocs psychologiques ou physiologiques, tels que douches glacées, électrochocs, chocs insuliniques, ont eu tour à tour leur heure de gloire, sans réelle preuve de leur efficacité… avant d'être délaissés au profit de camisoles chimiques. Je peux aussi décoder l'intervention comme la tentative pour introduire un petit grain de sable dans leurs représentations douloureuses. En effet, d'où vient cette idée saugrenue que seuls les vieillards meurent et que la mort doit respecter cette logique, elle qui ne respecte rien ? Ce ne sont pas les théories qui provoquent nos souffrances. C'est plus sûrement de n'en avoir qu'une et d'être ainsi persuadé que c'est la vérité. Dès qu'il y a deux possibilités, il y a choix et donc liberté. Pour ce couple endeuillé, un tel recadrage aurait pu être salutaire. Troisième hypothèse, le Gitan les a amenés à vivre, un court instant, un pied dans leurs souvenirs, un autre dans le réel, un peu comme le font les spécialistes de la programmation neurolinguistique dans les techniques d'ancrage. Gallino s'est aussi débrouillé pour que nous revivions un festival de sentiments qui, à y réfléchir, correspondent à peu près aux étapes d'un deuil normal. Tiens, tiens… le déni, la colère, la dépression… du moins, lui les a vécus. Moi aussi. Quant aux parents…

Je tire ma pipe de son étui, la suçotant quelques minutes avant d'entreprendre de la bourrer. Je pense aux différents rituels qui, dans toutes les sociétés, ont pour fonction de faciliter la séparation des vivants d'avec les morts. J'ai participé à une cérémonie de deuil créole. Là aussi, un gallinacé jouait un rôle de premier plan. Les femmes avaient pilé et torréfié les épices sur un feu de bois depuis l'aube. Les hommes, après avoir égorgé un coq, l'avaient rapidement promené autour de la maison pour asperger la terre de son sang. On avait dressé un petit autel, à même le sol, et tous les membres de la famille s'étaient recueillis devant les photos des disparus. La viande apprêtée en cari longuement mijoté, assurément le meilleur de ma vie, avait été dégustée après que tous aient bu à un même verre de rhum. Pas de pleurs, pas de mots ; aucun sentimentalisme, non plus que de nostalgie. Aucune évocation des morts, pourtant si présents. La force du rituel qui se suffit, dépasse et enveloppe chacun des participants. Mais, aujourd'hui, il ne s'agissait pas a priori d'un rituel. J'en perds mon latin…

Bien plus tard, alors que je me lève, agité par mes pensées, je fais une découverte qui va fortement m'impressionner : dans l'âtre, à la périphérie du cercle de cendres, gît la poupée. À demi consumée, elle fume encore doucement.

Lorsque je m'éveille, le soleil est déjà haut et éclabousse l'intérieur de la tente, la transformant en étuve. Je suis seul. Cela tombe très bien car je suis inapte à tout lien social avant d'avoir bu mon café matinal. Mon souci, en l'occurrence, est de se procurer ladite boisson. Voilà X jours que nous squattons ici, et si nous avons du café, nous manquons d'ustensiles pour le préparer. Conclusion : je suis en manque de caféine, amorphe et migraineux, très loin de mon état normal. Je me gratte la tête, me répétant que tout finira par s'arranger ; ce n'est qu'une formule incantatoire destinée à me rassurer, car je ne vois pas, mais alors pas du tout, à l'instant T, la solution à mon problème.

— Ah, tu es réveillé ! Ben mon vieux, toi, tu en écrases !

Nicolas est entré dans la tente pour y déposer sa trousse de toilette et en ressort déjà. À travers la toile, sa voix, légèrement étouffée, me parvient :

— Si tu as du feu, je te paye le jus.

On a les amis qu'on mérite. Effectivement, il a récupéré une vieille casserole et préparé, à quelques mètres de notre campement, un foyer de fortune avec des pierres, surabondantes dans le coin, et une grille rouillée jusqu'à l'os. Il a entassé du petit bois et puisé de l'eau. Je l'ai suivi sans m'en rendre compte et lui tends mon briquet. Nous n'avons toujours pas abordé la prestation du Gitan qui va, à l'évidence, être un morceau de choix dans notre conversation. Nous entrons dans le vif du sujet, sans même le mentionner.

— Alors qu'est-ce que tu en dis ?

Je ne sais que répondre. Ma troublante découverte a remis en question toute ma compréhension de la scène. Cette poupée dans le feu peut n'être qu'un hasard. Pourtant, du hasard à l'acte manqué et de l'acte manqué à l'indice significatif, il est impossible de ne pas parvenir, quel que soit le raisonnement suivi, à la même conclusion : ce poupon abandonné, oublié, est la preuve manifeste d'un changement radical chez les parents. Ou du moins chez la mère, puisque c'est elle qui serrait le doudou dans les bras. Je n'ai pas encore informé mon collègue de ma trouvaille. Je diffère ma réponse, car il y a urgence : l'eau bout. Ma première gorgée de café est un vrai nectar. Je bénis, pour l'éternité, les Indiens qui en ont découvert l'utilisation, les Espagnols qui l'ont importé et Nicolas qui l'a préparé. J'espère n'oublier personne...

— Mmm...

— Moi, j'ai trouvé facile, le coup du poulet ; il devra faire plus fort, s'il veut nous impressionner à l'avenir... Et puis, si j'avais été le père, j'aurais répondu que ma fille, ce n'est pas une poule.

— Je n'y ai pas songé hier soir, mais maintenant qu'on en parle, je pense aux sacrifices rituels. Dans la majorité des cultures, et ce depuis toujours, ils ont eu une fonction cathartique essentielle. D'expiation de la violence et de substitution entre l'individu et le groupe social. Un être meurt dans l'intérêt du clan. Puis les humains ont cédé la place aux animaux...

— Le judaïsme et le christianisme ont suivi la même voie : le bouc émissaire et, pour finir, Jésus, l'agneau de Dieu qui lave le péché du monde... D'accord, mais quel rapport entre la mort du poulet et celle de la gosse ? Pas de lien très clair. Sauf, évidemment, si on associe la sauvagerie de la décapitation du gallinacé avec ces histoires de meurtres. Mouais... encore faudrait-il que Gallino ait su que leur fille a été assassinée.

123

Nous sommes effectivement dans l'impasse. De plus, je n'ai pas très envie que nous nous répartissions les rôles en avocat de la défense et en partie civile. Je suis aussi partagé que lui sur la réaction de Gallino. Je décide donc de jouer franc jeu et lui livre ma découverte. Il paraît secoué. J'en profite pour pousser mon avantage :

— Tu vois, je pense aux corridas, ce n'est pas tant la mort qui est en jeu dans les sacrifices, que le fantasmatique, le symbolique, et, surtout, l'accès au sacré.

La référence tauromachique, avec un Espagnol, c'est porter l'estocade et je ne suis pas mécontent de moi. Je poursuis, la tête dans mon bol de café :

— Il y a des morts sans sacré – quand je mange du poulet acheté au supermarché – et du sacré sans mort, même si, je suis d'accord avec toi, c'en est souvent un ingrédient. Je ne sais pas si tu l'as perçu comme moi, mais, avant même qu'il décapite l'animal, il y avait un climat de…

Je lève les yeux. Il ne m'a même pas écouté et s'éloigne, déjà ailleurs. Je conçois très bien ce qui peut le travailler. Je viens de passer la nuit, là-dessus. Je hausse les épaules et décide de reprendre mon raisonnement à zéro. Le poupon prouve l'efficacité du Vieux. Donc, il faut extraire le principe de ce qu'il a fait précisément, pour pouvoir le reproduire dans un autre contexte ; c'est la base de toute démarche scientifique. Est-ce la prescription du symptôme (« disparaissez ») suivie immédiatement de la suggestion que leur fille le comprend qui, inversant ainsi les rôles des présents et des absents, est censée produire un résultat particulier, comme l'effet d'un contre-paradoxe thérapeutique ? Peut-être y a-t-il plus, mais quoi ? Si deux phrases lui suffisent, je veux découvrir son truc. Évidemment, en tant que psychologues, les gens attendent de nous que nous parlions, pas que nous tordions le cou à des volatiles. C'est un autre métier ; encore que certains thérapeutes utilisent parfois des méthodes qui sortent de l'ordinaire. Milton Erickson, par exemple, qualifié de « thérapeute hors du commun », a réalisé pas mal d'interventions surprenantes et très efficaces, au point d'être considéré comme le père de tous les courants modernes de psychothérapie, bien qu'il soit inconnu du grand public. C'est l'un de mes maîtres à penser. J'aime bien aussi toutes les approches ethno-machin-chose qui intègrent des rituels, ne se limitant pas à du bla-bla.

Qu'est-ce qui me gêne, alors, dans mon expérience de la veille ?

Durant la matinée, nous avons perçu toutes sortes de bruits monter de la bâtisse délabrée du propriétaire des lieux, sans le voir. L'idée de l'importuner ne nous a même pas effleurés. Nous attendons le soir, espérant manger en sa compagnie pour échanger enfin sur nos pratiques... entre confrères ! Je jurerais qu'il est à présent plus disposé à nous écouter. Nicolas a d'autres occupations, allant et venant sur le sentier, mains derrière le dos, comme j'imagine les anciens Grecs dans l'agora. Il ne s'arrête que pour jeter furieusement des notes sur un bout de papier, continuant aussitôt sa course. Commence-t-il un nième livre ou réfléchit-il à notre vécu de la veille ? Aucune idée. La journée s'annonce donc désespérément calme. Je diffère le plus longtemps possible le moment du repas, ruminant des idées imprécises autour de l'intervention de Gallino, encore et toujours. Puis je me résous à avaler sans joie quelques barres de céréales. Je reprends ensuite ma position sous l'arbrisseau (c'est devenu mon fumoir) pour allumer une pipe sans goût.

Il n'est pas encore midi quand Gallino lui-même fait une courte incursion sur « notre territoire » ; il ne s'y est jamais aventuré auparavant. Il vient juste récupérer sa casserole ; pour préparer son repas, je suppose. Nicolas a dû la ranger dans la tente. Après avoir tout mis sens dessus dessous, je la trouve enfin. Contemplant un instant le capharnaüm, je remets tout en tas, sommairement, ce qui n'arrange rien, et c'est alors que mes yeux tombent en arrêt sur le baigneur arraché à l'âtre. Vais-je l'exhiber pour prouver son efficacité ?

Lui montrer mon admiration ? Provoquer une discussion technique ? Est-ce qu'un Maître a un ego si fragile qu'on doive le rassurer ?... Je sors de la tente, la casserole dans une main, la poupée dans l'autre. Il se saisit de la première et examine la deuxième. Nos regards se croisent, dépourvus d'aménité. La gamelle semble s'élever légèrement dans sa main. Le jouet dans la mienne fait de même. Nous voilà face à face, comme deux combattants, prêts à s'affronter avec des armes pour le moins saugrenues ! Qui va... ?

— Ah oui ! J'allais vous la ramener.

Nicolas s'est brusquement immiscé entre nous. Dommage. J'aurais été curieux de savoir ce qu'il pouvait advenir...

C'est la fin de la sieste postprandiale (institution sacrée s'il en est, en Espagne), lorsque le cortège des consultants reprend. Certains arrivent dans d'imposantes berlines. D'abord un couple, puis d'autres suivent, et ils sont vite une trentaine. Nous les rejoignons. Grosses créoles aux oreilles pour les femmes, quelques-unes ont sur la tête le fichu familier des Gitanes ; chemises bariolées et chapeaux gardians pour les hommes. Les visages sont nobles et souvent marqués, le teint cuivré. Et toujours des bébés. Des personnes très âgées, aussi. Des malades que l'on pousse, que l'on soutient ou que l'on porte. Beaucoup de calme. Peu de pleurs, peu de paroles. Un costaud, cheveux blonds en brosse drue, se détache du lot, s'approche cérémonieusement de Gallino et chuchote deux, trois mots à son oreille. Le Vieux, son étrange canne à la main, opine. Comme s'il en avait obtenu l'autorisation, l'homme s'avance alors, lève les mains pour réclamer le silence et annonce le programme, d'une voix forte :

— Rendons hommage à l'Éternel !

C'est dans l'enclos que les brebis du Seigneur se sont installées. Des chaises pliantes ont émergé des coffres de voitures et les ouailles se sont disposées en rang d'oignons.

L'orateur a droit, quant à lui, à une sorte de mini estrade. La séance peut commencer :

— Mes biens chères sœurs, mes bien chers frères !

— Alléluia ! répond fort à propos le groupe, d'une seule voix sourde.

Ces préalables posés, un étrange chœur s'engage alors, la foule scandant des ponctuations impeccablement synchronisées, bien qu'aucun chef d'orchestre ne remue de baguette.

— Ouiii, le Seigneur est grand ! Et il PEUT réaliser des miracles !

— Amen !

— Son Esprit Saint descendra sur nous aujourd'hui !

— Amen ! Alléluia !

— Et il parlera à travers nous !

— Oui, Seigneur !!!

— Et si nous avons assez de foi, il guérira nos malades !

— Oh ouiii, merci Seigneur !

Ils entonnent un chant. Je lorgne Gallino qui ne bronche pas. Je connais ce rituel pentecôtiste. J'ai vécu dans des milieux assez proches, quoique nettement moins démonstratifs, mais la philosophie est la même : retour aux sources bibliques, pas de hiérarchie, point de professionnels, curé ou pasteur, baptême des adultes et non des enfants, primat de la foi sur les actions. On croit surtout très fort au Saint-Esprit, descendu le jour de la Pentecôte sur les premiers chrétiens, qui donnerait des pouvoirs particuliers, tels le parler en langues (supposées disparues), les dons de prophétie et d'interprétation et, voilà qui peut nous intéresser, le don de guérison. Après les chants, vient le sermon, si l'on peut appeler ainsi l'espèce de transe qui se développe sous nos yeux. En effet, le groupe fait de l'auto-allumage, son leader se perdant dans les aigus, avec des accents poignants, le phrasé devenant parfois incompréhensible ; la foule suit pourtant la moindre de ses nuances, donnant un relief extraordinaire à des contenus selon moi insipides et très discutables. Nicolas, de son côté, fronce les sourcils, tel l'anthropologue en pleine action qu'il doit être à l'instant. Les adultes se tiennent tous tête baissée, comme en prière, ce qui ne les empêche pas d'être fichtrement actifs. Tout à coup, une personne de l'assistance pousse un hurlement strident, avec un ton somnambulique, produisant des sons étranges, mi chantés, mi parlés. Réglée comme sur du papier à musique, une autre voix, mâle celle-ci, s'élève :

— Je m'exprime par la voix de l'un de vous. Écoutez et vous entendrez ! Regardez et vous verrez !

Bon, jusque-là, intellectuellement parlant, il ne se risque pas trop. En même temps, ce qui est amusant, c'est que ces truismes font précisément partie des techniques d'hypnose ; je n'avais jamais fait le lien. Une femme assez âgée, que j'avais vue arriver, portée par deux hommes robustes, se tortille comme un ver et finit par réussir à tomber à terre, échappant à ses infirmiers du moment. Attroupement. Elle prévient :

— Ne me touchez pas, je suis impure ! J'ai péché et le Très-Haut m'a punie ; je veux confesser mes fautes.

Le cercle se ferme autour d'elle et, selon sa volonté, on la laisse gigoter dans les crottes de bique. Le meneur lui enjoint :

— Parle ma sœur, le Seigneur t'entend, et il est bon.

— Ouiii, il est bon !!! confirme la foule.

Dans un état second, la vieille proclame avoir souhaité la mort d'une de ses sœurs spirituelles, qui serait alors tombée gravement malade. Coïncidence pour laquelle n'importe quel juge l'absoudrait sur le champ, mais ce n'est pas si simple. Elle s'accuse aussi de quelques autres crimes mineurs, tout en soulevant un peu de poussière grâce à de violentes contorsions, révélant une belle vitalité. Apparemment pas de signes épileptiformes, mais on se croirait beaucoup plus dans une cérémonie vaudoue que dans un culte chrétien, il faut le reconnaître ! Une nouvelle voix monte et plane au-dessus de l'assistance, tenant un langage qui doit remontrer à l'ère précolombienne, et le traducteur reprend son poste :

— Le Malin s'est emparé de notre sœur, il faut la délivrer !

Le faux pasteur s'approche, puis sort une fiole. Pas besoin d'aller vérifier, il s'agit d'huile, peut-être même d'huile d'olive, puisque nous sommes en Espagne. L'onction d'huile est une pratique réservée aux cas les plus sérieux. Là, un beau numéro d'exorcisme commence. Le chef s'adresse directement au diablotin squattant le corps de l'aïeule, lui ordonnant de sortir, d'une voix de clairon. L'autre a l'air de vouloir se faire prier et précisément l'assemblée s'en charge, marmonnant avec conviction. Le prêtre ne lâche pas un pouce de terrain ; il profère des menaces apocalyptiques et sollicite le renfort de la divine trilogie. Puis, sans sommation, il vide le contenu de son flacon sur la permanente de l'agitée. Devant pareils arguments, la sœur pousse un effroyable beuglement, à faire se dresser tous les poils des avant-bras, et s'effondre. Pasteur : 1 ; démon : 0. La foule en liesse entonne un chant de victoire et je ne peux m'empêcher de me sentir tout ragaillardi avec les autres. Je surprends mes lèvres en train de fredonner à l'unisson, car je connais cet air. Et puis la malade se lève et confirme à grands cris sa guérison, que Dieu est immense, qu'il est bon et qu'elle est pardonnée. On ne s'arrête pas pour autant de chanter, bien au contraire, la mélodie redouble de vigueur et le tempo s'emballe.

Voilà longtemps que je n'avais pas fréquenté ces milieux, mais bon sang, c'est riche d'enseignements en termes de pratique thérapeutique. Vraiment. Comme rituel, c'est pas mal du tout ! Bien sûr, la vieille souffrait d'une simple crise d'hystérie. Culpabilité d'autant plus importante qu'elle a dû utiliser des méthodes d'envoûtement pour nuire à sa copine. On connaît ce genre de cas, depuis Charcot. Freud s'en est largement inspiré et, techniquement parlant, cela ne présente guère de difficulté, ni beaucoup d'intérêt, car ce que l'on appelle la grande hystérie avec paralysie a presque disparu de nos jours. Par contre, la combinaison des rituels utilisés et la contribution du collectif, voilà un champ d'investigation extrêmement intéressant et très peu exploré par les écoles occidentales récentes, davantage basées sur le modèle duel de la consultation médicale ou de la confession. Pris dans la dynamique du groupe, j'ai tout bonnement oublié Gallino. Si tout ce beau monde est venu jusqu'ici, notre hôte doit avoir quelque utilité ou fonction cachée, car son rôle effectif n'a pas semblé primordial pendant cette cérémonie. Tout en paraissant s'y intégrer totalement, notre Gitan est resté en retrait sur son trône seigneurial, semblant faire office de catalyseur. Je repense à ma pratique du psychodrame où le chef des thérapeutes ne participe pas au scénario joué par les malades avec le concours des soignants. Étrange tout de même... Quand Son Altesse daignera enfin échanger avec nous, j'espère que je pourrais lui en toucher deux mots.

Tout doucement, le culte prend fin ; les uns et les autres redeviennent des citoyens ordinaires, s'embrassant fraternellement, discutant de mille sujets quotidiens et se souciant sérieusement du casse-croûte. Devisant joyeusement, ils refont leurs paquetages et s'emmènent pique-niquer sur « notre » lopin de terre rouge. Nous sortons aussi de la cour.

Un quatre-quatre gris métallisé, au mufle hargneux, saute durement sur le sol chauffé à blanc et s'immobilise avec un hoquet. L'air s'emplit à présent d'une poussière âcre. Ce véhicule est ici autant à sa place qu'un *drag queen* dans une église ! Les vitres fumées masquent le conducteur. Un gros autocollant en forme de cœur, à l'arrière, proclame un amour indéfectible pour Cadix en Andalousie. Puis la portière s'ouvre lentement, laissant échapper un riff endiablé de guitare *flamenca*, arrêté net, en même temps que le moteur. Un éclair de chair dorée et l'ample jupe blanche prestement rabattue en corolle sur les jambes. La blonde qui descend a dû avoir son heure de gloire dans les meilleurs cercles de la capitale, quelques années auparavant. À présent, elle est un peu trop. Le visage trop lisse, trop maquillé, le décolleté trop marqué, sur une poitrine trop volumineuse et trop ferme pour être honnête. Et puis encore… trop de bijoux, des gestes trop théâtraux. La voix affectée et haut perchée s'enquiert :

— Je cherche Monsieur Gallino, il est par là, non ?

Nous lui indiquons la direction à suivre, d'un même mouvement de menton. (Devenons-nous aussi sauvages que lui ?) Elle éclate d'un rire évidemment trop sonore et fait voler sa main comme un papillon. Le cliquetis est en or massif. Encore une hystérique. Je les aime bien, elles sont tellement délassantes ! Nous la suivons, à distance. J'avoue être prêt à payer pour assister à l'entrevue. Et puis, elle n'est pas trop désagréable à contempler, même de dos. Lorsqu'elle a logé sa proie, elle avance majestueusement. Le Gitan, aussi engageant qu'une porte de prison, prépare du bois. Comme s'il n'attendait qu'elle depuis des temps immémoriaux, la belle de Cadix entre directement dans le vif du sujet… évidemment un peu trop fort :

— Bonjour, on m'a dit que vous pouviez m'aider, alors voilà, je me lance : j'ai deux hommes dans ma vie. Oui, je sais, enfin ! J'hésite entre José, que… c'est un voyou, mais je l'ai dans la peau (intonation gaillarde). Paco, lui, c'est un gentil garçon (moue dédaigneuse ; m'est avis qu'au lit, ce ne doit pas être une épée, le Paco !)… Il ferait sûrement un très bon père pour ma petite Esméralda. Esméralda, c'est ma fille ; je vous l'ai déjà dit, non ? Bon, et bien voilà, maintenant, c'est fait. Ah, ah, ah (rire de gorge). Je sais, vous allez me demander pourquoi je ne choisis pas… disons, le cœur. C'est vrai. Je l'aime, José. À la folie. Je serais prête à tout pour lui. Mais voilà, je suis mère et j'aime aussi ma fille. Vous me direz que je n'ai qu'à plaquer les deux et trouver un bon amant qui soit aussi un merveilleux père. Oui. Mais (dégoûtée)… ça ne court pas les rues. Depuis longtemps je cherche cet oiseau rare, alors je me suis dit que je devais agir, avant de ressembler à une orange ratatinée par le soleil (rire faussement espiègle, comme si une telle éventualité était totalement inenvisageable)…

Telle une cascade sonore, sa voix rebondit en d'infinies vaguelettes. Tout en parlant, elle s'est approchée subtilement et touche le bras de son interlocuteur, le lâchant pour le rattraper aussitôt. Ce jeu me rappelle Georges, mon chat, lorsqu'il jouait avec des souris. Gallino la laisse faire sans broncher. Qui est le chat et qui est la souris ? Le flux ne s'est pas interrompu :

— Mes copines me conseillent de vivre avec Paco et de garder José comme amant ; elles sont gentilles, mais c'est trop compliqué ! Et puis j'ai déjà donné. Ça m'a servi de leçon… Je pourrais aussi rester trois mois avec l'un, puis trois avec l'autre, mais José m'a prévenu : c'est Paco ou lui. Ah oui, j'ai oublié de préciser qu'ils se connaissent. Mon Dieu ! Alors, je ne sais pas quel est le bon. Paco ou José ? Si vous pouviez m'éclairer, vous seriez… ?

Elle a dit « *cariño* ». Le romanichel me semble pouvoir être traité de tout sauf de mignon, mais, dans sa bouche, ce qualificatif n'a rien de déplacé. Impossible de savoir s'il l'a écoutée, car il ne cessait de préparer son feu, le regard lointain. À présent, sa tâche achevée, il se dirige vers son antre. Debout, se balançant d'un pied sur l'autre, nous la laissons à son embarras. Après quelques caquetages effarés, Gallino revient victorieusement avec un poulet, et pénètre dans la pièce que nous appelons maintenant la rôtisserie. Nous le suivons à la queue leu leu. Je vois distinctement sa main entrer et ressortir de la poche de la vareuse, tenant la hachette prête à frapper. Ça y est, il va nous refaire le même coup, il porte bien son nom, lui !

— Vivante ou morte ? lui demande-t-il.

— Euh… vivante. Pourquoi ?

Sans lui laisser le loisir de repartir dans une de ses envolées verbales, le Gitan a prestement sorti une mince cordelette. Après avoir attaché les pattes de l'animal, il trace une croix sur le sol à l'aide de son outil, devant les pieds de la femme. Il dit :

— José, *si* ?

Puis il fait une autre marque, juste à côté :

— Paco !

Et une ligne verticale entre les deux. Il couche alors délicatement la poule, le bec sur le trait. Sans autre commentaire. Retournant dans son domaine, il en ressort avec un nouveau gallinacé, lequel, moins chanceux, se voit décapité avec une précision de chirurgien, sûrement imputable à l'entraînement intensif de son bourreau. Puis, avec des gestes sûrs, il allume le feu. Toujours le même rituel. Enfin, il s'attaque au plumage de la bête. Nous ne lui disputons pas cette tâche. Tout à son labeur, il hèle la blonde qui n'a pas bougé :

— Ils sont comment, José et Paco ?

L'indécise ne se fait pas prier et paraît même soulagée que les événements prennent une tournure plus conventionnelle. Mais un point de la mise en scène ne lui convient encore pas :

— Euh… on ne pourrait pas la détacher, monsieur Gallino ? La pauvre bête, elle doit souffrir, c'est cruel ce que vous faites.

— ¡ *Vale, vale* ! répond notre hôte, sans lever les yeux.

Cette expression, difficile à traduire, peut passer pour un oui sans enthousiasme. Elle libère donc la captive, qui reste immobile malgré ses membres déliés. La femme attend ; l'animal, je le sais, est hypnotisé. J'avais vu un de mes cousins vivant dans une ferme réaliser ce tour lorsque j'étais tout gosse. C'est aussi un classique de l'hypnose. Pour moi, c'est comme assister à un tour de magie dont on connaît le truc, ou subir une histoire drôle éculée en se demandant s'il faut rire poliment ou interrompre le narrateur. La blonde, elle, semble déconcertée :

— Elle ne bouge pas…

Le ton trahit un début d'inquiétude. Aucun de nous trois ne sortant de son mutisme, son naturel revient au galop et elle revient à son problème. Nous avons droit à un long monologue, nourri des descriptions physiques, astrologiques, caractérologiques et sexuelles des deux prétendants, sans véritable fil conducteur. Au bout d'un moment, elle nous a vendu sa salade : tous deux semblent un aussi bon ou un aussi mauvais parti.

— Alors, lequel choisir ? termine-t-elle.

Gallino a mis le poulet à cuire, à présent. Négligeant de répondre à la question, il requiert une précision sur les sentiments de la donzelle à l'égard de l'un des deux hommes et le flot repart en autant de ramifications oiseuses. Le manège continue. Chaque fois qu'elle semble sur le point de se tarir, il remet une pièce dans la machine. Je somnole. Bouche ouverte, Nicolas contemple la scène. Il croit aux vertus de la parole, lui. Cela dure des heures. J'ai bien compris que ce manège devait permettre à la viande de rôtir et que, conséquemment, il ne se passerait rien dans l'immédiat. Fort heureusement, le temps des agapes finit par arriver. Notre hôte prélève une aile et l'offre à mon collègue. L'autre m'échoie et il s'octroie une cuisse. Il dépose ensuite ce qui reste de la bête sur la pierre plate, près du foyer, ignorant délibérément la bavarde. Cela ne doit pas tellement se pratiquer dans son monde et elle n'est pas formatée pour répondre à ce genre de situation. Nous non plus, je le crains. Elle passe d'un pied sur l'autre, visiblement à la recherche d'explications convaincantes.

— Et moi ?… s'enquiert-elle d'une voix enfantine.

— Quoi ?

— Je n'ai pas droit à un morceau, moi ?

— Tu la voulais vivante, non ? Tu l'as !

— Oui, mais… maintenant j'ai faim.

Il se lève lourdement et du pied efface les marques devant les yeux de l'animal hagard. Comme par magie, la poule en catalepsie reprend vie et file sans demander son reste. C'est alors la femme qui se fige, mais il lui tend la carcasse rôtie. Après un temps d'arrêt, elle en détache la cuisse restante, et mord dedans, non sans une certaine classe. Nous poursuivons notre repas en silence. La femme mange de bon appétit, son regard allant du Vieux, absent, à la poule rescapée qui court en tous sens, heureuse de sa liberté retrouvée. Longtemps après, elle se lève pour prendre congé et il n'y a plus aucune affectation en elle.

— Je crois que j'ai compris le message, Don Gallino.

— Vous êtes une belle femme, *Señora*, répond-il, sans rapport apparent.

Elle le remercie longuement, prenant ses mains entre les siennes. Le geste n'est pas séducteur, mais plein de gratitude et de déférence.

Assis devant la tente, nous rions de bon cœur de l'utilisation systématique des poulets par le bohémien. Nous n'avions jamais prêté de telles possibilités curatives à ces oiseaux de basse-cour. Le type est un vieux grigou, un sacré filou. Il est évident – nous en tombons rapidement d'accord – que s'il avait commencé à argumenter avec la blonde, il aurait été noyé par le flot de paroles. Nous sommes encore sur la même longueur d'onde en ce qui concerne l'issue de son intervention. S'il y avait eu des doutes au sujet du couple endeuillé, l'attitude de la dame est éloquente : il y a eu changement à cent quatre-vingts degrés. En une séance ! Avec une économie de moyens et une esthétique indéniable. Pas mal ! Énervant même. Insensiblement, nous tentons de démonter Son Altesse Gallino. Davantage que ses tours de passe-passe avec les volailles, l'attente des personnes venant le voir a pu produire le résultat. N'aurait-il pas pu faire n'importe quoi (et n'est-ce pas ce qu'il a fait, d'ailleurs ?) et obtenir des améliorations ? Ce que les chercheurs appellent « effet placebo ». Je sais qu'on l'estime en moyenne à trente pour cent pour un simple médicament, d'où l'obligation de tester les nouvelles molécules « contre placebo ». Cette efficacité peut même monter à plus de soixante-dix pour cent dans les problématiques à forte composante psy, comme la dépression, l'angoisse, le stress ou le mal-être. Et pourtant il ne s'agit que de l'étonnant pouvoir de la suggestion liée à des états sub-hypnotiques. Bien évidemment, dans le champ qui est le nôtre, ses effets sont colossaux. Certaines mauvaises langues prétendent même que la psychothérapie se résumerait à cet effet placebo, ce qui expliquerait pourquoi des théories et des techniques psys parfois contradictoires peuvent être tout aussi efficaces. Si son fonctionnement est très mal connu, il est encore plus mal utilisé à l'heure actuelle. Cette dimension « non spécifique » de la guérison a au moins le mérite de nous rappeler que l'essentiel dans une relation de soin est justement ...la relation.

Quoi qu'il en soit, nous voilà dans l'impasse, car si le Gitan utilise la suggestion, pourquoi est-il plus fort que nous ? Toute modestie mise à part, ne sommes-nous pas censés avoir une longueur d'avance, ayant une connaissance scientifique de ces mécanismes ? Ses silences, ses non-réponses et ses airs énigmatiques créent un contexte propice, un fond sur lequel les rares paroles prennent du relief. Et nous sommes aux premières loges, puisqu'il agit pareillement avec nous. Les psychanalystes, même s'ils s'en défendent, utilisent d'ailleurs, curieusement, à peu près le même type de mise en scène. Qu'ils appellent cela le cadre analytique ne change rien à l'affaire. Cependant, notre homme va plus loin. Lorsqu'il ajoute des rituels impressionnants avec ses animaux, tuant, décapitant, attachant, il crée une externalisation du problème, digne des meilleures thérapies narratives. Le recul ainsi créé libère les ressources naturelles du patient, l'amenant à lâcher la raison raisonnante pour s'aventurer sur le terrain émotionnel et aborder ses problèmes autrement. La plupart des chamans ont des méthodes relativement similaires. Pouvons-nous en tirer le moindre enseignement ? Ou sommes-nous à ce point prisonniers de nos rôles, de nos patients et de nous-mêmes pour placer l'orthodoxie des pratiques avant les résultats ?

Arrivant à un cul-de-sac, à ce point de notre argumentation, nous en venons à nous interroger sur l'essence de la psychothérapie. Évidemment, avec Nicolas, la discussion est rarement facile, et nous nous retrouvons très vite en train d'évoquer des modèles mathématiques alambiqués. Néanmoins, l'enjeu est de taille : existe-t-il un algorithme, une solution qui marcherait à tous les coups ? L'être humain, très complexe, ne doit-il pas nous amener à concevoir notre profession comme une activité plutôt heuristique, sans certitude de réussite ? La comparaison avec le jeu d'échec s'impose à moi. Ce jeu si scientifique et gouverné par des règles simples devrait avoir épuisé ses possibilités depuis des lustres. Même si l'un des ordinateurs les plus puissants jamais construit a réussi, finalement, à gagner le champion du monde, des machines capables d'étudier quand même jusqu'à trois millions de coups à la seconde, peuvent encore être battues par des hommes. Tout est dans la façon de raisonner ; nous devons donc adopter un raisonnement correct. Notre quête serait-elle vouée à l'échec parce que nous faisons erreur, tout simplement, sur la nature de la thérapie ? Je m'endors évidemment sans réponse et rêve d'un paradis empli de poulets, de blondes et de sorciers. À moins que ce ne soit l'enfer...

Ce matin, c'est le tour de Victor d'aller « à la neige » ; c'est comme cela que nous surnommons nos courses rituelles chez Rachid à « la Vierge des Neiges », notre manière à nous de mettre un peu de fraîcheur dans la chaleur ambiante (toujours pas une goutte de pluie depuis notre arrivée). Il en profitera pour appeler sa femme, notre séjour durant plus longtemps que prévu. J'espère que cela ne lui posera pas de difficulté. Moi, j'ai pris un mois de vacances ; j'ai donc encore du temps devant moi.

Je repense à l'intervention de Gallino avec l'Andalouse. En toute honnêteté, je suis assez d'accord avec mon collègue : il y a sûrement un effet placebo ou de suggestion, comme il le suppose, mais comme dans toute relation en général et dans toute demande d'aide en particulier. Pourquoi les guérisons traditionnelles feraient-elles exception à la règle ? Mais je ne pense pas que cela suffise pour affirmer que El Gallino fait n'importe quoi. Au contraire. On aurait dit un cas d'école ; millimétré ; pas un geste de trop ; pas un mot de trop. Je suis impressionné, même si l'amélioration après la consultation ne signifie nullement que cette femme a résolu son problème. Il faudrait voir comment elle va se comporter avec ses deux prétendants dans les prochains jours… Cela me rappelle « Le Jugement de Salomon », passage bien connu de la Bible. Je m'en souviens, car je l'ai étudié et commenté à plusieurs reprises lors de mes études de psychologie. Deux prostituées se présentèrent devant le roi Salomon afin qu'il les aide à trancher un différent : elles avaient toutes deux un nourrisson et dormaient ensemble ; une nuit, l'un des deux mourut. Chacune prétendait que l'enfant vivant était le sien, ce qu'aucun témoin ne pouvait corroborer. Salomon ordonna qu'on lui apporte une épée. Prenant le nouveau-né par un pied, il brandit la lame, déclarant qu'il allait le couper en deux pour en donner une moitié à chaque femme. L'une supplia aussitôt qu'on le laisse à l'autre, acceptant de perdre son bébé plutôt que de le voir mourir ; la deuxième préféra la mort de l'enfant pour que sa rivale ne le possède pas vivant. Le roi rendit alors sa sentence et restitua le nourrisson à la première, car il avait compris que c'était elle la vraie mère.

N'est-ce pas ce qu'a fait El Gallino avec le couple endeuillé et la blonde prolixe ? Coupe-t-il la tête des poulets afin de produire une parole vraie chez ces consultants ? Connaît-il ce passage de la Bible et l'utilise-t-il volontairement ? Sa présence lors de la transe groupale des pentecôtistes pourrait plaider en la faveur de cette thèse. Dans tous les cas, l'idée d'employer une arme tranchante pour séparer le vrai du faux n'est pas nouvelle. On retrouve cette même démarche dans certaines branches du bouddhisme tibétain. Je sais que le peuple tzigane, auquel appartient vraisemblablement El Gallino, est originaire de l'Inde, terre où les techniques de guérison psychosomatique sont légion. S'inspire-t-il de ces approches ou puise-t-il à une sorte d'inconscient collectif ? Si donc, notre Gitan n'est pas un guérisseur, un chaman, un sorcier ou un sage, qu'importe l'étiquette dans le cas présent, il en a en tout cas l'étoffe. Difficile d'alléguer le hasard. C'est sans doute cela qui me chiffonne. Trop parfait. Trop beau pour être vrai ?… Ce n'est pas le tout de trouver un maître, encore faut-il que le disciple soit à la hauteur. Cela m'effraie peut-être… J'ai bien fait de venir accompagné ; seul, je crois que je pourrais, sans y prendre garde, me laisser fasciner par un tel personnage et perdre tout sens critique.

J'extrais une pierre dorée de l'empilement, sûrement issu de l'épierrage des champs avoisinants, et m'installe sur le bord du sentier ombragé. Victor, lui, se contente habituellement de s'asseoir sous son arbre, à même le sol. Je bascule le bassin. Je croise les mains sur les cuisses. Je ferme légèrement les yeux et abaisse mon regard à environ un mètre devant moi. Je laisse aller mes pensées, comme les nuages dans le ciel, sans m'y attacher, ni les rejeter. Le fourmillement dans les pieds. La chaleur. Les mouches sur la peau. La sueur dégoulinant sur le front. L'image d'un poulet sans tête. Le sang qui coule à terre, se jette dans un ruisseau, un fleuve, la mer. Le ciel et la terre qui s'embrasent. Du rouge à lèvres. Des lèvres sensuelles. Une bouche. Elsa. Le sexe qui s'éveille. Un picotement. Une guêpe sur le bras. L'envie de la chasser. Inspiration. Sensation de brûlure. Le besoin de se lever. Expiration. L'insecte s'envole. Le bouton qui enfle. Ça pique. J'ai mal ! Je me lève rapidement, gratte, j'essaie de mettre de l'eau dessus, de la salive, je frotte, ça pique encore plus, ça enfle de plus en plus. Je suis allergique et une piqûre de guêpe peut m'être extrêmement néfaste. Nous n'avons pas de pharmacie, Victor est parti avec ma carte de téléphone et je n'aurais pas le temps d'aller jusqu'à l'épicerie de Cinco Casas. Je scrute le chemin, espérant un hypothétique véhicule qui ne viendra pas. Le cœur serré par l'angoisse, je fonce chez El Gallino. Je ne le trouve pas et je commence à paniquer. Brusquement, il est derrière moi, sans que je sache d'où il est arrivé. Avant que je ne dise quoi que ce soit, il voit la piqûre. D'un seul mot, il m'intime d'attendre avant d'entrer dans sa demeure. Puis il se dirige vers le canal d'irrigation où il malaxe un bouquet d'herbes peu appétissantes avec de la terre et de l'eau. Une odeur épouvantable s'en dégage. Il applique soigneusement l'étrange pâte ainsi obtenue sur l'énorme bubon qui fait presque doubler mon avant-bras de volume. Enfin, il prend ma main et la pose sur l'emplâtre.

— Merci, dis-je sincèrement.

— Pourquoi me remercier ?

— Pour votre aide.

— Je fais ce que j'ai à faire.

Il s'éloigne et je retourne m'asseoir sur la pierre, songeur.

Une voiture freine à quelques mètres. Elsa. Remarquant tout de suite mon bras gonflé, elle me propose le secours de sa trousse du même nom. Je la rassure. Elle s'assied à côté de moi. Tête gentiment inclinée, elle avoue être intriguée par le Gitan ; elle se demande si c'est un vrai guérisseur. Je l'espère, ne serait-ce que pour mon bras, et je reconnais qu'il a manifestement du charisme. Enfin, je lui pose la question qui me brûle les lèvres depuis notre échange à la terrasse du café : est-ce lui qu'elle a consulté après l'accident de son mari ? Non, c'était une femme. Dommage. Elle est venue nous inviter pour l'anniversaire de sa fille, mais je lui avoue que nous devons terminer en priorité nos investigations. Elle insiste, disant qu'à défaut je pourrais me reposer, prendre une douche, mais je reste sur ma position et j'ai l'impression de la décevoir. Du coup, elle se lève, préférant ne pas me déranger plus longtemps. Elle me tend la carte du magasin, espérant que je l'appellerais avant de rejoindre la France, puis se dirige vers sa petite auto pastel. Je l'accompagne. Une fois au volant, elle met le contact puis se tourne vers moi :

— Vous n'avez jamais pensé venir vivre en Espagne ?

— Pas avant de vous connaître.

Elle esquisse un drôle de sourire triste et embraye.

Je ne sais si la médication du Gitan est miraculeuse mais mon bras vient presque de retrouver sa taille normale. Je jette le cataplasme. Victor n'est toujours pas de retour. Bizarre… J'espère qu'il ne lui est rien arrivé. Il a peut-être été obligé de rentrer chez lui en catastrophe… Non. Il serait passé me prévenir avant. J'ai faim et il ne reste rien à manger. Je pars à sa rencontre et de mauvais scénarios déroulent leur bobine dans mon cinéma intérieur, sans que je sois en mesure d'éteindre le projecteur. On croit avoir un ami, et il suffit parfois d'un enjeu pour que les masques tombent. Une femme ; de l'argent ; la renommée ; le pouvoir… J'en ai perdu des copains, de la sorte ! Votre camarade vous prend votre compagne ! Votre associé part avec la caisse ! Je repense à la fois où je me suis retrouvé à l'hôpital, dans le coma, ayant survécu par miracle à un accident. Une seule visite. Ce fut très dur, non seulement d'avoir échappé de justesse à la mort, mais de revivre la même solitude affective que dans mon enfance : l'hôpital, les gens que j'aime qui ne sont pas là. On tombe. On prend des claques. Et puis, il faut se relever. Recommencer à y croire, reprendre confiance. L'amour et l'amitié sont à ce prix. Au prix de l'égoisme, indissociable de la vie. Prendre le risque de l'humain plutôt que de s'enfermer dans sa coquille aseptisée… De nombreuses années me furent nécessaires pour réaliser et surtout accepter cela : la vie est égoiste. La vie et l'égoisme sont devenus, à mes yeux, un mot à double face, comme la hachette d'El Gallino. L'amour est égoiste. L'amitié est égoiste. Je suis égoiste. Nous sommes tous égoistes. Celui qui prétend le contraire, ment ; ou se ment à lui-même sans s'en rendre compte, ce qui revient au même. Je respire pour moi ; je mange pour moi ; je marche pour moi ; j'aime pour moi ; je donne pour moi. Sortir de moi ? Un suicide. La mort au bout du chemin. Comme si mon système immunitaire, dépressif, refusait de défendre cette propriété et cette identité vitales qui s'appellent tout bonnement « moi ». Je me méfie des gens qui donnent beaucoup, trop, toujours prêts à rendre service, soucieux de montrer comme ils sont désintéressés. Souvent, ce sont les plus égoistes ! L'acte généreux par excellence ? Ne rien donner, quand ce serait si facile de se mettre en valeur. Ou encore, à la manière surréaliste, acheter un bouquet de fleurs, l'offrir au premier inconnu qui passe et s'enfuir à toutes jambes sans se retourner, sachant de surcroît que ce cadeau peut ne pas du tout être apprécié par l'intéressé. Alors, en ce qui concerne Victor, je suis prêt. Je ne lui en tiendrais pas rigueur. Qui suis-je, pour lui en vouloir ?

Me voici à l'épicerie. Mon collègue est bien passé par là ce matin, confirme Rachid. C'est déjà une bonne nouvelle. En sortant, surprise, je me trouve nez à nez avec l'astronome que nous avions vu chez le gourou des miroirs. Ma tête ne lui dit rien. Je rentre à la base, à défaut de meilleure idée.

Victor est là, tout occupé à préparer le repas. Il doit être plus de quatre heures de l'après-midi et je lui confesse mon inquiétude. Il m'explique très naturellement que, faisant du stop, il est tombé par hasard sur Susan qui a tenu à lui offrir l'apéritif. Elle était un peu déprimée, car elle venait de découvrir que son mari avait une maîtresse à Almagro. Elle avait besoin de parler et du coup il n'a pas vu passer l'heure. Drôle de coïncidence ; mais ce n'est pas le moment de couper les cheveux en quatre, sous prétexte que je viens de frôler la mort. Victor se montre impressionné par ce que notre voisin a fait pour ma piqûre de guêpe. Je lui raconte la visite d'Elsa et mon refus de participer à l'anniversaire de sa fille. Il partage ma décision. Il a pu téléphoner chez lui ; c'est arrangé. Il restera au maximum deux semaines de plus. Ce laps de temps sera-t-il suffisant pour arriver à nos fins ? Nous ne le savons ni l'un ni l'autre. Mais nous sommes au moins d'accord sur un point essentiel : notre quête s'achèvera ici, avec El Gallino.

À peine notre repas terminé, nous décidons, en guise de dessert, d'aller ramasser de belles mûres sauvages repérées au cours de nos déambulations. Une fois sur place, nous nous en régalons et, la bouche pleine du jus noir et sucré, nous observons que notre activité de cueillette nous ramène quelques centaines de milliers d'années en arrière, à la période du Néolithique. Ce qui ne manque pas de relancer nos éternelles discussions :

— La vie devait quand même être plus facile à l'époque, tu ne penses pas ? Se nourrir de fruits sauvages, chasser le mammouth… Je ne sais pas si les premiers hommes avaient autant de questions et de soucis existentiels que nous. Tu crois qu'ils avaient, eux aussi, des guérisseurs et des sages ?

— Hum, je doute que taquiner le mammouth soit si aisé ; quoique je n'aie jamais essayé ! Par contre, on peut supposer que, dès que nos lointains ancêtres ont pris conscience de la mort, de leur propre mort, les problèmes ont commencé. La souffrance psychologique et l'Humanité ont dû naître en même temps.

— Tu as raison. Plus que le langage ou l'invention du feu et de l'outil, c'est probablement cela qui fait l'Homme : la connaissance de la mort. Tiens, cela me rappelle la Bible…

— La Genèse et l'Arbre de la Connaissance, je parie ?

— Oui, et aussi, le fait que derrière l'Arbre du Bien et du Mal, où nos ancêtres croquèrent la fameuse pomme, se tenait l'Arbre de la Vie et de la Mort. Tout le monde a retenu le premier, avec le serpent, alors que si tu lis le texte en détail, c'est le deuxième le plus important, comme si toute cette histoire n'était qu'un écran de fumée pour masquer le principal.

— Comme les souvenirs-écrans de Freud. En fin de compte, Dieu ne chassa pas Adam et Ève du Paradis parce qu'ils avaient enfreint l'interdit. Il craignait avant tout que nos parents, ayant mangé du fruit de la Connaissance, ne soient désormais en mesure de cueillir le fruit de l'Immortalité poussant sur cet autre arbre dont tu parles. Entre nous, cela manque de classe de la part du Barbu.

— Je crois même qu'Il plaça devant les portes d'Eden un ange avec une épée, pour les empêcher de revenir s'emparer du secret des dieux. Une épée encore, comme Salomon dans son fameux jugement.

— Le cas exemplaire des deux prostituées. Un classique.

L'épée à double tranchant qui permet de séparer la Vérité du Mensonge...

— ...la Vie de la Mort...

— ...le Bien du Mal. La Connaissance serait en quelque sorte l'Arbre qui cache la Forêt.

— Génial ! Tu viens de résumer en une phrase l'essentiel de la Genèse.

— Je repense à Gallino et sa manie de trancher les têtes à tout va...

— Sa hachette serait comme l'épée de Salomon ?

— Qui sait... Mais l'arme du Gitan est sensiblement différente : elle sépare d'un côté et assemble de l'autre.

— « Le vide est la forme ; la forme est le vide » comme disent les bouddhistes zens.

— Encore ta porte sans porte ?

— Pourquoi pas.

— En tout cas, vide ou pas, puisque nous parlions de la mort, c'est elle que nous devrions regarder en face prochainement, si nous voulons y voir un peu plus clair dans notre recherche.

— Qu'est-ce que tu veux dire par là ?

— Disons que, pour l'instant, nous n'avons pas quitté nos costumes de touristes. Il nous faudra bien, à un moment donné, affronter l'heure de vérité...

— C'est-à-dire ?

— Je me demande d'ailleurs, toi qui me parles souvent de Gilgamesh, si, à l'instar du Déluge, ils n'auraient pas piqué cette fable d'arbre magique aux Sumériens.

— Il y a des chances. Mais...

— C'est quoi, l'histoire déjà ? Tu me l'as racontée un paquet de fois, mais j'oublie sans arrêt. C'est comme pour *la horchata*, je fais une fixation là-dessus. Voyons voir... Le roi Gilgamesh vient de perdre son meilleur ami, c'est cela ? Et comme il est inconsolable, il part au bout du monde en quête de l'Immortalité. Tu vois, lui aussi, c'est la question de la mort qui le met sur le chemin.

— Tu as bien résumé le départ.

— Et ensuite ?

— Et bien, après moult péripéties, un passeur fait traverser le fleuve de la Mort à notre héros qui doit trouver le dernier immortel (le Noé biblique) ayant connu l'ancien déluge provoqué par les dieux. Comme épreuve pour gagner l'éternité, le patriarche propose alors à Gilgamesh de tenir six jours et sept nuits sans dormir. Mais ce dernier échoue. Le Supersage (c'est ainsi qu'il est dénommé dans le texte), pour le récompenser de son courage, lui donne alors un lot de consolation : la fleur d'Immortalité qui lui permettra de rester jeune jusqu'à la fin de sa vie ; cette dernière ne l'empêchera cependant pas de mourir. Par malchance, sur la route du retour, le héros est trompé par un serpent qui lui ravit la fleur et l'emmène sous l'eau, où elle disparaît à jamais…

— Un serpent ? Même ça, ils l'ont pris aux inventeurs de l'écriture…

— Et tu avoueras également que, entre cette fleur et le deuxième arbre de la Genèse, il y a certaines similitudes.

— Mais comment en sommes-nous arrivés à aborder ce sujet ?

— Nous cueillions simplement des mûres et… tu affirmais que les problèmes ont commencé dès que l'homme a su qu'il était voué à la finitude.

— Ah oui. La mort comme origine de notre quête insatiable…

— À ce propos, j'aimerais revenir à ta remarque de tout à l'heure…

— Laquelle ?

— Tu insinuais que nous étions encore en vacances, sous entendu que les vrais défis étaient devant nous. C'était quoi, ton idée, au juste ?

— Oublie. Je disais cela en passant.

— J'ai vu dans tes yeux que c'était important.

— Rentrons. Je suis fatigué.

— À quoi tu pensais, Victor ?

— Tu réfléchis trop, Nicolas. Restons-en là.

— Mais pourquoi ?

— La mort n'est pas une idée !

Il est parti quelques mètres devant. Je reste un moment abasourdi, ne sachant que penser de tout cela, puis je le suis, me laissant distancer. Mes jambes sont lourdes. Il prend de plus en plus les manières du Gallino, celui-là !

Quand Nicolas arrive au campement, il perçoit tout de suite la tente familiale installée à côté de la nôtre et me rejoint. Je fume tranquillement ma pipe sous mon arbre.

— C'est qui ?

— L'astronome.

— L'Américain !? Ah oui je l'ai croisé chez Rachid, mais qu'est-ce qu'il fout là ?

— Comme nous. Il est venu interroger le Maître.

Nicolas s'en va, préférant l'une de ses chères balades à ma modeste compagnie. Veut-il digérer notre récent échange ? Ou est-il perturbé par cette soudaine concurrence ? Les ronflements furieux de l'autre font vibrer la toile de son chapiteau, bien qu'il fasse jour. Il doit récupérer en prévision de la consultation du lendemain. Il ferait mieux de s'occuper de ses végétations plutôt que de son vide existentiel. À moins que son complexe de supériorité et ses éternelles questions ontologiques ne masquent de profondes tendances dépressives. Pas impossible.

En allant chercher de l'eau pour me préparer un café, je tombe sur la poupée en partie brûlée. Elle gît dissimulée sous un gros chardon et je la reconnais difficilement, tant elle est sale et rouge de terre. Bizarrement, elle est assez éloignée de la tente où je l'avais laissée. Qui l'a déplacée ? La seule attitude dont je sois incapable, c'est d'ignorer cet objet. Je me résous donc, hésitant, à un acte très spécial et très saugrenu, mais qui m'apparaît, sur l'heure, comme le seul possible. Toute affaire cessante, je m'empare d'un court bâton qui se trouve providentiellement là et j'entreprends de creuser le sol crevassé, au-delà de la porte sans porte. Je vais enterrer la poupée. Je n'ai jamais rien réalisé de tel et j'opère à la hâte. Il fut un temps où j'avais émis la vague possibilité d'arrêter de fumer et Nicolas m'avait conseillé d'ensevelir ma pipe en l'accompagnant d'un rituel précis, mais j'avoue n'avoir pas eu le courage de franchir le pas. Suivre sa prescription aurait provoqué quelque chose d'irréversible, j'en avais l'intuition, j'ai donc continué à m'encrasser les poumons. Je creuse toujours et je me sens à présent ridicule, un peu coupable. Mais de quoi, grands dieux ? La tâche est loin d'être aisée. Le morceau de bois casse plusieurs fois, se réduisant à la taille d'une petite cuillère et je me retourne un ongle ; je suis en sueur et rouge de crasse, mais il faut pourtant que j'aille jusqu'au bout... J'y suis presque parvenu, lorsqu'une ombre subite me fait tressaillir. Je lève les yeux. Gallino en personne ! Les mains sur les hanches, il affiche un demi-sourire. C'est vrai que je dois avoir l'air particulièrement crétin. Je me lève, le baigneur à la main. Même échange de regards que lors de notre première confrontation, sauf que, cette fois, il tient sa hachette et non une casserole. Ça change la donne de façon sensible...

— Morte ou vivante ?

Ça y est, c'est mon tour de passer à la moulinette ! Je ne sais que répondre, ni comment agir. Un événement va se produire. Doit se produire... La tête saute. La poupée m'en tombe des mains. Elle a subi le même sort que les deux pauvres poulets. Putain de Gallino, on ne fait pas des trucs pareils !... Il se baisse, ramasse le corps et la grosse tête ronde en celluloïd, puis me les tend avec ces simples mots : « Maintenant tu peux le faire. » Comme un automate, je saisis les deux morceaux, les tenant vainement accolés. Il s'en va. « Maintenant tu peux le faire... » Faire quoi ? L'enterrer ? Ou faisait-il allusion à autre chose ?

À genoux, au bord du trou, les souvenirs affluent. Nous sommes une quinzaine d'années en arrière… Mon père est très malade. Il diminue de jour en jour, les métastases ayant rongé la moitié de son cerveau. J'ai essayé de me comporter en fils modèle depuis des mois, mais je ne suis pas convaincu d'y être parvenu. Un jour, j'ai cuisiné avec application son plat favori, une omelette baveuse, qui se révélera être sa dernière nourriture solide, puis je l'ai accompagné pour un tour de voiture, car sa nouvelle BX, après des mois d'attente, vient de lui être livrée. La conduire est sa seule requête intelligible. Son état transforme cette promenade ordinaire en une sorte de défi, presque suicidaire. Je l'installe. Il pilote, affaissé. Je redresse de temps à autre le volant, discrètement, pour ne pas le vexer, évitant plusieurs fois des véhicules venant en face. Il finit par me demander de le remplacer. Et puis, encore et surtout, d'autres images surgissent de ce coin de ma mémoire. Quelques jours plus tard ; il est décédé de la veille, je suis là, tout le monde est là. Dans sa maison. Tous ont des mines sombres et fermées. Je n'ai qu'une peur en tête, et j'en ai honte : parviendrais-je à pleurer ce père qui fût si peu présent pour moi ? Je me réfugie dans le garage, sans l'avoir prémédité. Je monte dans cette voiture neuve et inutile et je m'assieds à la place du passager. Les larmes, que je pensais devoir convoquer, montent, telle une puissante lame de fond, et percent le barrage. De mes peurs, de mon indifférence, de ma colère contre moi-même, pour n'avoir pas su capter son intérêt, et contre lui, car un enfant n'a pas à mériter l'amour de ses parents, cet amour, il doit l'obtenir inconditionnellement. Plus rien n'a d'importance, que ma peine, parce que c'en est fini pour nous deux ; nous avons laissé passer notre chance. Dernière scène de mon film : il est allongé, en bas, sur son dernier lit, et il est froid. Je l'ai effleuré. J'ai été saisi de trouver son corps dur comme la pierre ; c'est la première fois que je touche un cadavre. Mais ce n'est pas un cadavre, c'est mon père. Je suis seul avec lui.

Ma sœur me rejoint. Nous le contemplons, nous nous regardons, et je chuchote comme ça, à son oreille : « Écrivons-lui un petit mot ; il partira avec notre message et nous serons les seuls à le savoir. » Je lui tends du papier et un crayon. Elle griffonne, à la dérobée, je l'imite. Je glisse le billet dans la poche de poitrine de son plus joli costume. « Papa, je t'aime. » Je n'avais jamais prononcé ces mots, lui non plus, mais j'y suis arrivé. C'est comme un clin d'œil… ou un bras d'honneur. La mort ne nous aura pas.

Je rebouche le trou.

La nuit scelle cette curieuse journée.

En émergeant à quatre pattes de la tente, j'aperçois le barbu, devant la sienne, exécutant de grands moulinets avec les bras en guise de mouvements de gymnastique. Échange incertain de bonjours. Il s'installe ensuite sur une chaise pliante et se prépare un thé tout en lisant le journal. Je bois mon café et je l'observe, discrètement. Il se lève d'un coup et s'approche. Il me propose le quotidien, que je prends par politesse, et il profite de cette amorce pour me questionner sur Gallino. J'élude. Il me dit qu'il est allé le trouver hier, à son arrivée, et que le Gitan lui a demandé de revenir plus tard. Il s'impatiente. Moi aussi, mais je le garde pour moi. Sur ces entrefaites, Victor revient de l'épicerie ; il a accepté de prendre mon tour, mon bras étant encore endolori. À la vue de l'Américain, mon collègue dépose son sac à dos rempli des courses, en soupirant. Il en extrait un paquet de madeleines qu'il commence à grignoter, tout en rouspétant à voix haute. J'espère que l'astronome ne comprend pas le français, car mon camarade n'y va pas de main morte. Moi, je suis excité à l'idée de comparer l'intervention du Gallino avec celle de Sohamsa. De plus, les deux premiers cas marquants, résolus par notre hôte, étaient trop psys à mon goût. Je suis curieux de voir comment le tueur de poules va se débrouiller avec une interrogation aussi existentielle que celle du sens de la vie. Parce que le scientifique ne manquera sûrement pas de lui poser, Sa question !

Nous ignorons l'astronome le reste de la matinée et toute

l'après-midi. Il nous le rend bien. Cependant, lorsqu'il pénètre dans l'enceinte de pierres, nous le suivons d'un pas décidé. Victor se tient un peu en retrait. Se dirigeant au son, notre petite procession retrouve le Gitan, au fond à droite de la cour, dans un abri minuscule. Il est assis autour d'un établi de récupération. Nous nous installons dans un coin reculé, sur les imposantes pierres plates qui ceignent la pièce. Au centre, un vieux banc de bois blanchi par le temps tient lieu de table de salon. Avec le côté marteau de sa hachette, Gallino est occupé à décabosser une grosse gamelle. L'Américain se campe face à lui, debout :

— Hello ! Je m'appelle John Mac Kelloch. Je suis astrophysicien et je travaille dans un observatoire international au Chili. Je fais partie d'un groupe de chercheurs qui défendent une hypothèse originale et totalement révolutionnaire sur l'histoire de l'Univers. (Il a l'air agacé d'avoir à expliquer des trucs aussi simples à des débiles comme nous.) C'est la quatrième révolution épistémologique qui va, après Copernic, Darwin et Freud, changer complètement notre regard sur nous-mêmes et sur le monde qui nous entoure. Cette nouvelle théorie, dite des supercordes, est connue de très peu de gens, même parmi les scientifiques de haut niveau. (Il attend peut-être que nous le remercions de cette faveur. Quelle arrogance !) La matière n'est pas un assemblage de briques, tels les électrons ou les quarks, comme on le croyait jusqu'à présent. Elle ressemble plutôt à un gigantesque instrument de musique composé de cordes minuscules à dix dimensions. Un soleil, une lune, une montagne, un arbre, une rivière, un poisson, un homme, cette gamelle, un virus, un atome… autant de notes qui produisent cette symphonie universelle. Là où le commun des mortels croit voir des choses, il n'y a que des ondes ou des vibrations…

Je ne sais pas ce qu'imaginent les deux autres, mais El Gallino s'est arrêté de taper sur son récipient et fixe à présent sa hachette ! Aïe !… Une tête ne va pas tarder à valser ! Celle du savant ? C'est probablement le seul geste qui pourrait l'arrêter ; l'idée est séduisante car son ton m'agace au plus haut point. Intéressant, cela dit, tout ce qu'il développe ; pour moi en tout cas, car Victor, quant à lui, commence manifestement à s'ennuyer. Mais j'attends surtout de voir comment le Tzigane va se débrouiller avec ce puits de science. L'Américain ne semble pas remarquer l'arme à double tranchant et la menace implicite qu'elle comporte. Il reprend, comme s'il était seul dans son monde :

— Ainsi, notre univers serait né dans un des innombrables trous noirs d'un autre univers qui, lui-même, aurait procédé de la sorte pour sortir du néant, et ainsi de suite, *ad infinitum.* À l'instant présent, dans notre propre galaxie, comme partout ailleurs, d'autres univers naissent à partir de multiples trous noirs qui la constituent. Cette nouvelle vision du monde aboutit au résultat incroyable, et même totalement inimaginable jusqu'à ce jour, que notre univers ne serait tout bonnement pas le centre de l'Univers ! Vous imaginez l'onde de choc d'une telle découverte ?!... Nous nous prenions pour le nombril du Monde, et nous découvrons aujourd'hui que nous dérivons dans une microscopique bulle d'un gigantesque « Univers Champagne » ! Et c'est dans cette bulle, à l'intérieur d'une galaxie quelconque, sur une planète dérisoire, qu'est apparue la vie il y a trois secondes à peine...

À ce point de son exposé, il met les mains sur les hanches pour demander, sur un tout autre ton :

— Alors, sachant tout cela : « Quel est le sens de la vie ? »

Il a davantage l'air de poser une colle, que d'attendre la réponse à une angoisse obsédante qui l'empêcherait de dormir. Nous sommes suspendus à l'attitude du Gallino. Même Victor semble accorder quelque importance à ce qui va se produire. Seule une poule plus effrontée que ses congénères picore entre nos pieds. Le Gitan est aux aguets, fixant sa proie avec des yeux de félin, prêt à n'en faire qu'une bouchée. La main est levée, l'arme prête à partir ; tout le corps est en tension. Nous aussi. Tous les trois, nous formons à présent un seul arc bandant cette flèche pointant on ne sait quelle cible. L'attente est interminable, comme si la hache était devenue la grande aiguille du Temps en arrêt sur image.

— Tu as déjà posé cette question ?

L'intervention est pour le moins déroutante. Ou plutôt, je suis étonné que ce soit lui qui ait parlé et non sa hachette. Mon collègue, grimaçant, passe sa colère sur le paquet de madeleines resté sur la table. Il n'aime pas les sages bavards ; je le savais déjà et il ne s'en est jamais caché.

— Oui, la même question ; à beaucoup de gens.

— À combien ?

— (Le barbu hausse les épaules). Dix ou quarante. Je ne sais pas exactement. Sûrement plus. Cela fait quinze ans que je parcours le monde avec mon interrogation.

— Ils t'ont dit quoi ?

— On m'a dit que le sens de la vie, c'est la Vie ; que la vie n'a pas de sens ; que c'est la question elle-même qui n'a pas de sens. Quoi encore ? Ah oui, dernièrement, que la vie et le sens ne sont pas du tout sur le même plan, comme un miroir et ses reflets. Sans oublier les réponses classiques : le sens de la vie, c'est l'Amour, Dieu, l'Absolu, la Conscience, le Bonheur, Cela, le Vide et cetera.

Victor s'est levé, sans crier gare, et a quitté le cercle. Il a craqué. El Gallino n'a pas bronché, même si j'ai cru deviner au coin de ses lèvres un infime frémissement, sans être sûr que ce soit lié à ce départ. L'Américain, lui, n'a rien remarqué et poursuit, benoîtement :

— Certains ont gardé le silence. D'autres se sont mis à rire, à chanter ou à danser sans raison apparente. L'un s'est borné à peler une banane et à la manger. On m'a aussi craché dessus, frappé avec un coussin, un bâton… Il y en a même un qui a baissé son pantalon pour pisser devant lui !

Je pourrais écrire des centaines de pages sur le sujet...

— Ces réponses ne te plaisent pas ?

— Non. C'est pour cela que je suis là.

Le coup est parti, inattendu. Sec. Sans bavure. La hachette s'est plantée dans le banc en bois, tranchant net une madeleine oubliée par mon collègue. Je ne sais pas où va El Gallino à jouer comme ça de la lame...

— Pourquoi ? questionne Gallino.

— Pourquoi quoi ?

— Tu dis : « C'est pour ça que je suis là. »

— ? ? ?... Oui... On m'a dit que vous étiez un sage à votre manière, alors je suis venu vous poser à vous aussi ma question, pour que vous me donniez enfin la bonne réponse... si vous le pouvez...

Il a ajouté ces derniers mots avec une étincelle mauvaise. El Gallino me tend la gamelle, prend sa canne et se lève, raflant au passage une moitié de la madeleine et laissant l'autre bout collé à la hachette toujours profondément enfoncée dans le bois. Il commence à s'éloigner et nous le suivons. Dans son sillage, nous sortons du domaine. Il nous entraîne à travers champs et reprend le dialogue :

— Pourquoi tu n'aimes pas ces réponses ?

— Parce qu'aucune n'est la bonne.

— Comment tu le sais ?

— Comment je le sais !?...

Le scientifique semble perturbé, hésitant, déstabilisé pour la première fois depuis son arrivée. Ce qui ne l'empêche pas de continuer :

— En fait non. Si je connaissais déjà la réponse, je n'aurais pas besoin de la chercher, évidemment... (Retrouvant sa morgue.) Mais si on me la donnait, je saurais la reconnaître.

Après une pause, comme peu convaincu par ses propres arguments, il enchaîne :

— En fait... je voulais dire que j'en ai l'intuition ; oui, le mot est galvaudé, mais je sens une voix intérieure qui me dit que toutes ces réponses sont inadéquates. Vous voyez ce que je...

Le Gitan lui jette un bref regard. Le silence plombe le fil de la conversation. Le savant qui aime les monologues est servi. Il finit par reprendre la parole :

— Maintenant, vous allez sans doute me demander comment cette voix intérieure sait que ce n'est pas la bonne réponse... Évidemment ; il fallait s'y attendre. Vous m'avez piégé ! Qu'est-ce qui me prouve que mon intuition ne me trompe pas ?... Oui, vous avez raison. Je n'en sais rien. Je ne sais rien !!!...

Ce n'est plus le même homme ; on dirait qu'il y a eu une fêlure. Déformation professionnelle oblige, je commence à m'inquiéter. Le Gitan ne bronche toujours pas et une force incontrôlable m'empêche de revenir en arrière. Je suis comme hypnotisé par ce qui se joue devant mes yeux. Victor serait là, nous pourrions...

— Je l'ai, dit El Gallino.

— Pardon !?...

Le barbu s'est arrêté net ; moi aussi. Il me regarde, hagard, comme pour me prendre à témoin, puis il rattrape le Gitan :

— Vous avez quoi ?

— La bonne réponse. Je te la donne... si tu me donnes une bonne raison de te la donner.

— Une bonne raison ? Une bonne raison ?!?... Mais j'en ai des milliers, des milliards !

Il me fait penser à un pauvre bougre tombé sur un génie prêt à exaucer ses trois premiers vœux.

— Une bonne raison ?... (La tête bouge toute seule, les mains sont ouvertes, paumes vers le ciel.) C'est simple, quand je saurai quel est le sens de la vie, je serai enfin heureux. Vraiment heureux. Je serai le plus heureux des hommes et je...

— Comment tu sais ça ?

— Comme je vous disais tout à l'heure…

— Comment tu sais que cette réponse te rendra heureux ?

— Comment je le sais ?…

L'astronome reste sur place, figé cette fois. La bouche en point d'interrogation. Je m'arrête un moment, hésite, puis remets mes pas dans ceux du Gitan, car, après tout, s'il m'a laissé sa gamelle c'est sûrement pour que je l'accompagne. Tout en avançant, je jette plusieurs fois un regard en arrière : l'autre est toujours au même endroit, changé en statue de sel.

Quittant les champs de melons, nous marchons à présent dans les broussailles basses. À gauche ; à droite. De nouveau à gauche. J'aperçois au loin une esplanade assez dégagée et une sorte de campement. Gallino est trente mètres devant et je m'apprête à accélérer le pas pour le rattraper, lorsqu'on me tapote dans le dos. Je sursaute. Victor, une moitié de madeleine dans une main, un journal dans l'autre. Il avale la première et me tend le second d'un signe de la tête qui en dit long. Je l'ai rarement vu prendre cet air-là par le passé, mais c'était à chaque fois pour un sujet grave. Aussi, je pose la gamelle sur le sol et m'empare du quotidien. En quatre colonnes à la une, la presse dévoile la sauvagerie des meurtres des deux fillettes. La police s'est apparemment décidée à donner tous les détails et fait un appel à témoin. C'est devenu une affaire. Cela ne peut être qu'un homme ; comment une femme pourrait-elle commettre un acte pareil ? s'interroge l'auteur du papier, qui se trouve être une auteure. On nage dans le macabre. Le type décapite ses victimes avec un objet tranchant et dépose, en guise de signature, une tête de poulet. Je n'en crois pas mes yeux. Je reste muet pendant de longues minutes, et je relis le passage comme si j'avais rêvé ou plutôt cauchemardé. Victor est impassible.

— Mais… c'est une blague ?… Tu imagines le gars, aidant son prochain le jour et les trucidant la nuit ?

— Dr Jeckill et Mr Hyde ! Je sais, cela paraît peu vraisemblable, mais tu sais, à mon âge, plus rien ne m'étonne chez les humains.

— Ça ne peut pas être Gallino !

— Les coïncidences sont troublantes, tu avoueras.

— C'est impossible. Rattrapons-le et montrons-lui l'article, nous verrons bien sa réaction. Il ne pourra pas nous bluffer. Et puis, on ne condamne pas quelqu'un sans lui avoir laissé une chance de s'expliquer.

— Ouais. Tu as raison. Laissons-nous encore une chance…

Nous débouchons sur un vaste champ de pierrailles dont les teintes grises contrastent avec les ocres auxquels nous étions habitués. L'allure de Gallino n'a pas faibli. Nous nous regardons avec Nicolas et, après une moue interrogative, continuons à jouer les moutons de Panurge. Plantés là, sous le soleil plombant, des caravanes, mobiles homes et même un vieux wagon. Quelques cabanes de planches disjointes, aussi. Et puis des voitures de grosse cylindrée, rutilantes, quoi qu'il s'agisse de modèles un peu anciens. Et des carcasses, des moteurs, des pièces détachées. Le tout est disposé de manière anarchique. Du linge sèche sur des fils tendus entre les roulottes et les paraboles de satellite sont nombreuses. Des flots de musique s'entrechoquent, se rejoignent, créant une joyeuse cacophonie. Quelques chèvres brunes lèchent les caillasses à la recherche d'une maigre végétation ; des cochons qui fouissent le sol et plusieurs chevaux blancs. Au centre, une activité intense règne. Des femmes surtout, parées de fichus et d'amples robes fleuries. Elles se croisent et s'agglutinent autour d'un immense brasier. Certaines portent d'énormes et fumantes gamelles. On s'interpelle, le verbe haut et le geste ample. Les rires et les interjections fusent. Des grappes d'enfants, en haillons, courent dans les jambes des adultes et se chamaillent en riant, poursuivis par un chien famélique. Une mère crie après son fils qui s'immobilise puis accourt en pleurs, cherchant refuge dans la jupe bariolée. Gallino avance toujours, dépassant le groupe féminin sans rendre le moindre salut. Il a juste laissé la gamelle décabossée à la première personne croisée sur sa route, sans mot dire. À l'écart, à l'ombre d'une imposante et luxueuse caravane, assis sur des fauteuils de toile ou des chaises stylisées en piteux état, les hommes. Leur inertie contraste violemment avec le reste du campement. Ils nous toisent sans vergogne. Se saisissant d'un siège tendu, Gallino prend place lentement, posant en travers de ses jambes la canne à pommeau de cristal. Embarrassés, nous restons debout. La plupart de ces messieurs sont vêtus d'élégants costumes noirs, un peu défraîchis, et de chemises chamarrées largement ouvertes sur les poitrails. Beaucoup de tatouages. Les chapeaux servent de parasol à cette heure ; feutres et gardians cabossés, un bonnet au bord de fourrure. Ceux qui sont dépourvus de couvre-chef ont le cheveu calamistré. Presque tous portent moustache. Ils se parent de bijoux, chaînes, chevalières et autres dents en or qui luisent en autant d'éclairs. Il n'y a pas vraiment de conversation. L'un d'eux émet de temps à autre une phrase dans une langue que je ne comprends pas ; Nicolas me souffle qu'il doit s'agir de calo, curieux mélange d'espagnol et de langue tzigane. L'un se cure les dents, un deuxième achève une réussite sur une table de camping abritée d'un parapluie. Et puis, il y a celui qui aiguise un couteau au manche doré et ceux qui somnolent. On fume une poignée de gros cigares desquels s'élèvent de jolis nuages de fumée bleu acier. Personne ne nous propose de siège. Personne ne nous voit. Nous n'existons pas. Seules quelques femmes nous dévisagent à la dérobée. Une jeune fille passe, pieds nus, pantalon serré et cache-cœur dégageant largement l'ombilic. Provocante ; belle et sauvage. Elle disparaît rapidement pendant qu'une matrone au visage rond, œil bridé et pommettes caucasiennes, soutient mon regard, réprobatrice, les mains sur les hanches. C'est elle qui dirige les préparatifs, visiblement. Me vouant probablement à tous les démons de l'enfer, elle redouble de vigueur et houspille ses troupes, désignant aux unes et aux autres, d'un index accusateur, un espace vide. On ne semble pas prêter garde à ses ordres et pourtant, peu de temps après, une planche d'au moins deux mètres cinquante est traînée puis juchée sur des tréteaux par une douzaine de mains. Puis une deuxième et une troisième table sont ainsi installées. D'autres suivront. On se croirait dans une fourmilière. Des nappes brodées, d'un blanc immaculé, sont déployées, magnifiques et saugrenues en ces lieux. Je ne suis pas au bout de mes surprises, car apparaissent maintenant quelques ménagères anciennes en cuir noir craquelé. Les couverts d'argent sont religieusement disposés. Leur font suite des verres à pied, qui pourraient bien être en cristal, et, enfin, des assiettes dont les motifs bleus ne sont pas sans rappeler les faïences de Delft. Il est inutile de proposer notre aide, nous ne ferions que heurter leur sens des convenances. Gallino, d'une voie douce, nous désigne à ses congénères qui opinent gravement. L'un d'eux, arborant un ceinturon à large boucle dorée et une lavallière, se lève. Leur chef, sans doute. Il ressort de la caravane avec une bouteille sans étiquette et une pile de petits verres à digestif. Il dépose le tout sur la table du joueur, qui range prestement cartes et ombrelle, et se rassied : « Ces deux gadjé sont nos invités ! » Il adresse un bref signe à un jeune adulte, un gringalet au torse nu dont la lèvre supérieure s'orne d'un fin duvet, qui se hâte d'emplir les gobelets, nous offrant les premiers avec déférence. Nous levons nos verres. Le chef dit « *bienvenidos* » haut et fort, et le groupe répète. Un éclat de rire général jaillit (que les dents sont mauvaises !) et la vie reprend. Les verres s'entrechoquent, le vin coule et la conversation s'anime, en espagnol, cette fois. On peut à présent nous voir et nous parler. Les voix sont chaudes et rauques. Une heure passe puis la troupe s'ébranle, comme calée sur une horloge invisible. On se dirige vers le fond du baraquement où rouillent quelques vieux bidons devant servir à l'incinération des papiers et autres déchets. Nous les suivons, dociles. L'un d'eux – je suppose à son geste qu'il a été forain – dégote une planche à demie pourrie à laquelle il cloue une cible en carton, peinte de couleurs vives ; après quoi il accote l'ensemble contre l'un des fûts. Les autres, rigolards et fanfarons, sortent des coutelas effilés dont certains sont de vrais objets d'art constitués de cornes, d'argent et d'incrustations précieuses. Je ne comprends pas tout des dialogues, mais les provocations, bourrades et moqueries fusent dans une ambiance légère. Tout cela ressemble furieusement à un rite et, ce qui transparaît, c'est avant tout le plaisir collectif. Nicolas, à cinq mètres de là, semble tout à son aise, contrairement à moi. On dirait qu'il a participé à des concours de navajas toute sa vie ! Celui qui aiguisait la sienne, tout à l'heure, un jeune, s'approche de moi et m'adresse une grimace carnassière qui se veut probablement un sourire. Je ne me fierais pas trop à cet individu. Le visage lisse, la chemise hawaïenne et les manières de mauvais garçon gominé doivent plaire aux femmes. Ses yeux de poisson mort lui donnent un air de sale gosse vicieux, de petite gouape, accentué par la balafre juste en dessous de l'œil gauche. Je sais que, le délit de faciès, ce n'est pas bien du tout, mais une impression négative s'impose à moi… Enfin, ça commence. Les adolescents, d'abord. Chacun a son style ; certains tiennent la lame, d'autres, le manche, la main masquant presque entièrement l'arme. La précision est bonne. Nous sommes ensuite projetés sur le devant de la scène, car on nous fourre dans les mains ces canifs dont nous nous passerions volontiers. Nicolas met dans le cercle extérieur, ce qui, à cette distance et sans entraînement, n'est déjà pas si mal. *Los hombres* lui assurent que *si, si, muy bien !* Il y a un peu de condescendance dans les voix, à moins que ce ne soit de la gentillesse. C'est mon tour. Je m'applique, fait appel à mes souvenirs de jeunesse, à mon apprentissage sur le tatami et, lorsque je « sens » la cible, je laisse filer l'objet vers son destin. Je réussis un peu mieux que mon collègue, puisque la lame se plante en vibrant dans un cercle intermédiaire. J'ai droit à quelques applaudissements raisonnés, succès d'estime pour un gadjo, puis on passe aux choses sérieuses. Ils ont tombé la veste, retroussé les manches et les rires se font plus rares, plus nerveux aussi. Un certain enjeu est perceptible. Le groupe comporte une douzaine d'hommes de tout âge. Chaque lancer, effectué dans un silence religieux, est apprécié par les experts. La position, la force du jet, la vitesse du vent, pourtant très faible, l'emplacement du soleil, tout est matière à de sobres commentaires ponctués de graves hochements de tête ou d'exclamations de désaccord. Très vite, il devient clair qu'ils sont très habiles. S'ils ne sont pas dans le mille, ils s'en approchent en tout cas dangereusement, dans l'immédiate périphérie. La rapidité et la puissance qui se dégagent à l'impact m'impressionnent passablement. Chacun d'eux va ensuite récupérer son poignard, ignorant fièrement le lanceur suivant et passant parfois à deux doigts de l'acier. Lorsque tous ont tenté leur chance, le chef hèle Gallino ; invité à prouver son adresse à son tour, celui-ci montre ses mains vides. Le chef invite mon voyou hawaïen à prêter son couteau. Devant son refus, il l'attrape prestement par le pan de sa jolie liquette : « Tu vas m'obéir, Antonio ? Que je meure si tu manques de respect à ton père ! » L'échange entre le père et le fils est bref, mais je suis ahuri par le rictus haineux du jeune homme et le ton de dégoût et de mépris avec lequel il crache : « Pff ! Tony, je m'appelle Tony ! ». Il projette ensuite sa navaja dont la lame vient se ficher dans le sol, juste entre les pieds de Gallino. Le vieux bohémien se baisse pour se saisir de l'engin au manche doré. Négligemment, dans le même geste fluide, sans prendre le temps de viser, il le réexpédie en direction de l'objectif. Manqué ! Comme s'il s'agissait d'un simple carton, le métal du fût est transpercé, mais, hélas, une bonne dizaine de centimètres en dessous de la cible. Des rires secouent doucement l'assistance, qui en avait un sérieux besoin. Puis, comme une déferlante, chacun rejoint le concert tour à tour et l'hilarité gagne tous les hommes. Coups de coude et railleries à l'intéressé, qui sourit, énigmatique, le regard flottant. Comme si cet échec manifeste était une plaisante conclusion au concours, leur leader se dirige alors vers la longue tablée qui s'orne à présent d'immenses marmites. Tous suivent. Gallino ferme la marche, à distance. La navaja est restée plantée dans le tonneau et aucun des deux protagonistes ne semble s'en soucier. Gallino, parce que ce n'est pas la sienne, et Antonio, le mauvais fils, parce que l'arme doit être maudite à présent ; à moins que ce ne soit par pure fierté. Intrigué par la décevante prestation de Gallino, je décide d'aller y voir de plus près. La lame s'est enfoncée puissamment. Je m'aperçois qu'une forme s'y enroule. Proprement fendu par le milieu, toujours punaisé à l'arme et remonté jusqu'à la garde, un scorpion !

— Elle te plaît ?

— Hein ?

— Ok, je te la donne !

Le geste d'Antonio désigne son couteau.

— Pourquoi ? Vous ne me connaissez pas…

— Tu refuses mon cadeau ?

Je sens une menace à peine déguisée dans son regard.

— Non, je l'accepte, c'est un beau cadeau.

L'idée de sympathiser avec cette petite frappe n'aurait pas pu venir de moi. Il ne me fait pas peur, mais je n'ai aucune raison de le rejeter, après tout.

— À plus tard, ok ?

Il s'éloigne en se passant la main dans ses cheveux brillants et en roulant un peu des mécaniques. Je me dirige vers la grande tablée.

Les enfants sont comme un trait d'union entre le clan des femmes et notre coin. Ils mangent bruyamment, s'esclaffant et glissant sous la table, sans que les adultes s'en préoccupent. Très vite, la farandole de leurs jeux reprend, dans un réjouissant chahut, les entraînant là-bas et laissant définitivement une distance respectable entre les hommes et les femmes, faite de places maintenant vides. Le chef tranche le gros pain et les assiettes s'emplissent de viandes rôties, baignant dans un bouillon clair où flottent principalement des légumes secs. Certains morceaux ont un fort goût de gibier. Sanglier ? Chevreuil ? « ¿ *Te gusta el erizo ?* » me questionne mon voisin, chapeau planté sur l'arrière du crâne. J'hésite à comprendre et mes gestes pour mimer les piquants hérissés secouent mes interlocuteurs de spasmes rieurs. À moins que ce ne soit ma surprise. Ils confirment qu'il s'agit effectivement de hérisson et que c'est très, très bon. Je suis assez « viandard » et je ne crains pas cette nouvelle expérience gustative. Je mastique et apprécie avec le sentiment de marquer un point. On hèle les cuisinières pour les en informer. La matrone, debout, appuyée sur sa canne, me toise d'une moue méprisante, avant de se détourner et de cracher ostensiblement. Il en faudra visiblement beaucoup plus pour gagner son amitié. La jeune beauté qu'elle chaperonne m'adresse une œillade effrontée, ce qui lui vaut une tape sur la tête. Vexée, la gamine sort de table, se dirige vers une roulotte en tordant exagérément son joli derrière pommé. Elle disparaît en claquant élégamment la porte.

Nicolas et moi sommes assis à égale distance de Gallino. Notre hôte échange avec quelques-uns de ses congénères. Bien sûr, nous n'en perdons pas une miette. N'est-ce pas une occasion rêvée de le voir à l'œuvre avec des gens de son peuple ? Et puis les propos du journal sont toujours dans notre tête ; nous le tenons à l'œil, à l'affût d'un signe qui le trahirait. Un homme portant d'étonnantes rouflaquettes lui donne, avec une curieuse voie de fausset, des nouvelles de sa femme alitée à la suite d'un accouchement. L'enfant se porte à merveille, mais la mère, elle, est prise d'un mal mystérieux, une tristesse inconsolable. Le docteur lui a donné des médicaments et il a dit que son état devrait s'améliorer, mais elle

167

ne se porte guère mieux (banale dépression post-partum, probablement). Le mari commence à s'inquiéter. Je m'attends à ce que notre guérisseur lui prodigue quelque conseil, mais il se contente de hocher la tête, impuissant. Peu après, un autre adulte du clan, cheveux grisonnants, l'entretient de ses problèmes d'audition ; Gallino répond que, lui, c'est la vue et qu'il devra bientôt porter des lunettes. (Bon Dieu, de qui il se moque !? Et le scorpion, c'est un hasard ?) Ils secouent tous deux la tête, d'un air fataliste. Et puis toute conversation cesse. Deux musiciens s'approchent à petits pas, faisant pleurer leurs violons. Un accordéon vient rapidement soutenir les mélopées plaintives. C'est l'âme slave qui chante. Dans cette communauté, il m'a tout l'air d'y avoir un mélange de *Gitanos* espagnols et de Tziganes d'Europe centrale, dont Gallino avec sa chapka. Les femmes pivotent lentement sur elles-mêmes, élevant gracieusement les bras. Le spectacle est beau et grave, et toute autre activité s'interrompt. La langue dans laquelle ils chantent est étrange, ce n'est ni de l'espagnol, ni du calo ; on dirait plutôt du bulgare, du roumain ou une autre langue de l'Est. Sans doute le chant conte-t-il une histoire triste et tendre. Les dernières notes peinent à s'éteindre et le silence qu'elles laissent est dense...

Puis, les guitares apparaissent. Elles entrent dans la danse, sauvages, heurtées, violentes. Les uns jouent, (parfois une guitare change de mains), les autres chantent. En espagnol cette fois. Tour à tour, suivant une invisible partition, les voix des différents solistes s'élèvent, tandis que le reste de l'assemblée fredonne. Des gamins se trémoussent, des hommes font claquer les talons de leurs bottines, cambrés fièrement. Les femmes, là-bas, frappent dans leurs mains et les deux groupes se rapprochent, pas à pas. Imperceptiblement, des couples de danseurs se forment. Sans se toucher, ils se défient du regard, de la tête et des épaules, s'amadouant, se rejetant soudain ; éternel ensorcellement de la séduction, jeu de l'attraction et du rejet, de la passion et de la sensualité brutale. Ils tournoient l'un autour de l'autre, se frôlent, puis se quittent, formant de nouveaux duos. Une main m'accroche, me tire de mon siège ; on me pousse dans le dos et l'on me relâche aussitôt sur la piste improvisée, avant que je n'aie aperçu un visage. On m'entraîne, me fait tournoyer en riant, et je m'essaye à imiter les hommes, vaguement ridicule, secrètement ravi de rejoindre ainsi, par ces mouvements simples, d'imaginaires ancêtres. Un instant, j'aperçois Nicolas pris au même jeu et nos regards se croisent. Un adolescent s'amuse des cabrioles d'un ouistiti jouant à cache-cache et sautillant d'épaule en épaule. La nuit tombe doucement…

Un homme se dandine lentement sur place, buvant au goulot d'une petite jarre, un *botijo* en terre cuite, tenu à bout de bras en guise de cavalière. Le long jet inonde la gorge et je reconnais Gallino s'adonnant sans modération au plaisir de cette bacchanale solitaire, solidement arrimé sur le sol pierreux grâce à sa canne, béquille emblématique et néanmoins providentielle. Les mâles braillent à présent et les cris couvrent les instruments. La liesse est à son comble. Une détonation part. D'autres suivent. Sorti d'on ne sait où, c'est un revolver qui claque. La pétoire, antique, est tenue par un jeune homme aviné et braillard, et produit un vacarme du diable. La jubilation tourne à l'hystérie. Un cri. Puis un silence épais et atterré. Un cercle s'agrandit ; je me fraye un passage et m'approche. Gallino gît à terre, immobile. Il a l'air plus saoul que blessé. Deux hommes costauds s'avancent et le saisissent, l'un sous les bras, l'autre par les pieds, et l'emportent. Ils s'éloignent rapidement et s'enfoncent dans la pénombre. Sans doute vont-ils le ramener dans ses appartements. Conciliabules à voix basse. Le chef réclame l'attention et dit : « Ça va aller ! » Il brandit une bouteille. Des verres à liqueur prennent place sur la table et il verse ce qui doit être de l'eau-de-vie. Le cercle se resserre autour de l'alcool.

L'aguardiente est un terrible tord-boyaux local, peut-être même de fabrication maison. Les uns s'asseyent, quelques-uns tirent des sièges près du brasier faiblissant. Un homme d'âge mûr, le cheveu ébène long et fin, pose un pied sur un banc, installe sa guitare, plaque un accord lent et majestueux, règle une basse et reprend son accord mineur diminué. Sa taille est ceinte d'une écharpe rouge sang ; le court boléro noir et les chaussures à talonnettes ne manquent pas d'élégance. ¡ *Canta, Manuel !* La plainte s'élève, a capella, s'étire en douloureuses arabesques et n'en finit plus d'agoniser en appoggiatures et trilles complexes. Les flammes dansent sur son visage, accroissant la poignante tension dramatique. La matrone bourre un brûle-gueule, courte pipe en bruyère, des hommes ferment les yeux. Le *cante jondo*, chant profond, s'allonge, nous enveloppe et pourrait durer toute la nuit. Je réchauffe le verre dans ma paume. J'aime cet instant. Je ne sais plus trop pourquoi je suis là, mais je m'y sens bien.

— Viens goûter mon whisky.

— Ok, Tony !

Toujours la moue méprisante de mon nouveau copain, que je prends bien soin d'appeler par son diminutif. Intrigué, je le suis. Il se dirige vers le wagon que j'avais repéré en entrant dans le campement. Ainsi, ce truc est son chez lui. Il ouvre la porte coulissante et, se courbant jusqu'au sol en un geste comique, m'invite à entrer. Bon sang ! J'en ai le souffle coupé. À l'intérieur, c'est une espèce de bonbonnière, mélange de baisodrome de célibataire, de chambre d'adolescent et de décor de film US. Une imposante affiche de l'acteur Al Pacino, bandana dans les cheveux et chemise chatoyante, est placardé face à la porte ; difficile de la louper. Gadgets des années soixante-dix et modèles réduits de grosses voitures américaines. Moquette rouge. Un trophée bouliste trône en bonne place, grossièrement ceint d'une écharpe de papier où se lit, calligraphié : « *The word is yours.* » Si la référence se veut cinématographique, l'involontaire faute d'orthographe transformant le « monde » en « mot » est de la plus philosophique poésie. Fauteuils clubs en cuir noir, peinture grise aux murs. Lumière crue et blanche. Il est resté près de l'entrée, sûr de son effet :

— Alors ? C'est mieux que leurs caravanes de ploucs, ok ?

— Ah, ça, c'est étonnant !

Il se dirige vers un bahut de style, qui dévoile une belle collection de bouteilles de Scotch et en extrait un single malt de premier choix dont il me sert une rasade que ne renierait pas un bûcheron canadien au plus fort de l'hiver.

— Alors le *frenchy*, c'est quoi ton putain de bizness ?

— Oh, moi, je ne fais pas de bizness. Enfin, je n'en fais plus.

— Ok. Et comment tu gagnes ta vie ? T'es pas un de ces pédés qui vont au bureau tous les jours, j'espère ?

— J'essaye d'aider les gens qui ont des problèmes, un peu comme un docteur, je suis psychologue.

Il siffle entre les dents. S'ensuit une des discussions les plus surréalistes que j'aie pu avoir autour de ma profession (et il y en a eu !). Je renonce très vite à lui exposer ma conception de la vie et je m'intéresse à ce qui compte le plus pour Tony : Tony. Si je comprends bien sa pensée, lui, moi, les autres, tout le monde a des problèmes et lui, Tony, il emmerde les problèmes. La solution, elle est simple : il faut avoir des couilles et, après, tout s'enchaîne. Quand tu as les couilles, tu as le fric, et quand tu as le fric, tu as les gonzesses, et quand tu as les gonzesses, tu peux montrer que tu as des couilles. Je simplifie. Pour être honnête, il prend le temps de m'expliquer que, au passage, il y en a beaucoup qui vont se faire mettre et qu'il faut être du bon côté du manche. Jusque-là, je saisis. Grosso modo, sa philosophie est la même que celle du PDG croisé dans le train.

— Et à quoi ça te mène tout ça, hein ? Ton petit commerce, c'est quoi ?

Silence. Il croyait m'impressionner et je le chambre ouvertement. Il doit soupeser ma question pour savoir si je bluffe ou non. Ce mec est une bombe, je le sens ; il porte en lui une violence qui peut se déchaîner sans prévenir. Mais je l'intéresse encore. Pas beaucoup, mais un petit peu quand même.

— Qu'est-ce que tu viens foutre dans ce bordel, avec ton pote ?

— On vient voir Gallino.

— Pourquoi ?

— Tu ne comprendrais pas.

Il se rapproche dangereusement de moi :

— Je suis trop con, hein, dis-le ?

— Non, Tony, tu n'es pas con, mais on n'a pas la même façon de voir le monde.

— Ah oui ? Ok. Et ben explique ta façon. J'ai pas été à l'école, mais moi aussi j'aime écouter les gens. Vas-y ! Peut-être que tu vas causer comme mon père, ce vieux con ! Mais peut-être aussi que tu vas m'intéresser, ok ?… (Il explose.) Et puis ton Nijako, je l'encule !

— Nijako ???

— Gallino. C'est pareil. C'est la même merde.

— Mais qu'est-ce qu'il t'a fait ?

— Je lui pisse à la raie, je te dis ! Ok ? Et me reparle plus de cette vermine !… Pff, la seule chose qu'il peut t'apprendre, c'est comment crever de misère, ce pouilleux !

Il remet sa mèche en place, s'envoie une grosse coulée d'alcool et se frotte les ailes du nez, nerveusement.

— Écoute. Toi et ton pote le boiteux, vous êtes à pied. J'ai une affaire. Une 240 turbo D, presque neuve. Je te la fais à un bon prix.

— Une quoi ?

— Une Mercedes, ok ? Un bon modèle. Pour toi, ça vous dépanne et puis, un docteur, c'est pas bon qu'il aille à pied. Que vont penser les gens, ça fait pas sérieux, ok ? Alors dis ton prix et, si ça colle, je te la laisse.

— Mais que veux-tu que je fasse d'une Mercedes ?! J'ai déjà une voiture en France !

— Réfléchis, mais vite ; j'ai des clients, moi, ok ?

— Ok Tony.

— Autre chose. Tu lis bien sur mes lèvres, ok ? Parce que je le répéterai pas, ok ?

— Ok Tony.

— Ma sœur, tu la touches pas, elle est pas pour toi. Ok ? Le premier qui l'approche, je le crève, le salaud, ok ? (Il caresse la balafre qu'il a sous l'œil gauche, d'un geste éloquent.) Tu vois, ça ?

— Je vois. C'est qui ta sœur ?

— La jolie fille à qui tu faisais les yeux doux tout à l'heure.

— Quelle… ? Ah ! La jeune fille ? Eh, Tony, je suis marié et j'ai un gosse, alors pas de parano avec moi, hein ?

— Ok, ok, mais t'es prévenu !

Sur le sujet de sa frangine, le mec est tendu comme une corde à piano et je le sens tout ce qu'il y a de pas clair. Peut-être même carrément tordu. Aussi, nous causons un peu de bagnoles, beaucoup des States, passionnément de cinéma américain, à la folie du film « Scarface » et pas du tout de sa sœur. C'est ainsi que nous finissons nos verres et puis, gentiment, le reste de la bouteille, qui n'était qu'à moitié pleine et enfin, d'un commun accord, nous sortons rejoindre les autres.

Il n'y a plus qu'une dizaine de personnes autour du feu. Des hommes. Le crépitement des flammes. Un aboiement de chien. Les yeux qui brillent. Nous fumons presque tous. Le chef et néanmoins père de Tony, après les échanges de prénoms (il s'appelle Amabilio), demande si nous venons de Paris et si nous connaissons les Saintes Maries de la Mer. Nicolas lui apprend que nous sommes venus voir Gallino.

Le chef ne comprend pas de qui il est question et, fier de mon nouveau savoir, je corrige :

— Mon ami voulait parler de Nijako.

Très étonné, mon camarade me dévisage et je me contente d'un sourire énigmatique.

— Et qu'est-ce que vous lui voulez ?

— Nous sommes là pour le voir travailler !

S'en suit un étonnant concert de critiques :

— Travailler ?

— Que je pourrisse en enfer, s'il a jamais travaillé de sa vie, ce voleur de poules !

— Ouais, à part leur couper la tête...

— ...Remplir et vider le *botijo* !...

— ...Et attraper les touristes en mal d'aventure.

— Si, au moins, il les faisait payer, il pourrait s'offrir une maison et une bagnole, comme tout le monde... ajoute Tony.

— Ou un cheval.

— Et me rembourser mes dettes !

— C'est vrai, un homme d'honneur rembourse ses dettes, même celles qu'il a faites pour acheter un canasson comme le tien, juste bon à braire comme un âne !

— C'est toi qui vas braire comme un âne, quand je t'aurais planté ma navaja dans ta putain de gorge !

— ¡ *Vale ! Vale, hombres !* tempère le chef pour tenter de calmer les esprits.

Mais ça repart de plus belle :

— Il paraît même qu'il reçoit des jolies filles...

— ...Et qu'il les laisse filer sans se comporter comme un vrai mâle.

— Même ça, ça le fatigue !

— Normal, ce n'est pas *un gitano*, lui ! ajoute de nouveau Tony, l'air plus dégoûté que jamais.

— Il est de la famille. Nous sommes tous de la même famille... (Le chef a repris la parole, et il n'a pas l'air de rigoler.) Maudit soit le prochain qui l'oublie, qu'il perde la chance jusqu'à sa mort !

Le regard dur s'adresse au fils, qui lève les mains :

— Ok, ok...

Après un demi-tour sur lui-même, il disparaît derrière son wagon pour en émerger, quelques secondes plus tard, au volant d'une Buick de la taille d'un paquebot ; l'engin vire souplement de bord et s'éloigne. Lorsque la poussière se dissipe, Amabilio dit à notre adresse :

— Ne vous inquiétez pas, Antonio joue le brave, mais il ne ferait pas de mal à une chèvre.

— Il a pourtant une belle cicatrice, dit un homme ironiquement.

— Et il n'a pas eu besoin de se battre pour ça, ajoute un autre.

— Moi, je connais celui qui lui a mis le coup de canif, dit ensuite un troisième.

— Il ne s'appellerait pas Tony, par hasard ? Tonio, le caïd qui fait trembler toute la pègre de Cinco Casas jusqu'à Las Moyas !

Et tous de s'esclaffer.

— ¡ Vale ! Vale, hombres ! redit le chef. Antonio est encore un enfant.

Nicolas détourne l'attention :

— Nous avions l'impression que Gallino, enfin Nijako, était le guérisseur de votre communauté... Il y a sans arrêt des gens qui...

— Guérisseur !? Il y a les docteurs pour ça. Pourquoi les gadjé nous prennent-ils toujours pour des sauvages juste bons à dire la bonne aventure et à jouer de la guitare ?

— On a eu des guérisseurs dans le temps, renchérit le chef. C'était surtout des femmes ; et puis le monde a changé. Nous aussi nous avons changé. Seul Nijako n'a pas changé !

Après ces dernières paroles, que nous n'avons sûrement pas fini de digérer, nous bavardons de tout et de rien, à la lueur dansante du feu, puis quelques-uns se retirent. Mon collègue, en pleine conversation avec Amabilio, semble vouloir traîner. Au bout d'une heure ou deux, je suis crevé et je décide de rentrer, en espérant retrouver le chemin. ¡ *Buenas noches* ! Quand je sors du campement, je croise Tony qui revient avec son cabriolet. Je pensais qu'il allait m'interpeller au sujet de la voiture qu'il voulait me fourguer mais, après un dérapage contrôlé, la portière claque et il s'enferme dans son wagon. Son père a raison : quel gosse capricieux !

Amabilio et moi, nous sommes à présent seuls. Les uns après les autres, tous ont disparu ; sans explication et sans bruit. Nous évoquons la France, où il a vécu épisodiquement dans son enfance, et la musique. Comme Victor, j'ai quelques notions de guitare, puisque nous avons tous deux joué dans des groupes sans conséquence durant notre jeunesse, mais pour le chef gitan, la musique, c'est son âme. Il aime les instruments, tous les instruments. Et le chant aussi. La musique lui est aussi indispensable que l'eau, que l'air. J'aborde ma double identité franco-espagnole. Il hoche la tête car, lui aussi, il a plusieurs pays dans le cœur et dans l'esprit. Sa mère est espagnole, son père est hongrois, et lui, il ne sait pas toujours s'il est *gitano* ou tzigane ; ça dépend des fois et de la personne qu'il a en face de lui. Mais il a résolu le problème en se disant Rom. C'est pourquoi il défend Nijako auprès des siens. Il aimerait que son fils comprenne cela et qu'il ne méprise pas le sang mêlé qui coule dans ses veines.

— Nijako vient aussi d'Europe Centrale ?

— Qui sait d'où il vient et où il va ? Le nuage ne s'arrête que pour pleuvoir et le Tzigane ne s'arrête que pour pleurer. Nous sommes comme des frères et c'est un homme de bien, mais… pourquoi avoir parcouru autant de kilomètres pour venir le voir ? Ce ne sont pas les Gitans qui manquent, en France. Si vous voulez, je peux vous donner l'adresse de mes cousins qui habitent près d'Arles. Ils pourront vous apprendre bien des choses.

— Merci… Ainsi, Gallino, ce n'est pas son nom ?

— C'est son nom pour les étrangers.

— Mais quel est son vrai nom ? Nijako ou Gallino ?

— Le vrai nom ?...

Je suis perdu dans mes pensées. Parle-t-il encore de Gallino, ou se demande-il, de façon plus abstraite, ce que représente le nom d'une personne ? Tout en attisant les dernières braises du feu, il m'interroge sur mon métier ; je lui réponds, tout en regrettant intérieurement de ne pouvoir dire simplement que je suis boulanger ou maçon. Sans commentaire, il associe. Lui, il a abandonné les chevaux – ça ne paye plus – pour devenir ferrailleur avec son fils ; ils récupèrent tout, des carcasses de voiture aux ustensiles de cuisine.

— Votre fils n'a pas l'air de beaucoup aimer... Nijako.

— Antonio est juste jaloux. Comme tous les fils.

— Jaloux ?

— C'est de l'histoire ancienne...

Il n'a manifestement pas envie d'en dire plus. Ma question doit être trop intime et il élude :

— Il est tard. Nous devrions rentrer.

Nous nous levons et nous dirigeons vers la sortie du campement.

— Vous ne voulez pas que je vous raccompagne ?

— Merci. Je ne vais pas vous déranger davantage. Bonne nuit.

— *Latcho drom* !

Oui. Nous en aurons besoin...

J'essaye de ne pas me perdre au milieu de tous ces chemins qui se croisent à angles droits, coupant des champs semblables les uns aux autres, et je repense à ma maigre connaissance des communautés tziganes, quand je m'occupais des « gens du voyage ». *Latcho drom* sont les seuls mots de romani dont je me souvienne. Par contre, s'il y a bien un aspect de leur culture que je n'ai pas oublié, c'est leur culte du secret. Il en va ainsi de leurs noms, si ma mémoire ne me joue pas des tours. Ils en ont un pour les étrangers et un pour le clan. Je crois même qu'il en existe un troisième, connu de la personne seule et de sa mère. Cela semble corroborer les dires du chef. Sauf, qu'en l'occurrence, on est en plein paradoxe. Ils nous disent qu'il s'appelle Nijako, mais comme ils le disent aux étrangers que nous sommes, cela signifie qu'entre eux, ils ne doivent pas l'appeler comme ça ; à moins que nous soyons déjà adoptés par leur groupe, ce dont je doute sérieusement ! De même, en fin de soirée autour du feu, pour l'échange quant au rôle de guérisseur de Gallino : est-ce la réalité ou l'image qu'ils veulent donner à des gadjé comme nous ? J'espérais qu'en le voyant parmi les siens nous pourrions mieux le connaître, et je me rends compte que c'est le contraire qui s'est produit. Je n'ai pas pensé un seul instant à l'article du journal ; pour moi il est évident que El Gallino n'est pas un meurtrier. Je ne peux même pas l'envisager !

J'arrive enfin. Victor doit être déjà couché. Je trébuche sur mon sac gisant à la belle étoile. J'écarte le rideau de toile : personne ! Mon collègue a dû péter un câble. Pour une raison obscure, il se sera énervé. Il n'est pas toujours facile à comprendre cet oiseau-là, mais je ne le pensais pas capable de se mettre dans un tel état. Est-ce le fait d'avoir vu El Gallino se saouler ?... ou alors cette histoire de meurtres et de têtes de poulet... ou alors on nous a dévalisés ! J'imagine mal l'astronome dans ce rôle (sa tente n'est plus là, il est donc parti, lui aussi). Mais où cet animal de Victor est-il donc passé ? Il va falloir que je m'organise. Plus rien, que mon sac. Ah et aussi mon duvet juste là, à deux pas. Je récupère tout mon matériel, m'assieds à l'entrée de la tente et entreprends l'inventaire de mes affaires.

Bon, soyons zen. Une exploration méthodique des alentours me permet de retrouver la torche, ce qui va grandement me faciliter la tâche. Quelques mètres plus loin, je suis abasourdi par ma découverte : toutes les affaires de Victor sont là, elles aussi éparpillées aux quatre vents. Il me faut donc changer d'hypothèse... Ce ne sont tout de même pas les deux qui ont ramené El Gallino, les responsables ? Je ne vais pas tomber dans les clichés de Gitans voleurs et auteurs de tous les mauvais coups ! Laissons de côté, pour le moment, cette histoire de « visite ». Où est Victor ? Avec El Gallino, probablement. Je décide d'en avoir le cœur net et me dirige vers ses appartements, retrouvant, au passage, ma brosse à dents sur le sentier. Personne dans la cour. La terre semble avoir été retournée. Puis je vois du sang, un corps de poulet sans tête. Je fonce sans réfléchir et entre chez lui. Je m'immobilise. Quelle n'est pas ma surprise de découvrir, trônant dans l'angle d'une immense pièce, une antique télé allumée ! Sans m'arrêter sur cette découverte stupéfiante, je jette un regard circulaire. Je suis vite renseigné : chez les gens branchés, on appelle cela un loft. Disons simplement que sous l'impressionnante hauteur de toiture, il n'y a rien : pas de cloison, pas d'étage ou de mezzanine, pas de pièces, juste un espace nu et, visiblement, il n'y a pas âme qui vive dans les parages. Par contre, soit la demeure du maître des lieux a été également fouillée, soit il a un sens du rangement qui m'échappe totalement : ses rares objets personnels sont complètement épars. Eux aussi.

Réfléchir, vite ! Le poulet égorgé me fait tout de suite penser aux meurtres et à notre suspicion de début de soirée, et la peur me gagne. Le volatile décapité est un lien tangible, le premier entre El Gallino et l'affaire. Si ce n'est pas lui le coupable, cela signifie alors qu'il y a des malfaisants qui rodent et ceux-là risquent de ne reculer devant rien. À moins que...

J'ai du mal à me concentrer, car la mise à sac de notre campement n'est pas mon seul sujet de préoccupation. Victor et El Gallino s'évanouissant dans la nature en même temps, je ne peux m'empêcher d'élaborer d'autres hypothèses. Ils doivent être en train de vivre une expérience classique de maître à disciple, de laquelle je suis manifestement exclu. Jalousie fraternelle qui dure depuis Caïn et Abel. Tous les fils sont jaloux, disait le chef gitan… Mon passé refait surface. La naissance de mon frère, coïncidant avec mes hospitalisations, et, plus tard, le départ en France de toute la famille, sauf moi. Les deux événements furent évidemment associés, dans ma tête d'enfant. Si mes parents, ma mère surtout, m'avaient laissé à l'hôpital, ce n'était pas pour me soigner, mais parce que mon frère était mieux que moi. Le deuxième garçon allait réparer l'erreur, il n'était pas handicapé, lui… Qu'est-ce qu'on peut être con quand on est gamin ! Le problème, c'est qu'il faut parfois toute une vie pour s'en apercevoir… N'est-ce pas ce qui se rejoue entre mon collègue et moi ? J'ai remarqué que El Gallino n'avait pas du tout le même comportement avec chacun de nous. Avec moi, il est …normal ; c'est bien ce qui m'a gêné depuis le début. Avec Victor, il semble plus énigmatique, ce qui est le propre des relations des maîtres avec leurs disciples privilégiés. J'ai mis un moment à comprendre l'importance cruciale de cette madeleine coupée en deux, qui m'était apparue au premier abord comme un jeu de la part d'El Gallino. Victor n'est-il pas revenu avec nous à cause de ce signe envoyé par le Gitan ?… Bah, il faut bien accepter un jour de grandir et je respecte trop mon ami pour lui en vouloir, si telle est la raison de leur absence en pleine nuit. Oui, mais si ce n'est pas le cas ?… Et puis, pourquoi nos affaires sont-elles sens dessus dessous ? Cela ne colle pas avec mes suppositions… La dernière hypothèse, la plus folle, la plus effrayante, la plus improbable, celle que nous avions envisagée et sur laquelle il faut quand même que j'aie le courage de revenir : et si El Gallino était le fameux tueur ? Serait-il possible que nous ayons été aussi aveugles ? Sentant Victor sur la voie, il aura pu le supprimer et avoir pris la fuite… Son état d'ébriété et sa manie de couper les têtes de poulets ne plaident-ils pas en sa défaveur ?...

Quoi qu'il en soit, au point où j'en suis, ne pas prévenir la police me mettrait dans une situation délicate. Et puis, soyons honnête, j'ai besoin de savoir ce qu'il en est pour me sécuriser. Si j'étais un héros, je partirais à la recherche de mon compagnon d'infortune, je retrouverais le coupable, je l'affronterais, le vaincrais... mais je ne suis pas un héros. C'est d'ailleurs probablement pour cela que je suis en quête de la sagesse. Tiens, je n'avais jamais pensé à l'opposition entre le Héros et le Sage. Un sage n'est-il pas une sorte d'antihéros ?... Pas le temps de philosopher. Victor a raison : je pense trop. La seule cabine téléphonique que je connaisse est celle de Cinco Casas, à plusieurs kilomètres, à moins que le Gitan nous ait bien caché son jeu et qu'en plus de la télévision, il possède aussi le téléphone. Je fais le tour du propriétaire. L'habitation est sommaire et je ne trouve aucun combiné. J'ai n'ai pas d'autre choix que d'emprunter le chemin puis la route, en espérant ne pas faire de mauvaise rencontre. Le chemin ne m'a jamais paru aussi long et je suis épuisé lorsque j'arrive car j'ai forcé l'allure. Je décroche. J'hésite encore. Je fouille ma poche à la recherche de mon dé et je tombe sur un morceau de papier froissé. Les coordonnées d'Elsa. Je ne peux tout de même pas la réveiller en pleine nuit ?...

Je me demande où est Nicolas et ce qu'il fait. J'ai été traité avec beaucoup d'égards, ce qui, bien qu'appréciable dans la conjoncture, m'a paru louche. Arrivé de nuit dans ce commissariat à la façade rouge et ocre, j'ai dû patienter dans un petit bureau au rez-de-chaussée, sous l'œil endormi d'un planton. Puis, monsieur le Commissaire lui-même est venu me chercher. Fort courtoisement, il m'a emmené à l'étage. Après avoir pris place dans un confortable fauteuil crème, il m'a posé quelques questions, me mettant rapidement en confiance. Puis, à son tour, il a parlé. J'ai écouté avec application son exposé de la situation, tout en finesse.

Ses manières fort civiles et ses yeux noirs semblent dire : « Racontez-moi toutes les salades que vous voulez, je tâcherai de vous croire. » Il me propose le soutien d'un avocat, d'un médecin et même, avec un sourire ambigu, d'un psychologue ! Je suis tenté d'accepter de rencontrer le confrère, mais à quoi bon ? Le flic ne veut pas d'ennuis. La région est calme, il n'y a pas de délinquance et je ne suis pas suspect, tout juste entendu en qualité de témoin, et il s'excuse pour le désagrément qui... Pourquoi me retenir en ce cas ? Oh, c'est surtout pour ma sécurité. Et si je souhaite m'en occuper tout seul, comme un grand ? C'est très embêtant, tout ça, mais il doit reconnaître que des collègues de la brigade criminelle doivent arriver de Madrid et que, vraiment, il faudrait que je les aide. C'est presque un service personnel qu'il me demande. Il faut que je comprenne qu'un dangereux meurtrier est en train de tuer des petites filles. J'ai quelque grief contre la police ? Ben, justement, je n'en sais rien. Un instant de gêne et de calculs stratégiques savants s'installe entre nous, et mon regard vagabonde. Une bibliothèque, un crucifix, le drapeau espagnol, un portrait du roi, un ordinateur, ses mains poliment croisées derrière le bureau, son sourire Colgate, du miel dans la voix... La climatisation fonctionne même à cette heure avancée et il fait presque froid. L'autre joue avec moi. Il gagne. Il affirme m'héberger pour la nuit à la seule fin de m'éviter des déplacements, renvoyant à ses confrères la responsabilité de mon sort ultérieur. Il reste pourtant sans réponse devant la constatation qui s'impose : ils pourraient très bien m'inculper...

Détournant rapidement la conversation de ce point délicat, il avoue ne pas comprendre très bien mes relations avec Gallino. Quand les flics sont arrivés au campement, toute sirène éteinte, ils avaient l'air de savoir ce qu'ils faisaient. Ce n'était pas une ronde. Sans poser de questions, ils m'ont emballé, sans explication ; poliment mais fermement. Je venais juste d'arriver, et le bohémien dormait. Il doit probablement continuer à ronfler comme un bienheureux, dans la cellule mitoyenne. Il a entrouvert un œil au moment de monter dans la voiture et est reparti dans ses rêves emplis de poules et de gadjé, comme si tout cela ne le concernait absolument pas. Comme camarade de galère, en de telles circonstances, j'aurais préféré me retrouver avec un mec ordinaire !... Le commissaire a continué à dérouler le fil de son monologue sirupeux et je m'applique à le suivre. Ils n'ont pas de problèmes avec les Gitans, par ici, hormis un quartier un peu mal famé dans Puertollano... Jugeant vraisemblablement que notre échange est entré dans une phase de confiance suffisante, et que je suis mûr à point, c'est alors qu'il me porte sa botte secrète, s'enquérant, après une inspiration profonde et toujours d'un ton mielleux :

— Êtes-vous coupable de quelque chose, monsieur ?

À présent, j'entends Nicolas, depuis mon cachot, et je parviens à l'entrevoir fugacement. Cela me soulage un peu. Le policier l'accompagne fort civilement de l'autre côté du couloir et, lui faisant le même cinéma qu'à moi, ouvre une cellule presque en s'excusant. Mon ami entre, royal. Dommage qu'ils ne nous aient pas mis ensemble : à défaut de mieux, nous aurions pu philosopher sur l'enfermement ! Mon statut d'étranger me protège sans doute provisoirement, mais cela ne tiendra pas longtemps... Je ne suis pas dupe de leurs manières policées. Le vent peut tourner rapidement. Difficile d'assurer sa défense sans savoir de quoi on est accusé, dans un pays dont on ne connaît pas les lois. Reste plus qu'à attendre.

La lumière chiche, diffusée par une veilleuse dans le couloir, filtre par l'espèce de hublot découpé dans la porte. Cela ressemble à l'hôpital. Sauf le décor : quatre murs, un banc réglementaire scellé dans le mur et trop court pour s'allonger, un lit métallique et un petit évier. Le strict minimum. Pas de télé, pas de bouquins, pas de compagnie. Nous sommes arrivés trop tard pour la collation du soir. Je suis passé à l'anthropométrie pour la petite photo et aux empreintes, comme un bandit de grand chemin.

Je m'assieds à même le sol. Quel gâchis ! Venir jusque-là avec des rêves d'excellence et finir au trou... Ridicule ! Qu'en dirait ma femme ? Elle pour qui le bon sens est une seconde nature, elle serait capable de rigoler de nos mésaventures. C'est vrai, qu'à regarder de plus près, il n'y a rien de dramatique. Il s'agit d'un simple quiproquo qui sera rapidement éclairci. Je ne suis pas un délinquant et la vie d'un honnête homme ne peut pas basculer, comme cela, dans l'horreur, du jour au lendemain. Quoique... Bon sang, il doit exister de nombreux moyens de me disculper. Entre les tests ADN, les expertises diverses, le détecteur de mensonges, de bons avocats... Et de quoi ils me soupçonnent, merde ? Quand

même pas de tuer des gamines avant de les décapiter !?...
L'angoisse monte ; j'ai les intestins noués et des crampes
d'estomac. J'ai passé pas mal de mauvais moments dans ma
vie, mais, là, ça tient le pompon ! Envisageons le pire. En
tôle, pour un paquet d'années. De toute façon, je professe
que le sens de notre vie ne vient pas des événements, mais
de nous. C'est une construction. Là, tout de suite, je res-
sens principalement une injustice, une incongruité. Mais,
ma théorie a toujours été que la vie est absurde, donc, pas de
traumatisme pour moi. Être victime d'une injustice, je sais
que je pourrais composer avec, car, ce qui m'a préservé jusqu'à
aujourd'hui, c'est la recherche de menus plaisirs, simples et
accessibles. De ce côté-là, ce serait plutôt dur, dur... Je liste
mentalement tout ce à quoi je devrais renoncer : les amis et
les soirées de franche rigolade, les bonnes bouffes, l'amour
évidemment, les gros câlins avec mon fils et ses bons mots
si attendrissants (il a trois ans, le petit chou !) et encore les
bouquins, et puis le travail enfin. Oui, j'ai presque honte de
l'avouer, réussir à aider les autres efficacement, cela compte ;
c'est d'ailleurs la raison de ma présence en Espagne. C'est
donc ça qui me perd ? Mes parents me répétaient sans cesse
que l'on est puni par où l'on a péché, mais est-ce pécher que
de vouloir aider son prochain ?

Après deux tours de piste dans ma cage, pas très à l'aise,
je reviens à ma position initiale. Je sais ce qui me gêne. Ce
n'est pas la somme de toutes les privations qu'il me faudrait subir, non, le plus gênant, c'est tout bonnement que le
sens de ma vie disparaîtrait avec elles. Aucun de ces menus
plaisirs n'est le sens de ma vie, en soi, mais il est quelque
part dans leur ensemble. J'ai réussi à éliminer les questions
existentielles de mon adolescence et les voilà qui pointent
de nouveau le bout de leur nez. Oui, la vie est absurde, j'ai
tout construit là-dessus, mais de manière intellectuelle. Au
moindre incident de parcours, le monstre se réveille. Que
pourrait-il m'arriver de pire ? Rien. Le pire, c'est l'absurde.

Le danger, même la mort, on peut les affronter. Le héros meurt comblé, car c'est son choix ; il se réalise en disparaissant. Seul l'absurde est inhumain. Et pourtant, dans cette aventure, n'avons-nous pas joué la carte du hasard ? Nous l'avons laissé nous guider et c'est lui qui nous a conduits jusqu'ici, par le biais de nos rencontres. Le non-sens et le hasard ne sont-ils pas les deux faces de notre ignorance ? Et lorsque Nicolas joue son avenir ou ses décisions avec un dé, ne tient-il pas avec cet objet la suprême pirouette, le pied de nez au destin qui nous affranchit ? Combattre le non-sens par l'aléatoire !

« Tout le mal des hommes tient à ce qu'ils ne savent pas rester seuls dans une pièce. » Je crois me souvenir que c'est Pascal qui disait à peu près cela... Quelle ironie ! Les arguments affluent à présent, incontrôlables : le non-sens est habituellement la forme d'humour que je goûte le plus, et puis, je revendique l'utilisation de la confusion dans les techniques d'hypnose conversationnelle, et s'il n'y avait pas d'aléatoire dans la reproduction sexuée, nous serions tous identiques depuis longtemps... Stop ! J'en ai le tournis. Que croire ?... Tout ça ...n'a pas de sens !

Une sensation bizarre dans ma tête, comme un vertige ; je sors de mon corps. Je suis sur le tatami. Plus jeune de vingt ans. Le Maître passe, je le questionne :

— Maître, si une personne...

— Ça n'existe pas. Tais-toi et travaille.

— (Comment ça une personne, ça n'existe pas !?) Mais...

— La réponse, c'est mouiller le kimono !

Quel long travail solitaire pour s'approprier ce genre de message. Le corps, seule vérité ? Être, c'est habiter son corps. Il faudrait que je dorme et je sais aussi que, de me répéter cela, c'est la plus sûre façon de ne pas parvenir au sommeil, alors je me force à garder les yeux ouverts puis à détendre chacun de mes muscles. C'est comme si je retrouvais un ami d'enfance ; me revoilà avec moi-même. À trop m'occuper des autres, ne m'étais-je pas perdu de vue ?

Victor et El Gallino sont vivants tous les deux ; me voilà au moins rassuré sur ce point. J'ai été interrogé, poliment et j'ai dit aux policiers tout ce que je savais, soit presque rien. J'ai commencé par le pourquoi de notre venue dans cette région. Ils sont restés dubitatifs ; j'espère que mes propos concordent avec ceux qu'a tenus Victor. Seulement voilà, bon sang, on n'a jamais été sur la même longueur d'onde quant à nos objectifs. Et puis, bien sûr, j'ai raconté nos journées à la recherche du bonhomme, ainsi que les derniers moments passés avec lui. Oui, nous n'avons pas été vingt-quatre heures sur vingt-quatre ensemble. Oui, il a pu s'éclipser sans que nous soyons au courant. Oui, il coupe régulièrement la tête des poules. Oui, j'ai appris que le tueur dépose une tête de poule à la place de celle des victimes. Non, je n'ai pas d'enfants. Non, je n'ai pas de problèmes sexuels. Non, je ne suis pas le meurtrier. Non, je ne le connais pas non plus. Non, je ne pense pas que ce soit El Gallino, encore moins mon ami. Non, je n'ai besoin ni d'un médecin, ni d'un psy. Non, je n'ai pas le droit de voir mon camarade pour l'instant.

Cela fait bizarre de se retrouver dans une cellule, seul et mêlé, qui plus est, à un crime. Je me revois à douze ou treize ans. Vol de mobylette. La honte de mes parents. La claque de ma vie. Donnée par mon père et amplement méritée. Je n'avais aucune excuse, si ce n'est ma jeunesse. Certes, nous étions pauvres et je ne supportais pas de voir mes copains sortir sur leurs engins pour draguer les filles, ce qui était pour moi le signe qu'ils étaient plus forts, plus libres et plus grands que moi. Je ne regrette rien cependant, car l'école de la rue m'a beaucoup appris, entre autres à ne pas devenir un enfant trop sage. Nous autres, psychologues, savons qu'il faut se méfier des enfants trop sages, trop brillants, trop bien élevés, trop conformes à l'attente de leurs parents, trop...

« Il faut relativiser. Positiver. Et tout finira par s'arranger. » N'est-ce pas le leitmotiv de tous les guides de bien-être ? Non, merci ! Plutôt tout le contraire. « Éloge de la pensée négative. » Un des cent et quelques livres que je dois écrire avant de mourir. Prévoir le pire pour ne pas être pris au dépourvu car, comme je le dis régulièrement à mes patients : « Voir la vie en rose ne change pas la couleur du taureau. » Me voilà dans le même cas, même si je ne suis pour rien dans ce qui m'arrive. Je suis innocent... Peut-être, peut-être, mais les erreurs judiciaires, cela existe. Il me faut donc vivre avec cette nouvelle réalité.

Le pire ? Mourir, évidemment. Nous sommes dans un pays civilisé et, selon toute vraisemblance, j'éviterai la condamnation à mort. Juste après ? Finir le restant de mes jours entre ces quatre murs. Je ne sais pourquoi, la réalité rattrape parfois la fiction, mais j'ai imaginé, à de nombreuses reprises, qu'en cas de nécessité je pourrais être un prisonnier heureux. Est-ce parce que j'habite depuis vingt ans dans un appartement sous les toits, dont les fenêtres sont équipées de barreaux ? Je revois ma pièce principale. Mes deux seules affiches. Deux superbes clichés d'Afrique, en noir et blanc. Belles et tragiques à la fois, comme sait l'être la vie. Sur un mur, deux enfants nus, victimes de la sécheresse, l'un portant l'autre à bout de force (affiche émanant d'une Organisation Non Gouvernementale luttant contre la faim dans le monde). En face, d'autres enfants, noirs aussi, contemplent le ciel et sourient, visiblement contents, parce qu'il pleut. D'un côté, la souffrance. De l'autre, la joie. D'un côté, la mort.

De l'autre, la vie. Entre les deux : quelques gouttes d'eau… Je me remémore notre discussion avec Victor sur la Bible et l'épée à double tranchant. La hachette d'El Gallino… Je prends la photo qui ne me quitte jamais. Je dois avoir trois ou quatre ans, plâtré jusqu'à la moitié du ventre, et je me tiens dans les bras de ma mère, un rameau à la main, devant l'église de mon village natal. Je repense à l'image des deux enfants. Beaucoup de similitudes. Pourquoi ne m'en suis-je pas aperçu plus tôt ? Moi qui croyais l'avoir choisie par militantisme humanitaire, je découvre, pour la première fois, que mon passé tirait les ficelles. Sur ce point, la psychanalyse a raison : on se croit le maître chez soi et puis, un jour, on réalise que nos désirs ne sont qu'un théâtre d'illusions. Don Quichotte toujours… Au fond, c'est celle-là, la véritable prison. Cette cage intérieure dont nous sommes, à la fois, le prisonnier, le gardien, les barreaux, les murs, la porte, la serrure et la clé. Comment s'évader d'une forteresse pareille ? Comment ouvrir cette porte sans porte ? Il faut toute une vie…

Je m'adapterai. Je trouverai de nouveaux repères, de nouvelles relations. Je m'inventerai des défis… Écrire, bien sûr ; reprendre le théâtre ; apprendre l'ébénisterie, le chinois… ; passer des diplômes ; se battre pour améliorer la vie dans la prison ; me marier avec Elsa qui viendra me voir régulièrement ; lui faire un enfant, pourquoi pas ; trouver les moyens d'être plus libre derrière mes murs que je ne l'étais à l'extérieur ; analyser le pouvoir d'aliénation de l'enfermement et survivre à cette situation extrême… Six mètres carrés ne me font pas peur. La solitude ne me fait pas peur. La nuit non plus. Je voyage naturellement dans ma tête. Je suis prêt, même si je suis un peu fatigué…

Le jour tant attendu est enfin arrivé. Ils sont tous venus – la famille, les amis, les collègues. Ils m'ont tous défendu, fidèles à eux-mêmes. Les jurés sont sortis pour délibérer.

On m'a autorisé une cigarette, car je me suis remis à fumer. Ils reviennent, solennels. Sept, ils sont sept, le visage masqué par des longs capuchons noirs qui les font ressembler aux confréries qui défilent en Andalousie pendant la Semaine Sainte. Je ne vois que leurs yeux. Un silence parcourt l'auditoire. Victor est dans la foule ; on échange un regard. Il est avec moi. Il m'encourage d'un signe de tête. Merci Victor...

Le premier à gauche enlève son masque.

— Coupable ! dit Miguel qui lance l'accusation presque à regret.

— Au bûcher ! dit le bouillant théologien qui se croit revenu au temps de l'Inquisition.

— Coupable, mais irresponsable ! dit Alfonso le médecin.

Merci du cadeau empoisonné, cher confrère ! La vague repart de la droite.

— Coupable ! dit l'astronome.

— Coupable ! dit Amabilio, le chef des Gitans.

— Coupable ! dit Carlos, le garçon de café de la place d'Almagro.

Silence de nouveau, puis les jurés se tournent vers celui du milieu, encore masqué. Son verdict est capital. S'il confirme les six précédents, les portes de la prison se refermeront sur moi. Pour toujours. S'il est contraire, je serai jugé coupable, mais libéré comme le veut la tradition chrétienne de la Semaine Sainte dans cette région espagnole. Barrabas libre ou Jésus condamné ? Choix impossible.

— Coupable ! dit avec douceur la voix féminine.

Non ! Pas elle ! Elsa découvre son visage et le monde s'écroule sous mes pieds. Il pleut. Je tombe dans un trou noir...

J'émerge avec difficulté d'un profond sommeil. Couché dans l'herbe, au pied d'un arbre entouré d'eau, j'ai le nez dans un parterre de trèfles gris. De trèfles à cinq feuilles, pour être précis. Depuis quand suis-je ici ? Que m'est-il arrivé ? J'ausculte mon corps et constate qu'il est endolori, mais sans blessure apparente. Mes vêtements et mes cheveux, par contre, sont trempés. Après de multiples essais et contorsions, je me mets sur pied pour explorer les lieux. La taille de l'arbre est considérable, son tronc est aussi large que l'envergure de mes bras, et il constitue le centre d'un jardinet circulaire d'une vingtaine de mètres. Autour, de l'eau, à perte de vue. Deux singularités attirent tout de suite mon attention : des trèfles noirs poussent sur l'eau tandis que des blancs recouvrent partiellement l'arbre. Et je ne suis pas l'unique être vivant en ces lieux. Un aigle volette de branche en branche, picorant les trèfles blancs. Un serpent paresse sous les flots et se nourrit des trèfles noirs. Un scarabée, enfin, roule sa boule d'excréments sur le sol, qui se grossit ainsi des trèfles gris. Chaque animal semble avoir son domaine protégé : l'arbre pour l'un, l'eau pour l'autre, le pré pour le dernier. Je sens que mes colocataires ne sont pas dangereux. Ils paraissent plutôt manifester une certaine curiosité à mon égard ; peut-être suis-je pour eux un extraterrestre débarqué d'une planète éloignée. Leurs regards ont même une petite étincelle presque humaine, comme s'ils cherchaient à communiquer avec moi…

Je viens d'effectuer trois tours de l'îlot ; il est aussi vide et exigu qu'une geôle. Qu'ai-je fait ? Quel crime ai-je commis pour me retrouver ainsi exilé, loin de tous et de tout ? Que faire ? Qui pourrait m'informer de mon sort ?… C'est alors que les trois animaux s'approchent de moi et se mettent …à parler !

— Vous avez été condamné à l'épreuve des trèfles, dit le scarabée.

La mémoire me revient instantanément : mon départ avec Victor, la quête et la rencontre avec El Gallino, les meurtres des fillettes, l'arrestation, le verdict… L'aigle me coupe de ces pénibles souvenirs en m'affirmant que, pour survivre, je dois manger les trèfles. Mais lesquels ? m'interroge sournoisement le serpent. Les trèfles noirs ? Les blancs ? Ou les gris ?... Le scarabée se décide alors à m'éclairer. Une de ces variétés de trèfles me rendra la liberté, une autre me tuera sur-le-champ, et la troisième me permettra de rester sur cette île, en leur compagnie, jusqu'à la fin de mes jours. J'ai à peine le temps d'ouvrir la bouche pour émettre un début de questionnement.

— Permettez-moi, étranger, de vous donner un conseil, dit l'oiseau : vous n'avez rien à gagner à passer un pacte avec cette langue de vipère. Essayez mes trèfles blancs plutôt que ses feuilles noires, et vous ne le regretterez pas.

— N'écoutez pas ses balivernes ! Méfiez-vous de cet oiseau de mauvais augure, oppose le reptile, ses offres ne sont que du vent.

— Du vent ? Moi, je propose à notre vénérable invité de découvrir la Vérité qui lui ouvrira les portes de l'Immortalité.

— L'immortalité ?... Laisse-moi rire vieux roublard ! Mais de quelle immortalité parles-tu ?

— Celle du Sage qui a atteint la Sérénité.

— Écoutez-moi ça ! se moque le reptile, me prenant à témoin. La sagesse éternelle... Quel ennui. Une immortalité de femmelette, oui !

— Je ne te permets pas, ignoble macho !

— Tiens, voilà le sage Anzu qui sort de ses gonds...

— Puisque tu joues au malin, Naga, dis-nous qu'elle est ton offre.

— L'Immortalité également. Mais pas celle de la foule ; non, celle du Héros qui a affronté la Mort pour laisser son nom à la Postérité.

— Ah ! La voilà, ton immortalité de pacotille !... Mourir en héros pour avoir éternellement son nom gravé sur des tablettes d'argile ! La belle affaire.

— Plutôt mourir en héros que vivre sagement pour l'éternité, lance le serpent en agitant sa langue fourchue.

— Plutôt vivre anonyme dans une grotte que mourir sur un piédestal adoré des foules, rétorque l'aigle dont le regard brille farouchement.

— Cela ne m'étonne pas de toi, Anzu !

— Tu me déçois, Naga !

— Quand descendras-tu de ta montagne pour mettre les pattes dans la boue du monde ?

— Et toi ? Quand accepteras-tu de t'élever au-dessus de tes aspirations bassement matérielles pour rejoindre les cimes du ciel ?

Intervenu pour calmer les deux énergumènes qui étaient prêts à s'empoigner, le scarabée les sermonne tour à tour, leur rappelant ma modeste présence, puis il s'adresse à moi, d'une voix qui se veut rassurante :

— Excusez-les, ce sont de grands enfants. Je crois que vous en savez assez, maintenant, pour prendre votre décision. À vous de jouer !

— Mais…

— Oui ?

— Et vous ? Vous ne m'avez pas dit qu'elle était votre proposition.

— Moi ? Oh, je n'ai rien de spécial à vous offrir, si ce n'est cette boule d'excrément qu'il vous faudra rouler sans fin.

Ils disparaissent alors tous trois soudainement, me laissant bouche bée et totalement seul face à mon destin.

Après quelques minutes d'hésitation, je prends délicatement un spécimen de chaque trèfle. Lequel manger ? Le noir ? Le gris ? Le blanc ? Les trois à la fois ?… Je suis perdu. Je ne sais que choisir. Je tourne en rond… Mettant machinalement la main dans la poche de mon pantalon, je trouve un dé. Sauvé ! Un ou deux, j'opte pour le blanc. Trois ou quatre, le noir. Cinq ou six, le gris. Je le fais rouler à terre…

— Ramassez votre dé et suivez-moi.

Qui a parlé ? Je ne reconnais là aucun des trois animaux. Ça y est, je deviens fou, j'entends des voix... Je n'ose me retourner de peur de constater l'évidence : je suis seul pour résoudre ce dilemme...

— Vous êtes sourd ou quoi !? Ramassez votre dé, on vous attend pour l'audition.

La clé grince avec un bruit sinistre. Je me sens sale et je suis beaucoup plus nerveux que je ne le voudrais, grattant sans fin la barbe naissante qui me mange les joues. Le policier en chemisette blanche ne dit mot, se contentant de désigner la sortie d'un bref signe du menton. La position d'accusé me colle au corps et me voûte l'échine.

Nicolas est déjà installé sur une chaise, dans un bureau gris et nu qui sent la sueur, la peur et le tabac froid. Il est hagard, le cheveu en bataille, les yeux exorbités, peut-être dans un monde parallèle. Son regard se pose vaguement sur moi et je me fige. ¡ Madre mia ! Dans quel état il est !... Tiens, tiens, surprise : Don Quichotte et Sancho Pança ! Nos deux flics du train. Le petit gros, toujours impeccablement boudiné dans son uniforme verdâtre, tourne comme un taureau dans l'arène, les mains derrière le dos. Il s'interrompt, le temps de me considérer d'un œil mauvais et se remet aussitôt en route. Il doit préparer la sauce à laquelle il nous bouffera. Le grand porte son éternel costume froissé. Il est en retrait, le bout des fesses posé sur la table et compulse un dossier de ses yeux rougis de sommeil. Charmant tableau ! Le planton ressort après m'avoir forcé à m'asseoir sur un siège. Deux minutes plus tard, Gallino apparaît. Sa démarche est ferme et il affiche toujours son agaçant sourire à la Mona Lisa. Il s'arrête sur le pas de la porte et fixe brièvement chacun des quatre occupants de la pièce. On sent qu'il est poussé dans le dos, mais il ne bouge pas d'un millimètre. Il décide enfin à s'asseoir parmi nous. Sancho, que je devrais me décider à nommer Sang-chaud, le dévisage, mais détourne vite le regard. Puis il se frotte les mains :

— ¡ *Vamos* ! Nous avons lu vos dépositions, avec le commissaire Miranda, mais nous allons tout reprendre à zéro (son rictus carnassier est éloquent). Toi (il pointe Gallino), tu as dit que tu étais où, le jour où la deuxième gamine a été assassinée, c'est-à-dire le mercredi douze entre cinq et six heures de l'après-midi ?

— Je n'ai rien dit. Je n'ai pas de montre. Je ne sais pas ce que c'est un mercredi douze. Je ne peux pas répondre à ta question.

— Attends, mon pote, y'a maldonne ! T'as intérêt à y mettre du tien, si tu veux pas te retrouver avec deux meurtres sur les bras. Tu comprends ce que je dis ?

— Même si je voulais t'aider, je ne pourrais pas.

Le flic suffoque. Il desserre sa cravate réglementaire et s'étrangle :

— Si tu voulais m'aider, si tu voulais m'aider ?!... Tu sais ce que tu risques ? Dix ans. Vingt ans. Perpétuité ! C'est toi qui as besoin d'aide, parce que tu es mal, là, très mal !

— Alors pourquoi tu cries ?

— ...

— ¡ *Déjalo, García* !

Le gros s'appelle donc Garcia, mais est-il sergent ? Grand-sec prend le relais. Il s'approche tranquillement et prend le bras de son adjoint que l'on sentait prêt à cogner. Tirant une chaise, il s'assied, à se toucher les genoux, face à Gallino :

— Je vais m'entretenir avec ces deux-là. Toi, tu vas réfléchir à ça : si tu ne nous aides pas, on ne pourra pas t'éviter la prison. Tu es suspect, tu es même le suspect numéro un. Il faut comprendre Garcia, il a une petite fille du même âge que les victimes, *entiendes* ?

— ...

— Bon, réfléchis.

Il se tourne vers nous :

— Ah les deux psychologues ! Intéressant la psychologie, hein ?... (Il dévisage Nicolas en se passant une main sur le menton.) Qu'est-ce que vous fabriquez chez les Gitans ? Vous êtes gitan ? Et comment se fait-il... comment se fait-il que vous, vous étiez tout seul au campement, pendant que les deux autres étaient ailleurs, hein ?

— J'ai dit hier soir, plutôt ce matin, enfin je ne sais plus, j'ai dit que j'étais resté en arrière pour discuter avec leur chef, mais nous avons passé la soirée tous ensemble.

— Pour le moment vous êtes témoin. Mais vous pourriez vite devenir complice, hein, vous comprenez, vous m'avez l'air d'un garçon intelligent, non ?

— Réfléchissez, je suis venu de moi-même, rien ne m'y obligeait.

— Mmh ! Très fort, ça. Psychologique même, hein ?

Il se lève et passe derrière le bureau.

— Justement, puisqu'on en parle. Pourquoi venir nous voir, si vous n'aviez rien à vous reprocher ?

— Nos affaires étaient sens dessus dessous, retournées, il n'y avait plus personne, et j'ai vu du sang. Vous auriez fait quoi à ma place ?

— À votre place, on y est pas, et on aimerait pas y être ! aboie Garcia. Contentez-vous de répondre aux questions du commissaire !

— Dernier point, reprend son chef, ignorant l'interruption : vous pouvez sûrement nous dire où vous étiez, et avec qui, le jour du dernier assassinat ?

— Assassinat ?

— Oui, les gamines

— Ben je... C'était quand ?

— Le douze. Mercredi douze entre cinq et six heures de l'après-midi.

— Je ne sais pas exactement quand c'était, mercredi douze. Nous sommes partis depuis une quinzaine de jours, et on perd vite la notion du temps, en vacances.

— Patron, ils se foutent de nous. Ils savent plus quel jour on est. Ils nous prennent vraiment pour des abrutis !

— Je peux juste vous certifier que nous avons appris l'existence du deuxième meurtre, avant de rencontrer El Gallino. Nous étions dans la campagne autour de Puerto Lápice. C'est ça Victor, non ?

— Attendez ! Laissez votre collègue tranquille, c'est nous qui allons l'interviewer. Pour l'instant c'est à vous que je cause. Chacun son tour. Qui peut confirmer votre version ?

— Victor ici présent... et un certain Miguel Molina Martinez qui nous a hébergés à Las Labores, près de Puerto Lápice, justement.

— Hum... (Il gribouille sur son dossier, avec une amorce de rictus.) Molina Martinez... Si vous me racontez des salades, vous avez intérêt à avoir un bon avocat à Paris.

— C'est la vérité. Et nous ne sommes pas de Paris...

— Vous êtes français ! objecte Garcia, suivant une logique qui m'échappe.

Le commissaire vient ensuite vers moi et me pose la même question qu'à mon acolyte. Et je lui fais la même réponse. C'est vrai qu'avec toutes ces péripéties, je suis bien incapable de dire ce que nous faisions ce mercredi-là, qui plus est à telle heure.

— Bien ! Je vois que vous êtes tous les trois très coopératifs. L'enquête avance à pas de géant. J'espère que vous n'avez pas de famille qui vous attend, parce que, moi, j'ai tout mon temps !...

Il marche, sans direction précise, visiblement perplexe, s'arrête pour glisser des mots inaudibles à Garcia qui jubile, puis, nous tournant le dos, se concentre sur une carte de la région sommairement punaisée au mur, se retourne enfin, d'un coup sec, et nous fixe :

— Et pour vous, c'est qui celui-là ?

Il désigne d'un mouvement de menton le Gallino, qui

a l'air de s'embêter. Ah ça, voilà une excellente question !
Nicolas s'y colle :

— Écoutez, cela peut paraître stupide, mais cet homme
est un guérisseur de talent. Il a soigné un de nos patients.
C'était un cas très difficile et il l'a guéri. Alors nous sommes
venus le voir, comme un confrère...

— Pff ! Ce clochard !...

Sancho s'emporte. Il tombe la veste, la cravate et s'approche :

— Commissaire, laissez-les moi une demi-heure et je
vous garantis qu'ils avouent tout. Vous voyez bien qu'ils
vous racontent des conneries. Lui, un guérisseur ! Et moi, je
suis Sainte Thérèse d'Avila (il se signe rapidement).

— ¡ Déjalo, García ! Il faut écouter les gens. Pas les croire,
mais il faut les écouter...

— Oui, patron.

— Nous allons leur exposer notre théorie, hein, qu'est-ce
que tu en penses toi, Garcia ? C'est quoi ta théorie ? Tout le
monde a des théories, non ?

— Pour moi... (mine de chat gourmand) pour moi, c'est
le *gitano* qui tue les petites, et ces deux-là lui servent d'alibi.

— Un peu expéditif comme théorie, mais intéressant,
hein ? Et pourquoi ils lui servent d'alibi ?

— Il les a ensorcelés.

— Tut, tut, tut, Garcia, ce n'est pas très scientifique ça,
hein ? Ne me dis pas que tu crois à ces sornettes ?

Garcia rougit subtilement. On tourne en rond, non ? Je
descends dans l'arène :

— J'ignore combien de temps dure une garde à vue, mais
si nous devons être accusés, je veux que notre ambassade
soit prévenue, parce que j'ai une carte d'identité française.
Et si nous sommes seulement témoins, pourquoi nous mettre en cellule ?

— Vous ne voulez pas nous aider ? reprend Don

Quichotte doucement.

Il va vers le dossier, prend un paquet de papiers qu'il balance sur le bureau, sous nos yeux, en lançant :

— ¡ *Mira* !

Le jeu de photos s'est éparpillé. Bon sang ! Ce n'est pas joli, joli ! Les gamines, décapitées, sur le sol rougi de leur sang ; et puis les têtes, toutes seules, à part, sous tous les angles. J'ai envie de vomir, d'arracher mes yeux de ces clichés, mais une fascination morbide m'oblige à y revenir. Quand je pense que je déploie autant d'énergie dans ma vie professionnelle à soigner des enfants victimes d'abus sexuels et de maltraitances graves. Là, il faut reconnaître qu'on est un cran au-dessus dans l'horreur. Ces putains de flics luttent aussi contre cette merde humaine. Ils ne jouent pas. Et si Gallino ?... Il regarde ailleurs. Est-ce un être exceptionnel, un fou ou un monstre ? Je ne sais plus que penser. Grand-sec va vers lui, pose la main sur son épaule et dit, amical :

— Parle, cela ira mieux après.

— Tu as entendu, parle ! aboie Garcia à contretemps, le commissaire Miranda n'a pas que ça à faire !

— Dites-lui, Gallino, que ce n'est pas vous !

— Cet homme n'est pas un criminel, j'en suis certain ! surenchérit Nicolas. Même s'il ne se défend pas, on ne condamne pas sans preuve formelle. Señor Gallino, dites ce que vous savez, pour les gamines ! Vous avez vu les photos ?! Personne ne peut rester insensible. Même vous. Il faut qu'ils arrêtent le meurtrier... Faites-le aussi pour nous. Ils nous croient complices.

L'intéressé ne répond rien. Toujours le silence digne. Il regarde juste un pigeon qui vient de se poser sur le rebord de la fenêtre.

— On s'est renseignés Gallino ; on est aussi au courant pour ton fils. Je ne souhaite que la vérité. Je ne sais pas si ces deux Français sont tes amis, ce que je sais, c'est qu'il y a des gens qui ne te veulent pas que du bien...

Gallino tourne le regard vers lui. Le commissaire, content de son effet, poursuit :

— Pas nous… (Il sort une feuille et une minicassette du dossier et lui montre.) Ces deux-là. Ce sont eux qui nous ont mis sur ta trace. Tu sais lire ?… Ce n'est pas grave ; cela ne change rien. Ça, c'est une lettre anonyme ; elle est arrivée hier. D'abord, on a cru à un canular, parce que tu es connu dans la région. Tout le monde te respecte. Et puis, en début de soirée, nous avons enregistré un appel, anonyme lui aussi. Les deux messages sont à peu près identiques : « Le meurtrier des deux filles est un coupeur de têtes de poulet qui s'appelle Gallino. » Le zozo au téléphone a ajouté que nous trouverions chez toi l'arme du crime, pleine de sang et cachée sous un arbre.

Il fait une pause, guettant la moindre réaction du Gitan, puis, à présent, s'adresse à nous deux :

— J'étais sceptique et puis je n'aime pas les anonymes, hein, je les méprise même. C'est comme des cafards ou des mouches, tiens des mouches. Mais les mouches aussi ont leur utilité ; enfin, moi, ce que j'ai appris durant toutes ces années, c'est qu'il ne faut négliger aucune piste. J'ai arrêté dans ma vie pas mal de coupables au-dessus de tout soupçon, croyez-moi !…

Il a vraiment l'air exténué. Il s'essuie le front avec un mouchoir aussi fatigué que lui, puis il reprend son réquisitoire :

— Avec les chiens et un ordre de perquisition, nous avons donc fouillé vos affaires à chacun, ainsi que le terrain. Et on a trouvé ; une hachette enterrée. Et avec cette arme, il y avait quoi ? Je vous le donne en mille… Une tête de poulet ! Fraîchement coupée. Qu'est-ce que tu réponds à ça, Gitan ?

L'intéressé se lève et rejoint prestement la fenêtre. Garcia, sur le qui-vive, cherche à extraire son arme de service et s'empêtre dans son ceinturon, mais son chef lui fait un signe.

Gallino tapote du doigt contre la vitre et l'oiseau s'envole. Il revient s'asseoir et il parle. Enfin. De sa belle voix éraillée et grave, il dit, lentement, sans passion :

— Je n'ai pas d'amis. Je n'ai pas d'ennemis. Toi, tu veux la vérité ; le gros, il veut un coupable ; lui (Nicolas) il veut la justice et lui (moi), bah, lui, il ne sait même pas ce qu'il veut ! Moi, je ne veux rien.

— Bon. Soit. Vous êtes tous les trois innocents…

Le commissaire semble perdre patience ; il se dirige vers son bureau et ouvre un des tiroirs :

— …Alors, dans ce cas, expliquez-moi ça !

Il sort un plastique transparent qu'il balade d'un air triomphant sous nos yeux. Mince alors ! À l'intérieur : la poupée. Il profite de l'effet de surprise pour pousser l'avantage :

— Elle appartenait à la première victime, les parents me l'ont confirmé tôt ce matin, juste avant que vous n'entriez dans ce bureau. Alors que faisait-elle, couverte de dix centimètres de terre, devant le repaire de celui-ci ?… Vous restez muets d'un coup ? Vous n'avez plus de justifications savantes à me fournir, hein ?… Et comment se fait-il que le laboratoire a trouvé dessus les empreintes du Gitan et …de monsieur le psychologue ici présent ? Et surtout, j'aimerais, Messieurs, que vous me disiez pourquoi cette poupée a été décapitée. (Ironique.) Parce que, dans le monde où je vis, couper la tête d'une poupée avant de l'enterrer, on voit cela tous les jours !…

Nous voilà dans de sales draps. Moi surtout. Nicolas me lance son regard des mauvais jours, et je sais bien que je lui dois quelques explications. Si ça se trouve, il me soupçonne… J'aurais mieux été inspiré de lui parler de l'épisode de la poupée, au lieu de jouer les fiers et de garder cela pour moi… Comment leur expliquer la vérité ? Ils ne me croiront jamais. Et puis, comme je doute que Gallino soutienne ma version, ce sera ma parole contre les faits, qui risquent d'être têtus… Pourquoi le Gitan a-t-il enterré sa hachette avec une tête de poulet ? Et si les flics bluffaient ? C'est vrai, ça. Comme par hasard, à peine débarqués de Madrid, ils ont eu juste le temps d'appeler ces pauvres parents avant de nous passer à la question. Un peu gros… N'empêche, je suis KO debout. Je me persuade que tout espoir n'est pas encore perdu. On dirait la projection d'un très mauvais film, mais je ne peux pas quitter la salle ; et puis je suis un des héros, même si c'est bien involontaire. Il ne me reste plus qu'à imiter le Baron de Münchhausen et tenter de sortir des sables mouvants en me tirant par les cheveux !…

Comme s'il n'en avait pas assez, le commissaire en remet une couche :

— Nous avons retrouvé une certaine (il consulte son dossier) …Sagrario, n'est-ce pas ? Elle nous a dit que vous étiez venus la voir parce que vous cherchiez un guérisseur. Pour, toujours selon ses propres termes, connaître ses secrets, c'est exact ?

— Absolument exact. (Nicolas a pris le relais ; je suis out.)

— Et pourquoi donc, je vous prie ?

— Comme je vous le disais tout à l'heure, nous avions un patient commun, jugé incurable par nous et d'autres confrères, et qui a été guéri presque magiquement. Notre métier consistant à soigner le plus efficacement possible, nous sommes donc partis à la recherche de l'inconnu responsable de cette miraculeuse transformation. Aujourd'hui, nous croyons que c'est Monsieur Gallino.

— Et ce miraculé, où peut-on le joindre ?

— Il est parti …en Polynésie. (Te fatigue pas, Nicolas ! Les dés sont pipés.)

— Ben voyons ! Et sans laisser d'adresse, je parie ?…

— …

— Et celui-ci serait le soi-disant guérisseur, hein ?… Vous confirmez, *señor* Gallino ?

205

— Je n'ai jamais guéri personne.

— Enfin une parole sensée qui remet les pendules à l'heure et votre alibi au placard. Une histoire aussi rocambolesque, vous devriez essayer de l'écrire pour la proposer à un éditeur ! Même les aventures de Don Quichotte sont moins délirantes que les vôtres... (Il se passe la main sur le visage, gaspillant visiblement avec nous son peu d'énergie restante.) Allons, un petit effort ...les apprentis sorciers. Ah, Ah !... (Il rit sans aucune joie.) Remarquez, hein, moi, je vous avouerai franchement que cela m'est égal. J'ai trois coupables tout désignés...

La panique commence à me gagner, sans que je sache trop si c'est la tournure des événements ou la dernière phrase du Gitan. Se pourrait-il que nous ayons fait fausse route depuis le début ? Voilà bien une hypothèse presque aussi terrible que de retourner en cellule... Qu'ils fassent ce qu'ils veulent, à présent, je m'en moque. J'ai besoin de reposer mon cerveau. Et l'autre inconscient qui s'extasie sur une mouche, avec l'air de trouver ça drôle... Comme c'est facile d'être un maître, finalement ! Au-dessus de tout le monde. Pas concerné par toute cette merde... Conneries !...

Sonnerie du téléphone. Miranda décroche. Il est à présent tout à fait éveillé et perplexe. « Quand ça ?... » « Vous êtes où ?... » « J'arrive. » Il jubile moins que tout à l'heure, on dirait.

— Messieurs, j'ai une mauvaise nouvelle pour vous : vous allez devoir profiter encore de notre hospitalité, le temps que je règle deux, trois formalités... Nous reprendrons cet entretien plus tard. Garcia, raccompagne-les... Et donne-leur à manger.

Je me retrouve assis dans mes quatre mètres carrés. Mes angoisses sont aussi là, me serrant la poitrine. Je fais moins le fier que la première fois. Je ne comprends pas. Je ne comprends plus les tenants et aboutissants de cette histoire qui me dépasse totalement. Nous a-t-on jeté un sort ? Nous enquêtions sur la sorcellerie, et nous voilà pris dans ses filets...

Penser n'arrangera rien.

Attendre...

Il y eut une période où le jeu d'échecs était une passion dévorante dans ma vie. Des centaines d'heures sur des problèmes, des milliers de pages ingurgitées pour apprendre les innombrables ouvertures, les théories afférentes, l'art des problèmes et les fins de partie. Ayant appris tard, seul et sans méthode, je n'ai jamais dépassé le niveau d'un joueur régional moyen et, heureusement, car j'aurais pu brûler ma vie à ce jeu. Pour m'échauffer, je rejoue dans ma tête des parties célèbres, celles de mes maîtres Murphy et Capablanca, les génies romantiques. Ensuite, j'attaque mentalement une partie contre moi-même : 1.e4-e5 ; 2.Cf3-Cc6 ; 3.Fb5... Tiens, tiens, je réalise que cette ouverture s'appelle une partie ...espagnole ! Encore quelques coups. Mes neurones mélangent un peu tout, j'hésite. Bon sang, l'ai-je mis en C5 ou en B4, ce fou noir ? Il menace mes positions. Petit à petit, les pièces prennent les traits des protagonistes impliqués dans notre aventure. En blanc, les gentils : Elsa,

Rachid, Susan, Amabilio, Miguel et puis d'autres qui nous ont aidés. En face, ceux qui sont potentiellement dangereux pour nous : bien sûr, le ou les tueurs, mais aussi les flics et ceux qui veulent nous détourner de notre voie, comme le curé de Madridejos, Sagrario... Que puis-je faire ? Une manœuvre avec une tour ? Un clouage permettant le gain d'un cavalier ?... Ah, ah, ah, j'ai trouvé la parade : O-O.

Combien de temps suis-je resté ainsi ? Je n'en ai pas la moindre idée. Mais la porte s'ouvre à la volée et Garcia me pousse vers la pièce où m'attendent mes deux coaccusés. Nijako est égal à lui-même, Nicolas semble reparti en orbite et Miranda a l'air encore plus fatigué que précédemment.

— Messieurs, il y a du nouveau concernant les meurtres des fillettes...

Nous sommes suspendus à ses lèvres.

— Une autre gamine a été assassinée ce matin, pendant que vous étiez chez nous. Pour moi, vous êtes donc libres !

Sauvés par le meurtrier en personne ! Le destin ne manque vraiment pas d'ironie. Un détail et votre sort bascule. Putain de vie !...

Nous voilà à présent dans la voiture banalisée. Au volant, Garcia, missionné pour nous ramener à bon port. Nijako est devant. Le moteur tourne déjà lorsque Miranda passe la tête par la portière du passager :

— C'est clair, hein ? Vous viendrez pointer au commissariat chaque semaine. Pas de voyage, pas de blagues, hein ? On se reverra. Jusqu'à nouvel ordre, vous restez mes principaux témoins.

Il frappe avec le plat de la main sur le toit et *avanti !* Notre chauffeur ne dit mot, réprouvant visiblement le laxisme de son chef. Nous voici bientôt rendus à bon port. Garcia repart aussitôt en lâchant derrière lui un nuage de poussière aussi épais que sa mauvaise humeur et nous laisse, comme on sort d'un drôle de rêve. Les lieux toujours dévastés donnent à la scène une forte impression de désolation. Même Nijako semble indécis. Le souvenir des clichés macabres le hante peut-être, tout comme moi. Encore qu'on ne puisse pas savoir avec cet artiste. Mon collègue traduit le sentiment général avec un large geste circulaire :

— Il vaudrait mieux partir, maintenant. Tout ça…

— Et puis, vous ne voulez rien, vous, ajouté-je, cynique.

Contre toute attente, Nijako me dévisage et sourit tristement. Il entre dans sa partie des ruines. C'est donc ainsi que va s'achever notre aventure ? Il ressort pourtant, un vieux violon calé sur son bras, et s'assied sur le pas de la porte défoncée. Nous nous installons, pas trop près, mais pas trop loin non plus. Il joue et chante. L'air ne ressemble à rien de ce que j'ai entendu jusqu'à ce jour. C'est étonnant, beau et triste, mais viril, sans sensiblerie. Pas un de ces trucs sucrés. C'est beau comme un homme qui pleure dignement, ou comme un chant du cygne. Les poils se hérissent et l'âme aussi. Et puis ça s'arrête. Brusquement. Il se lève et nous regarde :

— Restez ici.

Est-ce une autorisation, une demande, une supplique, un ordre ? Le ton était indéfinissable. Quelle ironie, vu qu'on n'a pas le droit d'aller ailleurs ! Il disparaît dans son antre. Il est déjà trois heures de l'après-midi. Quelle journée ! Nous remettons nos affaires en ordre, absorbons le contenu d'une boîte, discutons de banalités et puis nous décidons qu'une sieste nous fera le plus grand bien, vu notre état de fatigue avancée.

Victor est tombé comme une masse. Comment fait-il ? Après tout ce que nous venons de vivre... À moins qu'il préfère éviter un tête-à-tête. J'aurais aimé discuter avec lui de cette histoire de poupée à la tête coupée... Un sentiment désagréable pointe le bout de son nez : Victor me cache quelque chose, Bah. Si c'est important, il m'en touchera deux mots ; sinon, ...et bien il doit savoir ce qu'il fait, après tout.

Les photos des gamines m'obsèdent. À quoi sert mon métier ? Peut-on vraiment changer l'être humain ? La violence n'est-elle pas inhérente à notre nature, à la Nature ? La vie n'est-elle pas nécessairement violente ?...

Je me revois à la fac, la première année de mes études de psychologie. On se présente, façon portrait chinois. Le prof nous invite à inscrire sur une feuille ce que l'on aime le plus et ce que l'on aime le moins, et d'en faire part au groupe. Quand vient mon tour, j'affirme, tout fier, que je déteste la violence. Je croyais avancer une évidence partagée par tous, mais j'entends, stupéfait, l'étudiant suivant soutenir exactement l'inverse : non seulement il ne hait point la violence, mais, pour lui, c'est même un signe de bonne santé mentale. Ça alors ! J'ai mis de longues années avant d'accepter l'évidence : il avait raison. J'ai inventé un mot, que j'écris régulièrement sur le tableau blanc faisant face à mes patients, un mot à double face : « VIEOLENCE ». Je ne crois plus à la non-violence, si ce n'est comme idée, comme tension, comme utopie, comme ligne d'horizon vers laquelle je marche, tout en sachant pertinemment que je ne l'atteindrai jamais. Avant de tuer le mammouth, nos lointains ancêtres accomplissaient un rituel destiné à expier leur culpabilité, signifiant, en gros : « Excuse-nous, mammouth, mais nous devons te tuer pour vivre. » Qui prend encore conscience de cette loi de la vie, avant de manger sa salade ou son bifteck ? Il est vrai qu'aujourd'hui, nous n'avons plus besoin de nous battre pour cela, notre nourriture est devenue affective, culturelle, symbolique, mais elle est tout aussi vitale. Nous sommes tous violents. Les hommes comme les femmes. Les enfants aussi. Il m'en a fallu du temps, avant de m'autoriser à être violent. Non pour faire du mal, mais pour ne pas me faire de mal. Dire oui à moi, plutôt que non à l'autre. Vieolence plutôt que violence. Après des années de pratique, je constate que mes consultants souffrent bien souvent d'une mauvaise gestion de cette vieolence fondamentale. Soit ils la canalisent mal, comme le tueur des jeunes filles, soit ils en ont peur et la retiennent à l'intérieur, créant une cuirasse qui les protège d'eux-mêmes et des autres, comme notre Robert H. avec ses tocs. Pour moi, la vieolence fera toujours partie de la vie. À refuser la première, on nie la seconde, comme dans le suicide, retournant l'une contre l'autre dans un acte paradoxal et désespéré. Alors pourquoi continuer à vouloir sauver les naufragés de la vie ? C'est sûrement ma ligne d'horizon. Qu'importe si je ne l'atteins jamais…

Les vers du poète me reviennent en mémoire : « *Caminante, son tus huellas el camino y nada más ; caminante, no hay camino, se hace camino al andar.* » Ce texte célébrissime d'Antonio Machado, qu'il n'est pas rare de retrouver en exergue dans un livre de psychologie ou de philosophie, Victor le connaît. J'aurais aimé m'entretenir avec lui de tout cela. Et du reste… Bon. Demain, peut-être…

Je me lève. Mes pas me portent à l'entrée de la demeure

du Gitan. Je ne la franchis pas, car je ne pense pas que El Gallino ait plus envie de discuter que mon confrère. Il dort sûrement, lui aussi. Avec qui parler ? J'ai besoin de me vider la tête pour éviter de repenser à l'interrogatoire et ne pas me laisser emporter par les événements. Trop de choses me dépassent, auxquelles je ne peux donner de sens pour l'instant. Mais l'important, au fond, est que nous soyons libres. Les réponses viendront en leur temps...

Une idée, enfin : Elsa.

La cabine téléphonique. Cette fois le chemin est court. Sa voix est un baume. Elle prend mon désarroi en main, me demandant de ne pas bouger, elle vient me chercher. En effet, je vois rapidement sa petite auto tourner le coin de la rue. Ses premiers mots sont un doux reproche pour ne pas l'avoir appelée plus tôt. Tant de douceur après ces expériences éprouvantes... J'explique. Avant d'appeler la police, j'ai hésité ; je ne voulais pas déranger et puis, il devait être quatre heures du matin. Elle a réponse à tout et a du mal à m'imaginer en meurtrier de petites filles. Son sourire m'apaise. Elle s'avise du sort de mon copain, puis me demande s'ils soupçonnent Gallino. Je lui raconte. Lui s'en foutait royalement. Si on l'avait convoqué pour lui décerner le Prix Nobel, ça lui aurait fait le même effet. Ni chaud ni froid. C'est vraiment un drôle de bonhomme. J'aimerais parfois être un microbe équipé de micros et de nano-caméras pour entrer dans sa tête, voir ce qu'il pense et comment il fonctionne de l'intérieur. Je lui fais part de ce singulier phantasme et je l'entends soudain affirmer que la réalité peut parfois combler nos désirs.

— Tu crois ?

— Si tu poses cette question, c'est que tu n'es jamais tombé amoureux...

— Et toi ?

Un silence. Elle se gare, coupe le moteur puis se tourne vers moi, me fixant droit dans les yeux. Des yeux noirs comme le jour. Brillants comme la nuit. Difficile de cacher quoi que ce soit à un regard pareil.

— Nous sommes arrivés. Tu veux boire un verre ?

Nous montons dans son appartement, juste au-dessus de son échoppe de vannerie. Les fenêtres donnent sur la magnifique place d'Almagro. Les terrasses de cafés sont bondées et les familles ont commencé leur traditionnel *paseo*, popularisé par les *ramblas* de Barcelone. J'ai droit à la visite commentée des lieux. La pièce principale ; un salon avec un coin cuisine ; une chambre d'amis ; celle de sa fille, chez sa grand-mère pour quelques jours ; sa chambre à elle ; une pièce marquée « bureau », qu'elle ne me montre pas. Des fleurs séchées, une odeur d'encens, un jardinet zen accompagné d'une mini fontaine, du mobilier exotique. Des teintes chaudes, en majorité. Des affiches de nature : un volcan en éruption ; des vagues se déchaînant contre un phare perdu en pleine mer (je jurerais que c'est au large de la Bretagne) ; des peintures abstraites et d'autres plus classiques ; beaucoup de tableaux, elle aime l'art sans conteste ; des dessins de sa fille, enfin. Et puis un coin avec des coupures de journaux et des motos miniature ; une dizaine de coupes aussi. Son mari était un motard chevronné.

Elle m'offre un jus de raisin et me propose de la musique, mais le silence ne me dérange pas. J'en ai même besoin. La tension accumulée ces dernières heures fond rapidement. Nous restons mutiques un moment, sirotant nos verres, assis sur des poufs bariolés qui dénotent avec la sobriété de l'ensemble. Elle m'adresse un sourire. Je lui rends. Péniblement. Un léger malaise flotte… Elle tient à me montrer des photos de l'époque où elle vivait en France. Elle vient s'asseoir à côté de moi pour les commenter. Pratique les photos. Comme les slows dans les soirées dansantes. Inutile de se justifier ; les corps se touchent naturellement. Comme l'alcool, cela dissipe la gêne des premiers rapprochements. Sur tous les clichés, elle dégage un bonheur contagieux. Le dernier album se termine par son mariage. Devant une église qui ne m'est pas inconnue. C'est Madridejos, précise-t-elle, son mari y est né. Nos mains, qui s'étaient trouvées sans se chercher, s'écartent à nouveau, tout aussi spontanément. Tu veux boire autre chose ? La sonnerie du téléphone m'évite de répondre. C'est sa fille. Elle demande comment s'est passée la journée chez la grand-mère. La conversation s'allonge…

Je me dirige vers la bibliothèque, mon lieu de prédilection. Des albums pour enfant, des ouvrages sur les motos, des livres de cuisine, un rayon nature et santé, des romans français. À côté, punaisées sur un panneau de liège, des cartes postales du monde entier. À vue d'œil, il y en a au moins une centaine ! Soit elle adore les voyages, soit elle a beaucoup d'amis. Je me perds dans ce kaléidoscope de monuments. Je suis agréablement surpris de découvrir aussi des visages. J'ai fréquenté trop de touristes, voire des amis, dont les souvenirs se résumaient à des paysages, des objets, des fleurs, des animaux parfois. Souvent magnifiques. Mais à croire qu'ils avaient traversé des contrées désertées par leurs habitants !… Tiens, Lyon et son incontournable basilique. Je médite sur les images paradisiaques des cartes voisines, représentant les Cyclades et la mer Égée. Je m'imagine en pleine joute philosophique avec quelque épicurien ou sophiste… Flûte ! La carte de Lyon vient de se détacher. Je me baisse pour la ramasser. Elle est tombée du mauvais côté et mon regard est instinctivement accroché par la signature. Ce n'est pas vrai ?!… Je relis. Qu'est-ce que cela signifie ? Je n'en crois pas mes yeux. Je la remets vite à sa place, comme si, par quelque maléfice, elle pouvait me brûler les doigts, et je retourne m'asseoir sur mon pouf, totalement abasourdi. J'observe Elsa, elle discute toujours avec sa fille à l'autre bout du fil. Elle me sourit et, d'un signe, me demande si ça va. Je réponds évidemment que oui.

Voilà qui n'était pas du tout prévu au programme ! Par quel sortilège est-elle mêlée à tout cela ? Se pourrait-il que... ? Non. C'est complètement invraisemblable. Mais bon, je n'en suis plus à une bizarrerie près. Pourquoi n'a-t-elle pas voulu me montrer ce bureau mystérieux ? Qu'y cache-t-elle ? Que devient El Gallino dans cette histoire ? Et si nous nous étions trompés de guérisseur ? Cela confirmerait ses propos. N'a-t-il pas dit au commissaire qu'il n'avait jamais guéri personne ? J'imagine la tête de Victor... Elle pose enfin le téléphone.

— Excuse-moi de t'avoir laissé tout seul. Je n'ai pas été trop longue ?

— Pas du tout. Ta fille va bien ?

— Très bien. Elle dit que je ne lui manque même pas. Je me demande si c'est normal pour une fille de son âge. Qu'en pense le psy ?

— Ma foi, tout a l'air normal. Pour la fille en tout cas (elle rit)... Je me suis permis de jeter un œil sur tes livres...

— Tu as bien fait. Alors le verdict ? J'ai droit à quelle note, Monsieur le Professeur ?

— Une bonne. Par contre, j'enlèverai un point pour avoir posé la question (elle rit de nouveau).

— Il y a peu de livres à moi. Je lis peu. Et toi ?

L'esprit ailleurs je me raconte. Je lisais beaucoup, avant. Avec le temps, j'avais constitué une bibliothèque d'un bon millier d'ouvrages. De tous ordres : psychologie bien sûr, philosophie, sciences, sociologie, ésotérisme, magie, religions, quelques romans... Et puis, un beau jour, j'ai senti que le poids de ce savoir m'empêchait d'avancer. Il y a un temps pour apprendre, et un temps pour désapprendre. Alors j'ai tout brûlé. À présent, je ne lis plus qu'un ou deux livres par an. Et encore... Avec des yeux profonds et brûlants, elle s'étonne, choquée, par l'idée que l'on puisse brûler des livres. Je poursuis, magnétisé, et lui explique que c'est comme un rite de deuil. On brûle une photo du défunt, puis on disperse les cendres dans un lieu chargé de sens : un volcan, une rivière, un arbre centenaire… Elle me coupe, surprise ; la personne qui l'a aidée, après la mort de son mari, lui avait suggéré d'enterrer une de ses motos miniatures, sur le lieu de l'accident. J'aurais été son psy, je lui aurais proposé de la casser en mille morceaux, avant de l'enterrer. Je le lui dis et l'idée de cette violence ne lui plaît guère. C'est mon tour d'être étonné. Comment a-t-elle fait pour ne jamais être en colère contre ces foutues machines qui lui ont pris son mari ? Elle acquiesce d'un hochement de tête. Je suis triste pour elle. Pas de deuil sans violence. Je lui raconte encore la façon étrange dont ils traitent le défunt dans certaines régions d'Afrique. Après avoir beaucoup pleuré, comme il se doit, mais aussi chanté, dansé, on l'emmène au cimetière. Et là, au choix, selon les ethnies, on lui attache les pieds, on lui brise les jambes, on peut même lui crever les yeux !

— Mais c'est horrible ! s'exclame-t-elle.

Elle a posé les coudes sur les genoux et me regarde intensément. Que dire ? Oui, la mort est horrible. Perdre ses proches est horrible. Se sentir abandonné par ceux qu'on aime est horrible… Être accusé d'un crime qu'on n'a pas commis est horrible. Il faut « tuer le mort », continué-je, ainsi il ne pourra pas revenir hanter le monde des vivants. Je lui rappelle la tradition des fantômes occidentaux qui ne sont pour moi que des morts dont le deuil psychologique n'a pas été achevé. La mort est violence ; elle fait violence aux vivants. Avec ce rituel, car il s'agit bien d'un rituel qui a un sens précis pour tout le groupe social et non d'un acte de barbarie, la famille du défunt se débarrasse d'un sentiment de culpabilité à son égard. Il permet également d'expurger la violence provoquée par cette perte. Je conclus en assurant que nous devrions nous inspirer de ces pratiques, en les adaptant à nos cultures, bien sûr. Elle imagine mal comment, sous nos latitudes, on pourrait crever les yeux de sa grand-mère défunte. C'est vrai, par contre, détruire et casser la vaisselle ou autre objet lui ayant appartenu, avant de l'enterrer, me paraît possible. Peut-être même souhaitable.

— Je repense... tu vois, Jandro m'avait expliqué que chez les Gitans, on brûle toutes les affaires du mort. C'est un peu pareil, n'est-ce pas ?

— Tu as raison, c'est le même processus.

— Et tu as fait cela, toi ?

— J'ai eu pas mal de patients avec qui...

— Personnellement, je veux dire.

— Comme je te le disais, brûler mes livres c'était pour moi comme un enterrement symbolique qui m'a permis de...

— Oui, mais avec des êtres en chair et en os ? Tu n'as jamais perdu des proches que tu aimais ?

— Si. Ma mère.

— Tu as brûlé sa photo et détruit des objets venant d'elle ?

— ... (Un long temps d'hésitation ; je ne peux masquer un malaise qu'elle perçoit sans aucun doute.) Pas encore...

Nous replongeons tous deux dans nos pensées et prenons nos verres pour nous donner une contenance, puis j'observe la pièce, au hasard, pour éviter son regard avant tout. Je tombe sur le panneau de liège :

— Tu collectionnes les cartes postales ?

— Oh ! Ça ? C'est Carmina, chez qui tu as dormi, c'est la tante de mon mari. Elle en a toujours des tonnes, et elle me les donne. Je les prends pour lui faire plaisir. Pas toutes, parce qu'il y en a qui sont vraiment moches ! Figure-toi qu'une fois elle voulait m'en fourguer une toute noire avec marqué dessus *Tokyo by night*. Ridicule !

— Elle voyage beaucoup ?

— Pas à ma connaissance. C'est sans doute des anciens clients de sa pension qui lui envoient du courrier de toute l'Europe. Parfois même des États-Unis. Tu as vu celle qui représente les tours de Manhattan, à gauche du couple d'éléphants ? Je la garde précieusement, un de ces jours elle vaudra peut-être une fortune...

— Elle a l'air bien mystérieuse, cette tante Carmina. Elle est aussi très branchée sur les guérisseurs traditionnels, puisqu'elle connaît Gallino et la personne qu'elle t'a conseillée. Tiens, d'ailleurs, cette dernière, ce ne serait pas une Cubaine vivant à Almagro ?

— C'est à ma tante... ou à moi que tu t'intéresses ?

— Ne dis pas de bêtises...

— Écoute... Je vais te parler comme je le sens, c'est un de mes défauts ; je ne sais pas masquer mes sentiments. Je te trouve bizarre, depuis le coup de fil avec ma fille. Tu es peut-être énervé que j'aie passé autant de temps avec elle ? Jaloux ?

— Non. Ce n'est pas ça.

— C'est donc autre chose...

Je me résous à lui parler de la carte postale. Elle se lève, se dirige vers le panneau de liège et décroche ladite carte. Je lui en demande la provenance et, de plus en plus interrogative, elle la retourne. Elle est adressée à sa tante Carmina, il s'agit bien de son adresse, et c'est signé Robert H. J'avais donc bien lu... Elle a besoin de comprendre. Je le connais ? Je ne suis pas encore sûr. Il pourrait s'agir d'un homonyme ; et puis un prénom et une initiale c'est un peu maigre. Une idée me vient. En quelle langue est-elle rédigée ? En français. Qu'est-ce qui est écrit ? Elle m'observe, attend, jubile. Et entretient le suspens. Elle retourne s'asseoir sur son pouf, se met face à moi et bois une gorgée de son jus de raisin, lentement, très lentement. Elle cache la carte dans son dos et prend un air ludique :

— À toi, d'abord. Parce que là, je ne sais plus à quoi nous jouons. Et j'aime connaître les règles du jeu.

Je la regarde, j'attends aussi un moment et souris enfin :

— Ok. C'est mon tour. C'est quoi mon gage ?

Elle coupe court :

— C'est qui, ce Robert H. ?

— Ah non. Tu triches, là ! Je te dirais tout après. Demande-moi autre chose.

— Ce que je veux ?

— Ben… dans la limite du possible, oui.

— Je te plais ?

— Oui.

— C'est tout ?

— Comment ça, c'est tout ?

— Tu aurais pu ajouter « beaucoup » ou « à la folie », tu vois je te donne des pistes…

— Tu sais que tu me plais. Et il me faudrait toute une vie pour te répondre…

— Je ne t'en demandais pas tant.

— Lis-moi ce texte.

— Le deuxième gage d'abord. Moi, je t'ai donné l'adresse et la signature.

— Après, tu me promets de me la lire ?

— Promis.

Elle reste immobile et ne dit rien. Juste son regard si intense.

— Et ben alors ? Qu'est-ce tu attends ?

— Que tu entames le deuxième gage.

— Mais tu ne m'as même pas dit ce que c'était !

— Je ne vais quand même pas te faire un dessin…

Il y a des moments où ce qui doit arriver arrive. Je me retrouve dans ses bras. Nous nous embrassons. C'est simple. Beau, fort, rien d'excessif. Aucune parole. Nous en restons là, car il y a cette satanée carte postale entre nous deux ; impossible de l'oublier… Et je découvre enfin que notre ex-patient est bien l'auteur de cette missive. Il évoque en trois mots ses problèmes, la guérison obtenue grâce à la tante et, pour couronner le tout, le voyage en Polynésie. Pas de doute possible. Je résume alors à Elsa toute notre histoire jusqu'à la rencontre de Gallino. Sa tante, guérisseuse ? Elle semble encore plus stupéfaite que moi par cette découverte. De nouveau enlacés, emplis de désir. De nouveau séparés par un obstacle. Ce n'est plus la carte, mais Victor.

— Pourquoi tu ne restes pas ici, avec moi ?

— Mon ami m'attend. J'ai commencé cette aventure avec lui, nous devons la finir ensemble. Après, j'aviserai.

— Mais tu viens de découvrir toi-même que ce n'est pas ce Gallino que tu cherchais.

— Peut-être. Mais mon collègue a son mot à dire. Je ne suis pas tout seul dans cette galère.

— Ça t'apportera quoi ?

— Je n'en sais rien.

— Moi, je t'aime, et je veux vivre avec toi, dit-elle farouchement.

— Je suis touché. Mais je dois retrouver mon ami.

— Tu m'aimes ?

— Oui.

— Et cette drôle d'amitié passe avant notre amour ?

— On peut le voir comme ça.

— Décidément, je ne vous comprendrai jamais, vous, les mecs. Tous les mêmes ! À vouloir jouer les héros en pensant qu'il y aura toujours une Pénélope à vous attendre. « L'amour, c'est pour les gamins, les faibles ! », c'est ce que tu penses, hein ? Toi, tu veux te prouver que tu es un vrai mec, que tu es fort et que tu ne te laisses pas aller à tes sentiments ! Tu souhaites te confronter à la mort pour te sentir vivre. Mais qu'y a-t-il de plus vivant que l'amour ? Ce que tu cherches, Nicolas, n'existe pas ! C'est une femme qui te le dit ! Une femme qui t'aime.

Je n'ai plus de mots. Elle a tellement raison…

— Et puis tiens, la voilà ta carte !

Elle me la lance et se met à pleurer dignement. Je me sens pitoyable. J'ai au moins le tact de ne pas en rajouter.

— Et puis si tu avais ouvert les yeux, tu aurais vu qu'il n'y a pas de cachet de la poste et qu'en plus le timbre est espagnol.

Mon beau scénario s'écroule en une seconde, quand je découvre qu'elle dit vrai. Mais alors…

— C'est toi qui l'as écrite ?… Elsa, c'est toi ?… Mais, comment t'es-tu procuré cette carte ? Et puis d'où connaissais-tu le nom et l'histoire de Robert H. ?

— Imbécile ! Tu n'es pas le seul à voyager et tu avais tout raconté par le menu à ma tante !

Je ne me souvenais plus lui en avoir dit autant. Mais dans ce cas, pourquoi ne nous a-t-elle pas orientés sur Gallino qu'elle appréciait ? Mystère… Victor n'a pas tort, je parle décidément trop.

— Mais pourquoi cette mascarade ?

— Devine… Pour savoir si tu m'aimais vraiment, pardi !

— Mais… Mais comment tu aurais fait, si je n'avais pas, par hasard, touché cette carte ?

— Le hasard n'existe pas. Tu ne l'as pas encore compris ?…

— Tu veux dire…

— Comme j'ai été naïve. Allez, va retrouver ton chevalier et tes aventures de touriste à la petite semaine, et laisse-moi avec mes illusions.

— Elsa…

— Laisse-moi, je te dis ! Je ne veux plus t'entendre ! Je ne veux plus te voir !…

Nous passons le reste de la nuit en silence et dans le noir. Dans le même lit, aussi. Mais nous ne sommes plus fâchés. Bien sûr, nous faisons l'amour. Avec des gestes mal assurés, nous prenons possession du corps de l'autre, progressivement et par paliers. Une grande tendresse nous unit et, nos visages tout proches, nous chuchotons ; des mots fous, des mots fragiles et délicats, des petits compliments, comme des caresses. Et des baisers légers. Au petit matin, nous nous assoupissons et c'est en nous caressant encore que nous nous éveillons. Il est tôt et nos corps parlent fougueusement cette fois, désespérément. Et puis il faut se lever. Petit-déjeuner bien garni dans une ambiance étrange.

Avant de me ramener, elle m'introduit dans son mystérieux bureau. C'est son atelier de peinture. Sa passion. Elle a fait les Beaux-Arts, avant de tout abandonner à la naissance de sa fille, pour suivre son mari en Espagne. Elle me montre ses créations (j'aime assez, quoiqu'un peu trop réaliste à mon goût), puis un deuxième panneau de liège, avec autant de cartes postales que le premier, mais toutes dédiées à l'art. Je m'intéresse, par politesse. Parce que c'est elle, aussi. Je n'ai jamais été très branché par les arts plastiques, sans savoir pourquoi. J'apprécie la danse, le théâtre, la musique, mais la peinture me laisse indifférent. Trop plat, peut-être. Quoique les sculptures ne m'ont jamais bien attiré non plus. Qu'importe... Puis je repense soudain à Victor. Connaîtrait-elle, par hasard, un tableau figurant une balance dont les plateaux portent l'inscription « *nimas, nimenos* » ? Elle réfléchit, mais ne voit rien qui s'en rapprocherait. Comme je ne peux lui préciser ni le nom de l'auteur, ni celui de l'œuvre, nous changeons de sujet. Après un dernier baiser et la promesse de la revoir avant de rentrer en France, elle me ramène chez Gallino.

Nicolas, de retour de fugue, à l'air claqué. Je ne lui ai rien demandé. Primo, il fait ce qu'il veut et il ne me doit aucune explication. Deusio, je sais pertinemment où il était cette nuit. Ce qui m'étonne, c'est qu'il poursuive notre aventure. Quand l'amour frappe, je crois qu'il faut ouvrir la porte ; et pas qu'à moitié. Moi, à sa place, je ne me serais pas gêné. Enfin, tertio, j'ai passé une nuit blanche. De souvenirs en conjectures et de supputations en rêves éveillés. Je me suis revu au Parc de la Tête d'Or, à Lyon, ainsi nommé à cause d'une vieille légende traitant d'une tête de Christ en or massif qui aurait appartenu au trésor des Templiers. Mes parents s'y sont fiancés et leur promenade sentimentale, en barque sur le lac, a été l'emblème de leur amour. Plus tard, enfant, ma mère nous y emmena tous les jours, qu'il pleuve, qu'il vente ou qu'il neige ; pour le bon air. Le zoo a continué à faire partie de ma vie, abritant mes amours et peuplant mes angoisses d'adolescent. J'imaginais que le soir, après la fermeture des grilles, il s'y passait de drôles de choses. Des gens fortunés entraient par des portes dérobées, avec la complicité des gardiens, et assistaient à des combats interdits. Des combats de gladiateurs. Des hommes, pauvres bougres au bout du rouleau ou fêlés d'arts martiaux, seuls et sans armes, y affrontaient les bêtes les plus redoutables : les félins, bien sûr, mais aussi les serpents, les sangliers, les crocodiles. Le contrat : la fortune ou une mort sauvage réveillant les terreurs ancestrales de l'homme, lorsqu'il n'était qu'un animal nu, à peine plus futé que les autres. Et, comme par le passé, je me suis revu cette nuit au centre de la cage, en proie à mes pires cauchemars.

Assis sous mon arbrisseau, je somnole, savourant la sérénité retrouvée et le petit air frais qui balaie ma peau. Petit à petit, la lumière blanche du petit matin chasse les fantômes.

Juste avant de replonger dans ses propres rêves, Nicolas m'a chanté une histoire abracadabrante. Il ne sait plus trop qui a guéri Robert H. Si j'ai bien compris, cela aurait pu être la tante de sa copine. Mais ce n'est pas le cas. Dommage... Au moins, le choix aurait été clair : continuer avec Nijako ou reprendre tout à zéro avec elle. En ce qui me concerne, la décision aurait été évidente : entre ce mec assez fascinant et un vulgaire secret de sorcière, il n'y aurait pas eu photo ! Ma philosophie, c'est qu'il faut prendre les événements comme ils viennent et pas comme on aimerait qu'ils soient. On passe son temps à se jouer des films pour s'étonner après que la réalité ne leur ressemble pas. Je rigole en repensant à un exemple typique : au restaurant, la plupart des gens examinent la carte et rêvent de mets somptueux. Et puis les assiettes arrivent, et là, patatras ! Dure est la chute. Moi, j'essaie toujours de réfléchir à ce que l'on peut raisonnablement espérer dans tel cadre précis : la décoration, les prix, l'accueil, donnent des indices très appréciables sur le niveau de qualité probable. J'ai parfois de mauvaises surprises, mais, au moins, je ne m'abuse pas tout seul...

Le Gitan a bien dit qu'il n'avait jamais guéri qui que ce soit. C'est bizarre, quand même, quand on y pense. De toute façon, qu'il ait guéri notre ex-dépressif ou pas, mon choix est fait : c'est Nijako ou personne !

Journée sans consultants, sans commentaires, sans moral, sans discussion et sans rien, hormis le sentiment partagé que cette histoire nous échappe de plus en plus.

Pas vu Nijako.

Juste un climat chargé d'attente…

…de quoi au juste ?

Le premier à se lever ce matin-là fut le coq. Il fut également le premier à sentir que cette journée ne serait pas comme les autres. N'ayant pas les neurones adéquats, il ne pouvait pas prendre conscience de ce qu'il ressentait, ni a fortiori en dire quoi que ce soit. Simplement, son chant ne fut pas le même que d'habitude. Un je-ne-sais-quoi dans la pression atmosphérique qui modifia sa chimie interne et, au bout du compte, fit vibrer ses cordes vocales différemment.

Le deuxième à se lever ce matin-là fut Nijako. Comme chaque matin, il ouvrit les yeux au chant de son coq. Il ne perçut pas cette impalpable étrangeté flottant dans l'air depuis les premières heures de la matinée, car il s'était trop éloigné de la Nature, comme tous ses contemporains. Mais Nijako, lui, connaissait le langage des animaux. Il imitait parfois les poules pour faire chanter son coq à la demande. Aussi, il sentit tout de même une vibration inaccoutumée dans le chant du gallinacé. Il savait ce que cela signifiait : c'était le signe avant-coureur d'un danger.

Le troisième à se lever ce matin-là, fut le soleil. Indifférent aux joies et aux peines des coqs, des poules et des humains, il ne fit aucune différence et, ce jour-là encore, inonda de sa lumière les pauvres comme les riches, les vivants et les morts, les saints et les meurtriers.

Le quatrième à se lever ce matin-là fut Abad, le père de

Belen, seconde fillette assassinée. La lueur du jour venait de pénétrer par la fenêtre de sa chambre ; il avait laissé le store levé pour être sur pied aux aurores. Comme d'habitude, il se rasa, fit sa toilette et s'habilla, avant de mettre le morceau de musique classique qu'il écoutait de façon lancinante depuis la journée fatale : la symphonie numéro deux de Gustav Mahler – « Résurrection ». Sa tenue, sur le dossier du sofa, était prête. C'était celle de l'enterrement : complet noir soigneusement repassé et chaussures noires fraîchement cirées ; cravate grise. Il ne déjeunerait pas. Il ne déjeunait plus. Il ne s'alimentait que pour se tenir en vie jusqu'au jour J. Il prit le pistolet et les balles. Avant de quitter la villa, il retourna une dernière fois dans la chambre de sa fille. Tout était en ordre. Le lit était fait, les poupées bien rangées. Au mur, des affiches de chevaux, de chats et, sur la table de nuit, une photo d'elle sur la plage de Benidorm. Il sortit la photo du cadre, l'embrassa et la mit dans la poche de sa veste, juste contre l'acier froid de l'arme. Il était déjà sur le perron lorsqu'il revint sur ses pas, ouvrit la platine et prit le CD. Enfin, il s'engouffra dans son coupé bleu nuit.

Le cinquième à se lever ce matin-là fut le commissaire Miranda. Il ouvrit les yeux au son de l'interphone, lança un « merde ! » sans conviction, et se rendormit. Deuxième sonnerie. Il se leva, jeta un coup d'œil au réveil, se demandant qui pouvait sonner à la porte de l'immeuble à cette heure, puis se traîna vers l'appareil, et appuya sur le bouton de communication. Qui est là ? Le coupeur de têtes va mourir ! répondit une voix d'homme. Tout à fait éveillé à présent, Miranda ajouta, inutilement, « qui êtes-vous ?… allo ?… que… ? ah merde ! », avant de se ruer vers la fenêtre de sa cuisine. Il perdit de précieuses secondes à relever le rideau avant de se pencher pour scruter la rue trois étages plus bas. Vide. Un bruit de moteur lui fit tourner la tête, juste à temps pour apercevoir une automobile bleu nuit disparaître à l'angle. Agrippant le téléphone, il composa un numéro qui ne répondit pas. Il essaya une nouvelle fois, se trompa, faillit renoncer, jura avant de composer à nouveau la série de chiffres qu'il connaissait par cœur. « Mais qu'est-ce qu'il fout !?... » S'habillant en vitesse, il attrapa au passage son arme de service et deux biscuits rassis, oubliés sur la table basse, s'en fourra un dans la bouche, s'étouffant presque en dévalant les marches quatre à quatre, puis sortit de l'immeuble après avoir pris le temps de jeter l'autre dans la poubelle.

Le sixième à se lever ce matin-là fut Antonio, qui préférait être appelé Tony. Comme chaque matin, il prit son verre de lait froid et sa tartine de beurre de cacahuètes, tout en regardant les mêmes sempiternelles scènes de « Scarface ». Les répliques fusaient de ses lèvres avant que les acteurs ne les prononcent. Il appréciait particulièrement la fin et en aucun cas n'aurait attaqué sa journée avant d'avoir vu défiler le générique. Enfin, il sortit pour visser les plaques d'une Mercedes noire, aux vitres fumées, qu'il devait livrer le matin même à un client important. Deux étaient parties le mois précédent. Ça payait comptant, sans discuter le prix, avec, chaque fois, un gros havane en guise de conclusion à la transaction. Tout le monde connaissait l'origine de la marchandise et il n'y avait jamais de questions indiscrètes. Les affaires marchaient bien ; ce n'était qu'un début.

Les septièmes ex æquo à se lever ce matin-là furent Victor et Nicolas qui sortirent ensemble de la tente. Après un petit-déjeuner sommaire, ils décidèrent d'aller se dégourdir les jambes.

Le dernier à s'éveiller ce matin-là fut l'inspecteur Garcia. Il avait malheureusement passé une bonne nuit. Et oui, malheureusement, car son supérieur hiérarchique tambourinait à présent fortement à la vitre du véhicule de service, probablement irrité par de telles capacités dormitives.

— Tu devais surveiller ses allées et venues, de jour comme de nuit.

— Euh… je fermais les yeux, mais euh… je vous garantis, je ne dormais pas, patron. Et personne n'est sorti d'ici.

— Ah oui ? J'ai cru que ton diesel tournait, tellement tu ronfles fort. Tu empestes l'alcool. Et puis regarde devant toi : le garage est ouvert et la voiture n'y est plus. Ça suffit pour ta petite tête, hein ?

— Mais je ne comprends pas…

— C'est ça le problème avec toi, Garcia, tu ne comprends jamais ! Je t'avais dit de ne pas le lâcher d'une semelle ! Ma patience a des limites. Tout le pays suit l'enquête et toi tu dors. C'est un homme dangereux qu'on cherche à coincer, ce n'est pas un dealer de seconde zone, tu l'as peut-être oublié ?! S'il arrive quoi que ce soit, tu en seras responsable. Trois gamines sont déjà mortes ! Tu as vu les photos, hein ?

— Oui patron. Excusez-moi, patron. Mais, euh …j'ai une fille, patron, et cet homme aussi en avait une. Et puis c'est un monsieur important, alors je ne comprends pas pourquoi nous devons le surveiller… surtout que c'est sa fille qui a été tuée. Ça peut pas être lui, le tueur…

— Tu ne comprends pas, tu ne comprends pas… tu l'as déjà dit ! Jusqu'à ce que cette affaire soit terminée, Garcia, tout le monde est suspect. Tu m'entends, hein ? Tout le monde !

— Tout le monde ?

— Oui, même toi, Garcia.

— Moi, patron ?!

— Tu oublies que je suis policier. Je connais tes liens avec Abad. Tu l'as laissé filé, tu lui as donné l'adresse du Gitan et même celle de l'appartement de fonction du commissariat. J'ai cru, contre l'avis du Patron, que je pouvais avoir confiance en toi. Je me suis trompé.

— Mais…

— Nous éclaircirons tout cela plus tard. Rattrapons-le avant qu'il ne soit trop tard.

Abad pleurait. Le ciel était limpide et il avait l'impression de conduire sous la pluie. Un observateur aurait pu croire qu'il réagissait à la nostalgie envoûtante des violoncelles, mais la cause de ces larmes était ailleurs. Les mêmes images passaient et repassaient en boucle dans son cerveau : il arrive à la morgue ; le tiroir qui glisse en silence ; le drap qu'on soulève ; la voix, comme un coup de poignard : c'est elle ? ; il ne peut pas répondre ; il s'effondre. Comment pourrait-il répondre ? Il a envie de hurler. Non, ce n'est pas la fille qu'il avait déposée ce matin-là à l'école. Celle-là, elle était vivante, sa tête était collée à son corps. Sans cette horrible couture exécutée à la hâte par les médecins légistes. Bien sûr, il savait déjà ; la police l'avait prévenu afin de le préparer. Mais est-on jamais prêt à voir des horreurs pareilles ? Coup de klaxon. Appels de phare… Il était en train de se déporter sur l'autre voie. Pas ça, pas maintenant ! Il lui fallait vivre, encore un peu. Il braqua et évita la collision de justesse. Il s'en fallut de peu qu'il ne s'écrase contre le camion. Il allait mourir, pourtant. Il n'avait tenu jusqu'à aujourd'hui que pour mourir. Mais pas seul. Et ce ne serait pas un accident non plus. Son ami d'enfance lui avait donné le tuyau au risque de perdre son poste ; par amitié ; à cause de leurs filles aussi, qui étaient les meilleures amies du monde… Il sortit le pistolet, soigneusement graissé, et la boîte de munitions, puis les posa sur le siège passager. Il poussa le son à la limite du supportable.

Au retour de leur balade, Nijako enjoignit aux deux Français de confectionner le repas pour accueillir un invité qu'il ne voulait point nommer. Il leur suggéra de s'occuper du poulet et du feu, pendant que lui s'attellerait à la préparation des légumes. Nicolas choisit le feu, ne se sentant pas de faire couler le sang ; il en avait assez vu ces temps-ci. Il ne vit pas comment Victor s'y prit pour trucider la bête, mais quand ce fut fait, il vint l'aider à la plumer. Un véhicule ralentit et passa devant la cour ; ils l'entendirent s'arrêter. Ils craignirent d'être en retard sur le programme, mais ils reconnurent la démarche somnambulique du commissaire qui, après les avoir réunis, leur annonça qu'il devait rester pour assurer leur protection, redoutant de mauvaises visites. Le Gitan déclara d'un ton sans réplique qu'il n'était plus un enfant et qu'il avait l'âge d'affronter son destin. Surpris et attristé, le policier leur recommanda de rester tout de même sur leurs gardes, et notamment de se méfier des inconnus qui pourraient venir ce matin. Puis il retrouva son collègue dans la voiture banalisée qui repartit sans tarder.

Puisqu'ils n'étaient plus présumés coupables, Nicolas ne voyait pas ce qu'ils avaient à craindre. Victor, lugubre, ne souhaitait rien conclure. Nijako, quant à lui, s'en était retourné à ses occupations. Avec son poignard, il coupait les oignons, le fenouil, l'ail et les tomates en fines lamelles. Puis, le chant du coq retentit, comme au matin. Le geste suspendu et le corps en tension, il nettoya alors méticuleusement le couteau et le glissa dans son dos, sous la ceinture. Après quoi il rejoignit Victor et Nicolas qui achevaient de se laver les mains sous le maigre filet d'eau. Des traces de sang autour de leurs ongles. Le feu qui grésillait. Le poulet plumé et paré. Le coq. Un fond musical lointain. L'air lourd. Un tourbillon de poussière. Il s'avança. Ils sourirent. Un véhicule bleu nuit se gara. Nijako était maintenant à côté d'eux. Ils parlèrent. Il n'écouta pas. Une portière s'ouvrit. La musique éclata. Tous les trois se tournèrent dans la même direction. Il sortit, l'arme au poing. Les deux Français se levèrent. Nijako cligna des yeux. Le coq s'éloigna. Le canon, énorme, pointa son mufle sur eux, prêt à cracher sa haine :

— C'est qui, le fils de pute qui a fait ça ?

Nijako attendait.

Victor sentit la peur sourdre de ses entrailles, mais il devait la contrôler. Il ne fallait pas répondre. Pas encore.

Nicolas fut sidéré puis, se reprenant, regarda ses deux acolytes, cherchant les paroles qui pourraient désamorcer la violence de cet homme. Comme son camarade, il avait reconnu le père de la seconde gamine assassinée.

Abad répéta la question, l'arme à bout de bras.

Il ignorait lequel des deux étrangers craquerait.

Victor savait que le premier à ouvrir la bouche serait perdu.

Il avait trouvé les mots, mais aucun son ne sortait.

Haut et fort, Abad demanda une dernière fois. À trois, il allait tirer.

— Un...

— Deux...

Nicolas se jeta à l'eau : « Je comprends votre colère, mais... »

— Tu comprends ma colère ? Tu comprends ?!...

— Non, attendez...

— Dis-moi pourquoi tu as fait ça, avant que je te troue la peau !

— Ce n'est pas moi !

— Ce n'est pas toi, espèce de salaud ?! Tu vas payer toi et tes sbires. Tu vas crever, ordure !

— Ce n'est pas moi, je vous jure ! (Des larmes sur le visage apeuré de Nicolas.)

— Et toi, tu n'as rien à dire, tu ne défends même pas ton complice ?!

— Tu as décidé de faire un carton, alors vas-y ! dit enfin le deuxième Français. Mais alors, tu ne pourras pas rendre justice à ta fille, et le meurtrier continuera sa sale besogne.

— Pourquoi tu dis ça ?

— Je ne discute pas avec quelqu'un qui me braque.

— Parles, putain ! Ou je fais un massacre !

— Tu veux qu'on discute, ou tu veux tirer dans le tas ?

— (Quelques secondes d'hésitation.) Soit, je te donne une minute. Pas une de plus. Si tu ne me convaincs pas, tu y passeras le premier, ton copain ira te rejoindre en enfer et, après, je règlerai son compte au Gitan. Pas de conneries, hein ? Je t'ai à l'œil. Moi, j'en ai plus rien à foutre de rien !

— Écoute ! Si c'était nous, tu crois que les flics nous auraient relâchés aussi facilement ? Et tu crois qu'en plus nous serions assez cons pour rester là ? (Énervé.) Tu arrives là, et tu penses que tu as raison, juste parce que tu nous agites un pétard sous le nez ?! Le mec qui a fait ça, moi je te le dis, ça me ferait plaisir de le choper ; il t'a fait du mal et nous, il nous a foutus dans la merde ! Nous pouvons t'aider… Maintenant, si tu veux juste te soulager, envoie la purée, tu es du bon côté du flingue.

— Pourquoi tu veux m'aider ?

— Je ne veux pas mourir à la place d'un autre.

— Et moi qui ai cru une seconde que tu n'étais pas une mauviette, comme l'autre… (Moqueur.) « Je veux pas mourir… » Et ma fille ? Tu crois qu'elle voulait mourir, ma fille !? Tu as failli m'embobiner avec ton bla-bla ; je sais que tu es psy, mais ça ne marche pas. C'est toi qui as besoin d'aide, mon pote, pas moi ! J'ai horreur qu'on me prenne pour un con ; encore plus pour un faible. Tu peux commencer ta prière, si tu sais prier… (Se tournant vers Nijako.) Voyons voir si le Saint-Esprit saura vous sortir de ce mauvais pas…

Les deux autres liquéfiés sur place. Le doigt sur la détente. Le coq insouciant. La musique toujours. Les gouttes de sueur sur le front. Le pistolet tremblant légèrement. Et les yeux surtout. Se cherchant, se trouvant, se soupesant, lourdement. Un ballet de mort…

Pendant ce temps-là, les policiers arrivaient au campement tzigane. Malgré l'intervention du père, ils embarquèrent Antonio qui n'opposa pas de résistance. Ils appelèrent des collègues pour procéder à la vérification et à la saisie d'un nombre respectable de véhicules douteux. Dans le wagon on trouverait probablement aussi des choses intéressantes comme du cannabis, des téléphones portables, ou encore des fausses cartes grises. Miranda était à présent au volant et son adjoint surveillait le jeune Gitan menotté à l'arrière. Il se gara quelques mètres avant d'arriver chez Nijako ; il avait aperçu la voiture d'Abad. « Il est déjà là, comme je le craignais. Reste là, Garcia, je m'en occupe. » Le commissaire sortit, sur ses gardes, et vit la scène. Les deux autres se fixaient encore.

— Tu ne dis toujours rien ?

— J'attends, répondit Nijako.

— Tu attends quoi, *gitano*, qu'ils soient morts ?

Silence. Les deux Français n'en menaient pas large, ne lâchant pas des yeux le canon. Abad, lui, ne lâchait pas des yeux Nijako, prêt à tirer au moindre mouvement suspect de sa part. Seul Nijako ne regardait rien de particulier, attentif à tout ce qui se présentait devant ses yeux, et c'est ainsi qu'il aperçut subrepticement la tête de Miranda. Aucun des trois autres ne se rendit compte qu'il l'avait vu.

— J'attends le chant du coq, finit par répondre le Gitan.

— Qu'est-ce que tu me racontes là ? Je vais te tuer d'une seconde à l'autre et toi tu attends le chant du coq ? Tu crois peut-être que je vais rester là jusqu'à demain matin ?! Tu es fou !

— Ça ne va pas être long.

— Et pourquoi tu l'attends, ce putain de coq ?

— Pour savoir qui de nous cinq va mourir.

— Nous cinq ? Tu ne sais même pas compter jusqu'à quatre, *gitano* !… Et n'essaye pas de me berner. Je ne suis pas un tueur, mais je ne suis pas un imbécile non plus… Et d'abord, qui c'est, le cinquième ?

Nijako était toujours seul à distinguer le commissaire, caché à l'avant de la voiture d'Abad, l'arme maintenant pointée sur le dos de l'agresseur.

— C'est celui qui tient le revolver.

— Tu savais que j'allais venir ?

— Mon coq me dit bien des choses.

— Ton coq ?!

— Ça y est.

— Ça y est quoi ?

— Il va chanter.

— Tu crois que je suis assez con pour me retourner et te laisser me sauter dessus…

Sans ouvrir la bouche, Nijako émit un son imperceptible pour une oreille humaine et le coq se mit à chanter. Abad, surpris, se tourna machinalement vers l'animal et, avant qu'il n'ait le temps d'appuyer sur la gâchette, le poignard était déjà arrivé à destination. Entre les deux yeux. Mort sur le coup. Le coq ne chantait plus. Les premiers mots d'Abad, hébété, furent pour Nijako :

— Pourquoi tu ne m'as pas tué, moi ?

— Et vous ? Pourquoi ne nous avez-vous pas tués ? demanda Victor.

— Jette ton arme, Abad !

Temps d'arrêt et de consternation de part et d'autre ; même le soleil sembla pétrifié dans sa course pendant quelques infimes instants.

— C'est vous Miranda ? dit Abad sans bouger.

— Pose ton arme et lève lentement les mains sur la tête. Et vous trois, reculez doucement.

Chacun attendait que l'autre fasse le premier pas. Hormis le policier et le Gitan, les autres étaient en pleine débâcle. Abad s'exécuta, enfin, et Miranda, après avoir ramassé le pistolet, lui passa les menottes. Le père de la petite Belen n'opposa aucune résistance, comme soulagé de ce dénouement. Ils s'éloignèrent sans autre explication. Après quelques mètres, le commissaire sortit de sa poche une poignée de balles : « Votre revolver était vide, Abad. Vous aviez laissé les balles sur le siège avant. Pourquoi ? »

De nouveau tous les trois, assis côte à côte sur la pierre, dans l'ombre de la bergerie.

Le poulet cuisait à présent dans la grosse marmite, avec toute la garniture. Du riz au grain rond mijotait dans un autre récipient. La nuit était tombée.

Un chien aboyait sans fin dans le lointain.

Nijako remua une bûche.

Ce soir, ils allaient s'entretenir avec lui.

C'était maintenant ou jamais.

— Nous avons échoué et vous avez réussi. Sans vous, nous serions morts. Pourquoi ? dit l'un.

— Oui, quelle erreur avons-nous commise ? ajouta l'autre.

Nijako prit le temps de la réflexion avant de s'adresser à eux, doucement, d'un ton sans reproche et sans suffisance non plus :

— Chacun son chemin. (À Nicolas :) Tes larmes ont dit ta peur, alors que tu préfères les mots. (À Victor :) Et toi, tu ne crois plus aux mots, mais tu as trop parlé.

Les deux psychologues méditèrent les vérités simples et pourtant si complexes que révélaient ces quelques mots prononcés à bon escient.

— Comment avez-vous su ce qu'il fallait faire ?

— La mort appelle la mort. J'ai donné à cet homme ce qu'il était venu chercher. Et vous deux ? Vous cherchez quoi ?

— ? ? ?

— Vous m'observez depuis des jours et des jours, comme un animal ; vous observez mes gestes, et comment je mange, et comment je parle aux gens… Quand ce n'était pas le moment, vous vouliez me questionner. La Mort est passée par là. Maintenant c'est l'heure. Finissons-en !

Les ombres dansaient dans le noir, projetées par un feu mourant. Et ces ombres étaient comme les fantômes de leurs consultants. La solitude du passeur d'âmes, ils la connaissaient. Ce moment tant attendu depuis leur arrivée… et, tout près du but, ils hésitaient encore. Nicolas se lança :

— Señor Gallino, nous sommes venus apprendre de vous. Et bien que sceptiques au départ, nous avons été impressionnés par vos interventions. Croyez-vous que les diverses personnes qui vous ont consulté ont été guéries ? Je pense, entre autres, à l'astronome, la blonde andalouse et le couple dont la fillette est morte.

— Guéris ? Je ne savais pas qu'ils étaient malades.

— Je veux dire… est-ce qu'ils allaient mieux après vous avoir vu qu'avant ?

— Comment tu veux que je le sache !?

— (Victor se risqua enfin.) Ce que vous faites, c'est pour les aider, non ?

— Moi, je ne veux rien. On m'interroge, je réponds.

— Ne me dites pas que vous répondez n'importe quoi, je ne vous croirais pas, surenchérit Nicolas.

— Si quelqu'un lance une parole, un cri ou un chant contre un mur, celui-ci les renvoie, comme une balle. Mais le mur ne veut rien. Il est là. C'est tout.

— Pourquoi répondre, dans ce cas ? Vous pourriez aussi bien vivre tranquillement votre vie…

— (Il soupira.) Eh oui ! Le mur ne peut pas être autre chose qu'un mur. Il ne veut rien, répéta-t-il, buté. Il est là et il renvoie la balle. Toutes les balles.

— Comment savez-vous cela ? demanda Victor.

— Quoi ?

— Se contenter d'être là, ne pas avoir de désir à la place de l'autre, ce n'est pas tout le monde qui fonctionne de la sorte.

— Je ne comprends pas ce charabia. Je suis comme ça, c'est tout ce que je sais. Vous deux, vous n'êtes pas comme ça, sinon vous ne seriez pas là avec vos questions de gadjé compliqués !

— Pourquoi ne fonctionnons-nous pas pareil ?

— À vous de me le dire. C'est vous, les savants.

Les deux collègues se regardèrent, désorientés, ne sachant plus trop par quel bout il convenait de continuer cet échange. Puis Nicolas reprit :

— Ces personnes sont venues vous voir, car elles vous considèrent comme un guérisseur ou un sage, parfois les deux. Et vous, qu'en pensez-vous ? Êtes-vous un sage ? Un guérisseur ?

— Et toi, quel est ton avis ?

— Pour moi, vous êtes un sage, avec des talents de guérisseur. Justement parce que vous refusez catégoriquement cette étiquette.

— Et toi ?

— Moi ?… (Victor hésita un moment.) Et bien moi, je dirais à peu près pareil que mon collègue… à l'envers. Peut-être que vous êtes un guérisseur… avec un zeste de sage.

— Vous avez raison tous les deux.

— Comment ça ?

— Vous vous moquez…

— C'est ce que vous vouliez entendre, non ?

— Oui, mais…

— Vous vouliez que je sois un guérisseur et un sage, ou non ? Si je dis que je ne le suis pas, vous n'êtes pas satisfaits, et si je dis que je le suis, vous n'êtes pas satisfaits non plus !… Vous voulez quoi, au juste ?

— Nous…

— Ça ne vous intéresse pas qui je suis. Ce qui vous intéresse, c'est de voir un singe savant.

— Mais non !

— Nous vous respectons...

— Votre respect ne m'intéresse pas. Vos mots non plus ! Je ne vous ai rien demandé ! Vous partez ou... vous acceptez le marché.

— Le marché !?... (Tous les deux presque en chœur.)

— Vous voulez apprendre ? Très bien. Mais il y a juste une condition. Toi, dit-il en pointant Nicolas d'un index menaçant, toi, tu fais à manger. Tous les jours. Et tu pourras me poser une question. Réfléchis bien. Une seule question. Si c'est la bonne, je te donnerais la réponse.

— Une seule question ? mais pourquoi... ?

— Attention ! le coupa-t-il sans sourire, ça fait déjà deux questions !

— Et toi... (dévisageant Victor avec un rire d'hyène)... toi, tu auras droit à un geste. Tu entends ? Un seul geste. À toi de trouver lequel ! Mais je ne veux pas entendre ta voix. Quand tu seras prêt, viens me voir et, si c'est le bon geste, tu sauras ce que tu veux savoir.

Victor était abasourdi. Que signifiaient ces règles ? Qu'était-il censé faire ? Et pourquoi n'avait-il pas le droit de parler ? Il n'était pas un moine bénédictin ou cistercien ! Allait-il accepter ? Et si oui, dans quel but ? Pourquoi ces différences entre Nicolas et lui ? Qu'en pensait son collègue ? Quel était le sort le plus enviable ?... Autant de questions qu'il lui était désormais interdit de poser en présence du Maître qui, à bien y réfléchir, les prenait vraiment pour ses larbins.

Le cerveau de Nicolas bouillonnait à cent à l'heure : « Une question !? Laquelle choisir ?... Croit-il en Dieu ? Dieu existe-t-il ? A-t-il peur de la mort ? Qu'y a-t-il après ? Et l'amour ? Pourquoi vit-il seul ? Suffit-il de renoncer à ses pulsions pour être un sage ? Quel sens donne-t-il à sa vie ?

Qu'est-ce que le bonheur ? Peut-on être heureux dans son coin tant qu'il existe encore quelqu'un, quelque part, qui fait souffrir un autre être humain ? A-t-il envie ou non de sauver le monde de sa folie ? La violence des hommes le laisse-t-il indifférent ? A-t-il un cœur de pierre ? Lui arrive-t-il de pleurer ? D'être insatisfait de son existence ? Ou a-t-il, comme d'autres, atteint la perfection, le salut, le nirvâna ? À quoi lui sert-il d'être dans cet état-là, si ça ne change pas le monde ? À quoi bon toute cette sagesse, si cela n'empêche pas les meurtriers de tuer des jeunes filles innocentes ? Est-ce juste une drogue comme une autre ? Un état d'autohypnose ? A-t-il trouvé la réponse à toutes les questions ?... »

Imperméable à leurs cogitations, Nijako demanda à Victor, un peu trop poliment, une pincée de tabac. Le Gitan bourra son long calumet puis, ajouta à distance, léger :

— Ah oui, un détail : quand le premier de vous deux viendra vers moi avec la bonne question ou le bon geste, alors le marché, pff !, terminé, vous partez tous les deux. Ça fait déjà trop longtemps que vous êtes là. Quand la lune aura disparu dans le ciel, ce sera fini.

Les jours suivants, Nicolas et Victor se virent peu. Étaient-ils encore amis ? Le mot amitié avait-il encore un sens ? Leur quête commune les séparait-elle à présent ? Ou plus simplement avançaient-ils, l'un et l'autre, chacun occupé à suivre sa voie, sans se sentir réellement mis en concurrence par la règle édictée par le Gitan ?

Nicolas fut fort affairé, chaque jour, à pourvoir le campement en nourriture tout en s'adonnant à la recherche de la question définitive. Il ne s'ouvrit à personne du cours de ses méditations, mais ses longues promenades en solitaire laissaient à penser qu'il y travaillait sans relâche. Pourtant, un observateur avisé aurait remarqué qu'il lui arrivait de plus en plus souvent de s'arrêter pour humer une fleur, goûter une baie sauvage et se reposer, allongé sur le sol, pour contempler la voûte céleste. On l'entendit bientôt chantonner et parfois même rire, seul. Son appétit était d'ordinaire bon et Nijako se montrait satisfait des repas préparés à heure fixe. Tous deux buvaient raisonnablement, parlant du temps et des plats qu'ils dégustaient. Au cours de l'une de ses déambulations, Nicolas entra un jour dans la maison fortifiée aux quatre tours. Elle semblait totalement à l'abandon. Il devait y avoir bien longtemps que personne ne devait en avoir franchi la porte, car elle s'écroula à peine la poussa-t-il légèrement. Ceci provoqua l'envol effrayé de quelques pigeons par un trou dans la toiture. À l'intérieur, des chaises noires en plastique, fort usées et souillées de fiente, faisaient face à une imposante cheminée encombrée de solives rongées par le temps. Il pensa tout de suite à un théâtre. Un étrange théâtre fantôme qui devint, les jours suivants, son quartier général. Il prit l'habitude de venir s'asseoir face à l'âtre, inventant des acteurs imaginaires venus interpréter des passages importants de sa vie. Il lui arriva aussi de s'installer dans le foyer pour jouer son propre rôle. Il partait alors dans de longs monologues qui pouvaient durer des heures, devant un drôle de public : les oiseaux qui s'étaient accoutumés peu à peu à sa présence. Un après-midi, pourtant, Nijako le rejoignit, son violon sous le bras. Ce jour-là, ils chantèrent jusqu'à la tombée de la nuit.

Victor, quant à lui, avait considérablement maigri. Sa peau s'était tannée au soleil et laissait apparaître des muscles fins et secs. Il paraissait plus vieux. Sa mine sombre et son mutisme, la barbe poivre et sel qui lui mangeait à présent le visage, et le feu qui brûlait dans ses yeux le faisaient davantage ressembler à un fou qu'au Maître qu'il aspirait probablement à devenir. Il n'était vêtu que d'un pantalon de toile, blanc à l'origine, ocre maintenant qu'il était gorgé de terre et de poussière. Il se montrait parfois, de manière fugace, attiré par quelque odeur de grillade, mastiquant alors lentement sa part, avant de se retirer prestement, en silence bien entendu. Comment dormait-il ? Faisait-il des ablutions quelconques ? Nul ne le savait.

Les heures passaient, cessant progressivement d'avoir de l'importance. Son existence devenait de plus en plus charnelle, animale presque. Sans plus se soucier des autres, c'est lui-même qu'il s'employait à aider. Il avait établi ses quartiers dans l'immense terrain en friche derrière le bivouac et partageait ses journées entre la contemplation, assis sous son arbre, et la répétition inlassable de katas. Il se remémorait être né troisième, après un garçon qui avait amené toute satisfaction à son père, et une sœur qui avait apporté tous les problèmes à sa mère. La transmission des générations, des lignées, des bénédictions et des malédictions familiales était donc assurée lorsqu'il était apparu. À quoi pouvait-il dès lors servir ? Il lui fallait exécuter chacun des gestes, bien coordonnés, et penser aux bras d'abord, aux pieds, ensuite. Alsacien et Suisse allemand par son père, Espagnol et Argentin par sa mère, qu'était-il donc ? Bâtard par ses origines, de trop par sa position dans la fratrie, le seul rôle qui pouvait lui échoir était de s'intéresser aux vivants, à défaut de se sentir l'un des leurs. Peu désiré, se sentant peu désirable, se mettre au service des autres était devenu la seule posture envisageable. S'il se montrait utile, peut-être lui concèderaient-ils quelque attention. Distribuant à des ennemis invisibles tantôt des atémis, tantôt des clés, c'était néanmoins avec un sabre de bois, reproduisant le *boken* japonais, qu'il s'entraînait le plus souvent. Il l'avait patiemment taillé dans une branche d'olivier particulièrement résistante, à l'aide de la navaja de Tony. Les mêmes gestes, inlassablement répétés, à des vitesses différentes. Relâchant les muscles à l'extrême, et les contractant aussi violemment et brièvement que possible. Un *kiai* explosif et le sifflement du bois étaient les seuls sons émanant de son activité. Domestiquer le souffle, abaisser le diaphragme, pousser le *hara* et laisser passer les pensées sans s'attacher à aucune, étaient son seul fil.

La même scène hantait régulièrement son esprit : il est au centre du tatami, présentant un kata, et le maître, à peine le difficile mouvement entamé, se tourne vers les élèves avancés assis en zazen à son côté, puis dit : « Pas bon, une seconde de trop ! » Il sait, il sent son erreur. Il recommence, encore et encore le même enchaînement qui lui échappe, à la manière des pigeons qu'il essayait d'attraper, étant jeune. Toujours une seconde de trop... Habiter chaque parcelle d'un corps qui n'avait d'autre évidence que celle d'exister. Laisser l'énergie circuler, passer par les hanches, le bassin, comme une ondulation de plus en plus courte, jusqu'à devenir vibration. Penser à ne pas penser.

Pour tous deux, c'était la fin du monde, la fin d'un monde. La fin du temps. La succession des jours et des nuits semblait ne jamais devoir s'arrêter, identique à elle-même, sans surprise et même sans monotonie. Le croissant de lune s'amincissait de nuit en nuit, s'approchant inexorablement de sa finitude.

Puis Nijako apparut un matin, fort tôt, sur le seuil de sa ruine, canne à la main et vêtu avec élégance, arborant un magnifique chapeau haut de forme qui eut été ridicule sur tout autre que lui. Il prit le sentier d'un pas décidé, puis arriva dans un champ à l'abandon, non loin d'une décharge. Il s'approcha d'un arbre sec et rabougri dont il ne restait plus que le tronc et quelques branches mortes. Il s'appuya contre et marcha dix pas en direction du nord, et cinq autres vers l'est. Il n'y avait là que de la terre et des cailloux, mais, pour Nijako, il y avait beaucoup plus. Un enfant. Il fit une courte prière et resta un long moment silencieux, puis il examina encore une fois les insignes gravés le long du manche de sa canne à pommeau de cristal. Il se souvint…

« Le soleil, la lune, l'étoile, la croix et la nijako, notre hache sacrée, voici les cinq emblèmes de notre savoir secret » dit le noble vieillard aux lunettes noires se tenant dans la microscopique échoppe remplie d'herbes odorantes. Assis face à lui : Gallino et Sagrario. « Je me fais vieux et mon temps touche à sa fin, continuait le patriarche. Je suis aveugle depuis trop longtemps déjà, mais j'ai pu vous observer pendant toutes ces années. Je vous ai convoqués aujourd'hui pour décider à qui je dois transmettre cet insigne, avant de reprendre ma route. Vous en savez beaucoup, mais il vous reste à traverser une dernière épreuve ». Après quoi il planta sa canne dans le sol entre les deux prétendants. À l'extérieur de l'échoppe, le village semblait indifférent à cet instant où, pourtant, plusieurs vies allaient basculer. Le fils de Gallino et celui de Sagrario auraient pu passer pour des jumeaux. Mêmes immenses yeux noirs aux longs cils, mêmes cheveux un peu longs sur la nuque. Ils jouaient devant la porte, jetant des cailloux sur les nombreuses poules en liberté qui couraient en tout sens pour éviter les voitures et les deux roues. Les camions soulevaient des nuages de poussière et passaient en faisant trembler les maisons d'adobe. Le boulanger, qui faisait sa tournée dans les villages alentour avec une fourgonnette autrefois blanche, se gara à quelques mètres, après avoir signalé son arrivée aux ménagères par quelques coups de klaxon. Devant l'échoppe, la queue des consultants s'allongeait de minute en minute ; l'un était là pour ses pieds, l'autre pour ses oreilles, un troisième pour sa femme qui n'avait plus ses règles, un quatrième, encore, pour son fils qui refusait de suivre la tradition gitane ; un dernier, habillé bizarrement, tenait une lourde caméra à l'épaule ; ce n'était pas un consultant, mais un journaliste qui venait réaliser une enquête pour la télévision nationale. Tous attendaient leur tour. « Celui de vous deux qui s'emparera de ce bâton sacré, sans le toucher, sera mon successeur. » Après avoir lancé cette phrase, le vieil aveugle s'absorba dans la préparation de mélanges médicinaux à base d'herbes. Des adolescents les cueillaient pour lui à présent, mais les ranger soigneusement dans de vieux sacs plastique disparates devenait une tâche de plus en plus pénible pour lui. Ses problèmes de vue ne l'empêchaient pas, cependant, de se diriger et de conduire ses affaires ordinaires ; simplement, il avait pris l'habitude de marcher les mains en avant, pour se protéger d'obstacles qu'il ne heurtait d'ailleurs jamais, comme s'il les sentait à distance. Gallino et Sagrario restèrent assis un moment, à s'observer. Elle se leva la première. Tournant autour de l'objet, elle traça sur le sol un cercle qu'elle remplit de signes hermétiques. Puis, à plusieurs reprises, elle passa sa main quelques centimètres au-dessus du pommeau, comme pour capter des ondes potentielles émanant de cette singulière antenne. Gallino la regardait à peine. Dehors, son fils continuait à lancer des cailloux qui atteignaient rarement leur cible. Plus adroit, le fils de la Cubaine ne manquait pas de railler son camarade. Les véhicules roulaient à tombeau ouvert, comme si cet ancien chemin muletier était un circuit de course. Le boulanger vendait son pain. Les consultants parlaient fort, malgré l'heure et le soleil plus propices à la sieste traditionnelle. Sagrario fulminait, s'approchait du bâton puis se retirait dans le même mouvement, jetant des regards de plus en plus furieux à un Gallino de plus en plus immobile. On ne pouvait pas dire qu'il souriait, ni même qu'il attendait qu'elle ait fini. « C'est impossible ! » lâcha-t-elle une première fois. Ces mots revinrent maintes fois sur ses lèvres, crescendo. Elle finit par se rasseoir, en sueur, abattue, avec un dernier « c'est impossible » murmuré avant tout pour elle-même. Elle ne voulait pas admettre qu'un simple bâton résistât à ses pouvoirs. Gallino se leva, à son tour. Elle redressa la tête et le vit s'avancer résolument vers la canne. D'un bond, elle quitta sa chaise puis l'arrêta en lui tapant d'un coup sec sur l'épaule : « Attends, j'ai pas fini ! » Gallino la considéra sans émotion particulière, puis reprit sa place tout aussi tranquillement. « J'ai trouvé ! » Elle s'adressait à présent au patriarche qui s'était retourné, la sentant venir. « J'ai compris. C'est impossible de prendre ce bâton sans le toucher. Par là, je sais que mon pouvoir a des limites. C'est cela, la dernière leçon n'est-ce pas ? » Elle jubilait, maintenant, observant alternativement Gallino et l'ancien, avec des yeux enjoués. Elle attendait une réponse. Gallino ne bronchait pas. L'aveugle dit alors simplement : « Intéressant. Hé, hé, je crois, moi aussi, que tes pouvoirs ont des limites, mais je n'avais pas besoin de mon bâton pour l'apprendre ! Voyons la suite… » Gallino se leva une seconde fois, puis se dirigea vers la canne au pommeau de cristal. Les deux gamins avaient jeté leur dévolu sur une pauvre poule noire déambulant de l'autre côté de la rue. Le boulanger rangeait sa monnaie, prêt à continuer sa tournée. Dans la queue, quelques-uns, trouvant le temps décidément trop long, s'en retournaient chez eux, décidés à revenir le lendemain. Quand Gallino arriva près de l'objet, il s'arrêta un instant à l'extérieur du cercle tracé par la Cubaine, puis il franchit l'obstacle symbolique et s'approcha du vieil homme. Elle s'était levée spontanément. Son fils visa la poule et la rata. La fourgonnette démarra. Gallino dit alors : « Donne-moi la canne, s'il te plaît. » Le patriarche saisit alors le précieux objet et lui tendit avec ses mots : « Tu porteras désormais le nom de Nijako. » Elle n'avait pas attendu pour quitter la pièce. Dehors, elle récupéra son fils. « Allez viens, Tony, et que je ne te revoie jamais traîner avec ces étrangers porteurs de malheur. » Elle cracha juste devant le fils de Gallino. Ce geste n'ayant guère de sens pour le gamin, il ne s'en émut point ; simplement, puisque c'était son tour, il prit une pierre pointue et ferma l'œil gauche pour viser la poule noire. Le caméraman se mit à filmer la queue des visiteurs. Voyant que la route était libre, le conducteur de l'antique fourgonnette accéléra. L'ancien sortit sur le pas de la porte, Nijako sur ses talons, et renvoya tout le monde, expliquant sommairement que les consultations étaient terminées pour aujourd'hui et qu'il faudrait dorénavant s'adresser au dénommé Nijako, ici présent, et précédemment connu comme Gallino. Son fils, insensible à une telle promotion, se tourna vers lui : « Papa, regarde comme je tire bien. » Le boulanger fut aveuglé pendant quelques secondes par le reflet du soleil sur le pommeau cristallin de la canne. La poule, touchée à la tête, s'effondra au milieu de la rue. Il la vit au dernier instant et donna un brusque mouvement de volant pour l'éviter. Nijako laissa tomber la canne et poussa un cri : « Yoska ! ». L'enfant fut tué sur le coup ; la voiture fila encore quelques mètres avant de s'écraser contre le mur d'une maison, éjectant le cadavre du conducteur. La cloche de l'église sonna cinq fois.

Pour la seconde fois, Victor vit son maître d'arts martiaux. Debout au bord du tatami, une rose à la main, le vieux Japonais souriait pour la première fois. La lame jaillit, siffla. La fleur ne bougea pas. Le sourire non plus. Alors le maître souffla doucement et seule la tige resta dans sa paume. Il hocha ensuite la tête et disparut. Victor n'avait que son boken entre les mains. Il le fit tourner vivement sur son axe, frappa du poing sur la garde, puis le retourna et fit coulisser le sabre de bois dans la main gauche. Enfin, il réalisa qu'il avait rengainé.

Quand Nijako revint au coucher du soleil, un nouveau coq dans une main, sa canne dans l'autre, le ciel était lourd et l'orage grondait au loin. Des bruits sourds s'élevèrent ensuite de derrière le cabanon. Puis le silence s'établit. Un silence total et épais sous la lune moribonde.

Nicolas dormait à poings fermés, d'un sommeil comme il n'en avait pas connu depuis de longues années.

Victor avait cessé toute activité. Il se tenait sous son arbre, au-delà de la méditation, au-delà de toute contrainte, peut-être même au-delà des limites de son corps.

Nijako était plus que silencieux. La nature s'était tue, elle aussi, les animaux se terrant pour quelque raison qui échappe ordinairement aux hommes. C'était une nuit sans lune, différente des autres. Quel fut exactement le déclencheur de ce qui se passa alors ? Nul ne le saura jamais, vraisemblablement.

Par une étrange coïncidence, Nicolas se réveilla brusquement et s'assit sur son séant, alors même que Victor, le sabre en bois à la main et ancrant chacun de ses pas dans le sol, franchissait la porte sans porte. Au même instant, Nijako sortait sur le seuil de sa ruine tenant à la main sa canne au pommeau de cristal. Nicolas sentit qu'il avait perdu. Nijako perçut que Victor était prêt. À son arrivée, le Gitan hocha la tête sans commentaire. C'était leur troisième confrontation. Ils restèrent ainsi, arme contre arme, yeux dans les yeux. Le maître guettait le geste décisif et le disciple attendait qu'un signal déclenche ce geste dont il ignorait totalement la teneur à l'instant présent. L'attente s'éternisait. Puis Nijako émit un son imperceptible qui fit chanter le nouveau coq. Victor ne bougea aucun muscle, pas même un cil ; il ne fit pas le moindre geste, statufié. Nijako sourit. Victor ne sourit pas ; il savait qu'il venait de réussir l'épreuve. Le Gitan planta alors sa canne au sol, entre eux deux. Le Français baissa immédiatement son sabre de bois. Ils se dévisagèrent encore pendant de longues minutes, sans que ni l'un ni l'autre ne cligne des yeux, puis Nijako invita Victor à le suivre dans une pièce à côté. Transmit-il alors son savoir au Français ? Ou restèrent-ils simplement en silence à fumer toute la nuit ? Bien malin qui pourrait répondre…

Nous voici dans le train qui nous ramène à Lyon. Notre quête est terminée. La mienne, en tout cas.

En ce qui concerne Victor, je me demande quel bilan il tire de cette aventure. Il s'est peu épanché sur son séjour à Puertollano et, le connaissant, je sais qu'il est inutile de lui tirer les vers du nez. Il se comporte maintenant de façon suffisamment différente pour que je sois certain qu'une transformation profonde s'est opérée en lui. Il a réussi le premier – je donnerai cher pour savoir comment – et, moi, je n'ai pas eu de réponse à ma question. Il m'a pourtant fallu du temps pour qu'elle émerge, étrange, alors qu'elle était là depuis toujours. Avoir trouvé la Question n'était-ce pas déjà en soi la Réponse ? Cet homme m'aura apporté ça… Mais qui est-il, en définitive ? Un guérisseur ? Un sorcier ? Un chaman ? Un exorciste ? Un gourou ? Un Gitan excentrique ? Un charlatan ? Un fou en liberté ? Un malin disant aux autres ce qu'ils ont envie d'entendre ?… Qu'importe, au fond. L'essentiel n'est-il pas de nous avoir permis ce cheminement personnel ?

Mais des doutes subsistent. Entre autres le risque demeure que, à l'instar du Pourfendeur de Moulins, nous n'ayons vu que ce que nous avions bien envie de voir. Ainsi, comment ne pas relever que Nijako ne faisait pas les mêmes interventions avec les étrangers qu'avec ceux de son peuple ? Avec ses semblables, il se bornait à quelques gestes rituels, accompagnés parfois d'un ou deux mots, alors qu'avec les gadjé comme nous, les consultations devenaient des dis-

251

cussions à n'en plus finir. Et puis, comment oublier que les Tziganes ne montrent jamais la vérité aux étrangers ? (Tous les observateurs sont d'accord sur ce point.) Alors, de là à transmettre quoi que ce soit, sans même parler de savoirs secrets ! Et d'ailleurs, qu'a-t-il transmis ? Ne disait-il pas lui-même qu'il se contentait de renvoyer la balle qu'on lui lançait ? Étions-nous aussi naïfs au point de croire, après de nombreuses années d'études et de pratique, qu'une dizaine de jours suffiraient pour apprendre l'essentiel ? Nous voulions de la guérison, de l'initiatique et un zeste de mystère par-dessus le marché ?... Et bien nous avons été servis ! Et après ? Qu'est-ce que cela prouve sur notre bonhomme ? Pas grand-chose, je dois l'avouer. Pour être honnête, après toutes ces péripéties et ces kilomètres, je me suis surtout découvert sous un nouveau jour. Un psychanalyste dirait que je n'avais pas besoin d'aller si loin pour cela… Peut-être. Chacun ses moulins, après tout !

Je comprends mieux à présent la différence qui n'a cessé de se faire jour entre Victor et moi, à mesure que nous avancions dans notre recherche. Lui cherchait un guérisseur ; il l'a trouvé. Moi j'étais en quête d'un sage ; je ne l'ai pas trouvé. Sans doute ne le trouverais-je jamais. Et pour cause. Tel que j'ai vu fonctionner Nijako, il guérissait les personnes qui venaient le voir. Or je viens de réaliser que c'est bien cela qui m'a gêné depuis le début, sans que j'arrive à mettre des mots dessus. Nijako et Victor guérissent. Moi, j'aspire plutôt à apprendre aux gens à se guérir pour ne plus avoir besoin de consulter un psy à l'avenir, et à accepter aussi que certaines guérisons sont parfois impossibles, voire pires que le mal. Dans un cas, il s'agit de médecine et de thérapie, dans l'autre, de philosophie et d'éducation. D'un côté, on vise le bonheur. De l'autre, la liberté. Ce n'est pas le même objectif. Ils peuvent même être contradictoires. Je me rends compte, à présent, que j'ai un peu perdu mon âme à courir ainsi après l'efficacité. On doit soigner de plus en plus de choses et de plus en plus vite, avec de moins en moins d'efforts et d'effets secondaires, et que ça coûte de moins en moins de temps et d'argent... Un rêve de gosse, quoi ! Comme si l'être humain était devenu une machine, à l'identique des ordinateurs qui, tous les six mois, doublent leurs performances. Mais aujourd'hui, comme il y a cent ou mille ans, faire le deuil d'un proche décédé prend toujours autant de temps ; si ce n'est plus...

L'immense black qui vient d'entrer dans le compartiment d'une démarche chaloupée, tient une guitare qui, dans sa main, pourrait passer pour une mandoline. Ajustant son bonnet rasta, il me demande si j'aime la musique. Il rigole et entonne un vieux tube de Bob Marley qui me replonge dans mes années collège...

Ma méditation reprend. Je sais ce que je dois faire, dès que je serai de retour chez moi. Je prendrai ma plus belle plume et j'écrirai :

« *Maman,*

Voilà plus de vingt ans que tu es partie et c'est la première fois que j'ai le courage de t'écrire. Ces mots, qui ne sortent pas de ma tête, mais de mon cœur et de mes tripes. Ces mots tracés avec mon sang qui est aussi le tien. Ces mots de ton petit garçon qui t'en veut d'être morte trop tôt, de ne pas l'avoir aimé comme il l'aurait voulu, de l'avoir abandonné, d'avoir préféré son frère qui n'était pas handicapé, lui. Tu t'es pourtant sacrifiée pour tes enfants, moi y compris, laissant ta terre et ta famille, pour vivre dans un pays dont tu ne comprenais pas la langue, travaillant tous les jours à l'usine et travaillant de nouveau en rentrant à la maison. Je t'en veux et je te respecte. Je suis content que tu sois morte et j'aimerais te serrer à nouveau dans mes bras. Je vais t'enterrer une seconde fois. J'espère que ce sera la bonne. Adieu. Et merci. »

Dans l'évier de ma cuisine, fébrilement et pourtant empreint d'une grande sérénité, je brûlerai la lettre ainsi que la photo. Je mélangerai ensuite lentement les cendres avec un peu de terre ramenée de La Mancha. Je mettrai le tout dans un sac à dos qui m'est cher. Tout au fond de mon armoire, j'irai chercher le joli pull bleu marine qu'elle m'avait tricoté pour mes quinze ans. Je le caresserai une dernière fois avant de le plier pour le mettre également dans le sac. Par acquit de conscience, je ferai le tour de mes placards ; je ne trouverai rien, sans surprise, car, avec la photo, c'est bien le seul objet qui me reste d'elle. Puis, au petit matin, je me rendrai au parc de la Tête d'Or, j'irai jusqu'au lac, en remplissant au passage mon sac de cailloux rencontrés sur le chemin. Arrivé sur place, je louerai une barque. Les peupliers et les ginkgos seront beaux et tristes, parés de leurs couleurs d'automne, et ils formeront un cortège honorable pour ce singulier cérémonial. Les rames feront un clapotis sinistre qui ne dérangera qu'un cygne et un groupe de canards. L'eau frissonnera, comme moi. Les cris des oiseaux résonneront lugubrement sur l'eau et je douterai. J'aurai envie d'ouvrir le sac pour sentir à nouveau la douceur et l'odeur de la laine bleue. J'attendrai un moment et le doute s'évanouira avec la fine brume matinale. Je soulèverai alors mon paquetage qui me paraîtra plus lourd qu'avant. Je le laisserai glisser doucement et il coulera au fond de l'eau. Quelques bulles d'air remonteront à la surface, comme un dernier souffle, un ultime message. Et puis ce sera fini. Au retour, le loueur de barques me demandera si je n'ai pas oublié mon sac. « Mon sac ? Quel sac ? » Il paraîtra étonné de ma réponse. Moi aussi.

Le train ralentit et le géant noir sort son attirail de fumeur de joints. Il entreprend de se rouler un pétard d'une taille proportionnelle à la sienne. Nous sommes en gare lorsqu'il transforme son cône en torche. Il prend encore le temps de me proposer une taffe et sort après une révérence comique. Un couple accompagné de jumelles entre. Le père pose les valises dans le filet au-dessus de nos têtes et ils prennent place. Les enfants jouent. La mère fronce les sourcils et hume ostensiblement, puis chuchote à l'oreille de son époux. Poussant les gamines devant eux, ils se lèvent tous deux promptement. Sa famille à l'abri, l'homme me dévisage durement avant de hausser les épaules et de s'éloigner. L'une des deux sœurs, échappant à la vigilance parentale, revient sur ses pas et récupère sa poupée, oubliée sur la banquette. D'autres fillettes s'imposent brutalement à mon esprit…

Avant de partir, et après avoir fait mes adieux à Elsa, nous avons dû, comme prévu, retourner voir le commissaire. Il nous a donné l'autorisation de quitter le territoire espagnol, nous assurant que nous n'étions plus impliqués dans cette enquête. Sans être plus explicite. Ce n'est donc plus notre histoire, mais, quand même, je suis très frustré. Je n'aime pas laisser des cases vides. Quand j'étais jeune, j'adorais les puzzles, de plusieurs milliers de pièces, si possible. Et si une dernière venait à disparaître, la clef de voûte qui parachevait le tableau, je pouvais passer la nuit, des jours, voire des semaines, oubliant même parfois de manger ou de dormir, jusqu'à mettre la main dessus. Pour sûr, si j'avais continué de la sorte, j'aurais pu finir avec les mêmes symptômes que notre Robert H. !… Dans cet imbroglio policier, il doit me manquer quelques pièces maîtresses, mais lesquelles ? J'en étais resté à l'arrestation du fougueux père de la seconde victime. Est-ce lui, le meurtrier ? Qu'en pense Victor ?… Il est ailleurs. Dans ses pensées. Ou alors déjà dans sa famille. De toute évidence, il ne se sent plus concerné par cette aventure. « Je vais au wagon-restaurant. Tu veux que je te ramène quelque chose ?… » Pas de réponse. Bon, je vais boire mon café en solo…

Je reviens avec de la lecture. Les journaux espagnols étant aussi épais qu'un livre, cela m'occupera jusqu'à la frontière, d'autant plus que mon compagnon de route s'est assoupi.

L'Affaire est, bien sûr, au centre de l'actualité. Nous sommes baptisés « les trois premiers témoins sérieux » et décrits comme un Gitan respecté dans la région et deux Français, sans plus de précisions. Nos noms ne sont pas cités, fort heureusement. Viennent ensuite les suspects. L'implication du père de la première victime, sommité locale, est propice à toutes les rumeurs. Libéré après paiement d'une caution historique, il est accusé d'avoir rédigé et envoyé la lettre non signée qui mettait en cause Nijako. Se présentant aux prochaines élections municipales, son intention était de surfer sur le climat d'insécurité que connaît le pays, pour gagner quelques voix (l'étranger est toujours un bon coupable qui rassure le peuple). Politiquement, il est déjà mort. Concernant cet aspect de l'affaire, le quotidien renvoie en page quatre à l'interview de personnalités de tous bords. Tony, lui, est dépeint comme un petit délinquant sans envergure, fasciné par la pègre d'Outre-atlantique. Il serait l'auteur de l'appel anonyme et aurait également enterré la tête de poulet avec la hachette de Nijako. Quant au dérapage d'Abad, qui faillit nous coûter la vie, il n'est même pas évoqué !...

— Hé, tu te rends compte, Victor !...

J'ai oublié que, depuis notre départ, il s'est enfoncé dans un mutisme obtus et dans une étrange contemplation béate. Je me retrouve donc seul avec moi-même, entre quatre murs. J'en ai l'habitude. Donc... Le tueur a été arrêté peu après le meurtre d'une quatrième gamine. C'est un facteur sans histoire, marié, trois enfants, baptisé et fréquentant l'église tous les dimanches, sans antécédent judiciaire ni psychiatrique. Quelqu'un de discret et dévoué, selon tous les témoignages. Trop dévoué ?... Malheureusement, on ne saura jamais pourquoi il a décapité ces quatre pauvres innocentes, ni pourquoi il signait ses méfaits avec une tête de poulet, car il est mort. Suicidé dans sa cellule... « selon la version officielle » ajoute insidieusement le journal. Cette mort a vite été occultée par un rebondissement imprévu : les tombes des quatre jeunes filles ont été ouvertes par des inconnus, et les quatre têtes ont tout bonnement disparu ! De quoi relancer une affaire dans l'Affaire… Ça alors ! Dommage que mon collègue ait décroché… Je file directement aux pages « débat ». Pour l'expert psychiatre, le meurtrier était un malade mental. Justement parce qu'il était apparemment tout ce qu'il y a de plus normal. Il faut toujours se méfier des gens trop normaux, écrit-il en conclusion. Je suis en partie de son avis, mais je m'intéresse également à un sociologue qui, sur la page voisine, prend le contre-pied de cette thèse, ne voyant, dans les crimes de ce pauvre bougre, que le symptôme de la folie de notre société actuelle. Le débat n'est pas nouveau, le mouvement de l'antipsychiatrie en a fait ses choux gras dans les années soixante-dix. Peut-on vraiment dissocier l'individu de la société dans laquelle il vit ? Peut-on être fou tout seul ? Des études menées en Inde tendraient à prouver que certains saints et gourous, respectés et vénérés dans leur pays, finiraient sûrement chez nous à l'asile ! Une troisième analyse enfin, qui ne serait pas pour déplaire au théologien cathodique et à Alfonso, le sophrologue, étaye la thèse du complot distillée par certains journalistes, peut-être non dénués d'arrière-pensées mercantiles. Le tueur ne s'est pas suicidé, on aura voulu le faire taire, car il en savait trop. L'auteur de l'article, historien, développe une thèse complexe. Pour lui, tout s'emboîte : les grèves, la mondialisation et les problèmes économiques, les assassinats. Il rappelle que pendant la reconquête espagnole, dans la région où ont eu lieu les quatre meurtres, les Templiers, défaits avant d'avoir combattu, se retirèrent au profit de l'Ordre de Calatrava qui réussit, lui, à repousser l'envahisseur. Il rapproche les gamines décapitées des reliques de cet Ordre militaire et religieux qui n'étaient autres que quatre têtes de jeunes filles vierges ! Les sociétés secrètes ont germé de tout temps durant les périodes de crise, et chacun sait que le monde est en crise…

Je referme le journal et fixe la vitre du compartiment, les yeux dans le vague. Si ce train devait rouler jusqu'à Vladivostok, ces analyses pourraient alimenter ma réflexion sans discontinuer. Mais à quoi bon ?...

Victor remue les bras, s'étire, regarde autour de lui, se lève, sort se dégourdir les jambes pour revenir peu après, me fixe un instant, se rassied sans mot dire, et ferme les yeux. J'attends quelques minutes, mais rien ne se passe. Je repense alors à Tony, le fils du chef gitan, dont mon mutique compagnon m'avait déjà un peu parlé. Sans doute le personnage le plus sympathique de ce mauvais polar. Il me rappelle de jeunes adolescents tziganes dont je me suis occupé. À jouer les durs, comme lui, alors qu'ils étaient écorchés vifs. Et puis la même admiration pour des stars de cinéma jouant des rôles de salaud ou de sauveur du monde, les deux parfois, mais toujours des mecs, des vrais, « qui en ont ». Pas de sentiments, surtout avec les filles qui sont, évidemment, toutes folles amoureuses d'eux. Comme j'aurais aimé être une mouche assistant à l'interrogatoire de Tony. Je me cale confortablement et, yeux mi-clos, me plaît à imaginer…

Quand il entra dans le bureau à la suite de son supérieur, Garcia, simple flic, baissa les lamelles du store vénitien. Cela créait une ambiance et l'on aurait pu se croire dans un film américain. Tony apprécia. Tout de suite après, cette ambiance se délabra pourtant rapidement. Miranda passa sur les divers délits dont il aurait à répondre devant la justice, pensant en venir à l'objet essentiel de l'entrevue : les meurtres des gamines. Hélas, hélas, il fallut au préalable que les rôles de chacun soient précisés. Lorsque le Gitan commença à exposer ce qu'il pensait des putains de flics en général et ce qu'il leur faisait (il était beaucoup question de pratiques sexuelles contre nature), le commissaire dit qu'il comprenait parfaitement et que, pour ne point l'importuner par sa présence, il lui revenait un coup de fil urgent à passer. Ainsi donc, il le laissait discuter gentiment avec l'inspecteur Garcia. À peine était-il sorti, la chaise du jeune homme, malencontreusement, se déroba. Point découragé, tout en se relevant, il dit que ok et développa sa pensée ; notamment l'avenir très particulier qu'il envisageait pour la grosse pédale en uniforme qui se tenait devant lui en cet instant très précis. Garcia n'était pas ok avec cette façon de parler et d'ailleurs, à ce moment précis, il glissa et ne parvint à éviter la chute qu'en prenant appui sur Tony. Sur sa joue, exactement. Comme ses doigts étaient fermés, la main ressemblait à s'y méprendre à un gros poing et l'impact sur le nez fut assez vigoureux pour faire jaillir un geyser miniature de sang bien rouge. Tony en fut contrarié, objectant que, merde putain le con, il allait saloper sa chemise en soie, que le gros ne pourrait jamais s'en payer de pareille. Le gros s'approcha d'un pas et Miranda passa la tête par la porte, suggérant alors à Garcia de laisser tomber et demandant poliment à Tony si sa présence ne le dérangeait point. Le jeune homme manifesta son plus vif plaisir de revoir le commissaire et ils finirent par se mettre tous d'accord sur le fait que, merde, les flics allaient les poser leurs putains de questions et que, ok, le petit voyou ferait ce qu'il pourrait pour y répondre. Miranda lui exprima sans détour qu'il n'était qu'un petit con d'amateur, puisqu'on reconnaissait distinctement sa voix sur l'appel anonyme qui dénonçait Nijako. Tony s'énerva, moins de se sentir démasqué ou de l'expression « petit con », que d'être traité d'amateur, alors qu'il pensait tirer en catégorie professionnelle, contrairement à ces putains d'enculés de… Garcia le mit au défi de répéter ses derniers mots et Tony avoua ne pas s'en sentir capable. L'autre en profita pour lui demander pourquoi il aimait tant les films violents et si, à l'instant présent, il appréciait toujours autant la violence. Tony fit une répartie assez brillante sur la liberté et la démocratie. Il était difficile à comprendre, parce qu'une de ses molaires avait pas mal souffert précédemment et que son nez avait doublé de volume. Cela ne l'empêcha pas de conclure, très finement, malgré sa voix à la Donald Duck (un des héros de son enfance), que si ces cassettes étaient à la vente, c'était bien la preuve que tout le monde pouvait les regarder, ok ? Miranda, éreinté, dut supplier Garcia de laisser tomber une nouvelle fois, pour poursuivre la conversation. Il en vint à la hachette enterrée avec la tête de poulet, œuvre soi-disant de Nijako. Là encore, sa prestation fut assez mal notée par les policiers, surtout le maigre, qui jugeait qu'il fallait avoir très peu de neurones (Tony ne savait pas de quoi il s'agissait, mais il pressentait du désagréable) pour oublier de se préoccuper des empreintes. Le commissaire lui fit part de sa conclusion : Tony était juste une merde de petit délinquant, mais il n'y avait rien de personnel là-dedans et il ne fallait voir dans ses propos aucun préjugé racial ou culturel. Il avait dit ça d'un air fatigué et avec beaucoup de tristesse dans la voix. Le jeune homme dit qu'il était ok, en pensant au contraire que les deux lascars poussaient le bouchon un peu trop loin et qu'ils allaient bientôt apprendre comment lui, Tony, il s'appelait. Ce n'était pas très logique, car ils connaissaient déjà son nom. Miranda lui prouva cependant sa sincérité en lui mettant la main sur l'épaule et en lui murmurant qu'il pouvait tout lui raconter, à lui, l'ami de son père. Tony sentit des grosses larmes rouler sur ses joues et expliqua qu'il vouait une haine farouche à Nijako et qu'un jour il le crèverait. Il ne voulut pas être plus explicite, même lorsque le commissaire affirma qu'il comprenait Tony et que, aussi étonnant que cela puisse paraître, il serait même fier d'avoir un fils comme lui. Puis il estima que, à son avis, ils avaient eu ensemble une collaboration franche et entière, et qu'Antonio avait fait son possible. Il fut donc remis provisoirement en liberté, avec la promesse solennelle qu'ils se firent tous, de bon cœur, de se revoir pour reprendre tranquillement cette conversation. Tony ajouta que bon, ok, pour le moment, c'étaient eux les boss. Comme il franchissait le seuil… « Passeports, s'il vous plaît ! »

Je sursaute et sors brutalement de ma rêverie. Quelle mouche m'a piqué de vouloir connaître le fin mot de l'histoire ?… Les deux douaniers, devant moi, ont du mal à contenir un berger allemand enragé, les yeux injectés de sang. Le molosse en a après nous et je ne suis qu'à demi rassuré par la muselière qui lui immobilise les mâchoires. L'un des hommes se dirige vers le cendrier métallique qu'il inspecte et renifle, avant d'adresser un signe négatif à son collègue. Victor a soulevé une paupière et a aussi tendu ses papiers, machinalement, avant de se désintéresser de la scène. Vous fumez ? Non. Mon air serein doit les convaincre de ma bonne foi et ils s'en vont voir ailleurs.

Il pleut et le ciel est banalement gris. Où sommes-nous ? Quelque part entre Burgos et la frontière, sûrement, dans ce plateau semi désertique couvert de champs de céréales à perte de vue. De loin en loin, un village, un paysan, de plus en plus rarement un âne, des moutons, des tracteurs. Cette région ressemble beaucoup au pays de mon enfance, et à La Mancha aussi, hormis les moulins. C'était le temps de l'innocence. Ces questions qui me remuent depuis de nombreuses années ne m'agitaient pas encore. Pas étonnant que les psys fassent le parallèle entre le Paradis perdu et cet état d'insouciance infantile. Quand on a, bien sûr, la chance de ne pas tomber sur des parents défaillants ou sur un violeur d'enfants. Voilà, selon moi, l'ombre au tableau et la limite de la Sagesse. Pourquoi Nijako ne s'est-il pas impliqué dans cette histoire de meurtres ?… « Je ne veux rien », répétait-il sans cesse, et il était prêt à se laisser enfermer alors qu'il n'était pas coupable. Une légende parle d'un vieux sage qui volait régulièrement des fruits à l'étalage pour se faire volontairement emprisonner. Quand on lui demandait pourquoi un honnête homme comme lui se comportait de la sorte,

261

il répondait que c'est en prison que les gens ont le plus besoin de lui. Vaut-il mieux être un Nijako se préoccupant peu d'être accusé ou non ? Ou est-ce préférable de n'être qu'un quidam ordinaire gardant l'illusion que le monde pourrait être amélioré ? Un Sage ? Ou alors quelqu'un prêt à sacrifier sa tranquillité d'esprit pour se battre afin qu'il n'y ait plus à l'avenir de victimes innocentes ?... Putain ! Je donnerais n'importe quoi pour être inconscient du monde qui m'entoure. Comme j'aimerais être un imbécile heureux !... J'en vois un régulièrement à mon cabinet. Depuis plus de dix ans déjà. Il a soixante printemps, dont la moitié passée en hôpital psy. Ni femme ni enfants. Un peu simplet, un peu fou sur les bords, mais assez bien inséré (les médicaments font des miracles, aujourd'hui). Sa vie ? Manger, dormir énormément, voir des copains aussi fous que lui ; mais quelle importance, puisqu'il n'en a pas conscience ? Aller au cinéma. Lire des livres auxquels il ne comprend rien... Pas de quoi noircir un cahier. Et pourtant, il m'arrive, quand il est face à moi, de penser que ce mec-là est tout simplement plus heureux que moi. J'ai toujours pensé que la connaissance et la vérité pouvaient être un obstacle sur la route du bonheur. De quoi donner raison à cette histoire de pomme...

Je retrouve mon serpent, mon aigle et mon scarabée, pour la troisième fois, et j'hésite toujours entre les trèfles noirs, les blancs et les gris...

Lyon. Gare de la Part-Dieu. Je propose à Victor de prendre un verre avant de rejoindre nos domiciles respectifs. Mais il est ailleurs, et, à ma plus grande surprise, il m'annonce d'une voix atone qu'il repart.

— Tu repars ? Comment ça ? Et où ?

Il retourne dans La Mancha. Il a un truc à finir, je ne dois pas lui poser de questions.

— Mais pourquoi ?...

Il ne dit rien. C'est bon ! Nijako m'a déjà fait le coup. On ne va pas recommencer ce jeu débile... Et si ! Il s'éloigne vers les quais après une dernière phrase en guise d'adieu. Il m'expliquera, plus tard, peut-être.

— M'expliquer quoi ?...

Il me laisse seul avec mes ruminations. Et puis merde ! Il est majeur et vacciné. Qu'il aille dans La Mancha... ou au diable ! Je m'en fous, après tout.

Un petit noir au buffet de la gare. La musique graillonne de vieux tubes démodés qui évoquent mes boums d'adolescent. Comme c'est bon d'être à nouveau seul, libéré de toutes ces interrogations sans queue ni tête... Soit il est retourné dans sa famille de Puertollano pour régler je ne sais quel problème, soit il a décidé d'aller retrouver Susan, soit... Bon allez ! J'arrête mes délires...

Le jour se lève à peine sur la Capitale des Gaules. Je marche dans les rues avec pour uniques compagnons les cantonniers qui nettoient les trottoirs. Que faire, à présent ? J'ai l'embarras du choix.

Un : je reprends ma petite vie au point où je l'ai laissée.

Deux : je vais rejoindre Elsa.

Trois : je quitte tout et je pars sur la route avec les Gitans, s'ils m'acceptent.

Quatre : je m'engage dans la police comme profileur.

Cinq : je prends une carte de France, la punaise contre un mur, lance une fléchette les yeux fermés, et je vais vivre là où elle se plante, me contentant de n'importe quel métier, sauf sauver le monde et aider les autres. Tiens, pourquoi pas éboueur ? Non, trop proche du boulot de psy.

Six : j'écris à mon père pour lui dire que je viendrai lui rendre visite en Espagne à Noël.

Je rumine tout cela en passant devant les magasins. Des vêtements, des livres, des téléphones portables, des restaurants, des bijoux, des voitures, des cinémas... Je m'examine dans une vitrine. Je suis mal rasé et fatigué. Puis, stupeur.

Je me retourne. Personne. C'était pourtant bien le reflet de Victor… Je regarde à nouveau, me retourne d'un coup. Rien. Une illusion de plus.

Aurais-je aussi perdu la tête ?…

J'avance droit devant moi, l'esprit ailleurs. Je bute sur les jambes allongées d'un clochard à moitié éveillé… ou à moitié endormi par l'alcool, on ne sait plus. Dans sa sébile, je glisse mon cher dé et continue ma route. L'homme l'inspecte, le renifle, puis, avec mépris, le lance dans mon dos avec un chapelet d'injures. Le cube vient frapper la roue d'un camion poubelle qui le renvoie vers une bouche de métro dans laquelle l'objet s'engouffre en dévalant les marches pour finir sa course contre une rame de métro qui ouvre ses portes pour libérer une foule d'humains dont aucun ne tient compte du chiffre sorti.

***

Ysidro FERNANDEZ

Philosophe Psychologue. Auteur d'ouvrages grand public, au carrefour de la philosophie, de la psychologie et de la sagesse.

Jean-Pierre ERNST

Psychologue consultant, évaluateur externe certifié AFNOR. Formé à la communicologie, à l'approche systémique, aux thérapies brèves, au traitement de l'état de stress post-traumatique (EMDR) et à la thérapie familiale.

www.ingramcontent.com/pod-product-compliance
Lightning Source LLC
Chambersburg PA
CBHW061601170626
46811CB00001B/273